VIAGEM AO CENTRO DA TERRA

CLÁSSICOS ZAHAR
em EDIÇÃO COMENTADA E ILUSTRADA

Tarzan
Edgar Rice Burroughs

Sherlock Holmes (9 vols.)*
A terra da bruma
Arthur Conan Doyle

As aventuras de Robin Hood*
O conde de Monte Cristo*
A mulher da gargantilha de veludo e outras histórias de terror
Os três mosqueteiros*
Vinte anos depois
Alexandre Dumas

O corcunda de Notre Dame*
Victor Hugo

Os livros da Selva*
Rudyard Kipling

O Lobo do Mar*
Jack London

Jaqueta Branca
Moby Dick
Herman Melville

Rei Arthur e os cavaleiros da Távola Redonda*
Três grandes cavaleiros da Távola Redonda: Lancelot, Tristão e Percival
Howard Pyle

Frankenstein*
Mary Shelley

A Ilha do Tesouro
Robert Louis Stevenson

Drácula*
Bram Stoker

Aventuras de Huckleberry Finn
As aventuras de Tom Sawyer
Mark Twain

20 mil léguas submarinas*
A ilha misteriosa*
Viagem ao centro da Terra*
A volta ao mundo em 80 dias*
Jules Verne

O Homem Invisível*
A máquina do tempo
H.G. Wells

A besta humana
Émile Zola

* Títulos disponíveis também em edição bolso de luxo
Veja a lista completa da coleção no site zahar.com.br/classicoszahar

Jules Verne

VIAGEM AO CENTRO DA TERRA

EDIÇÃO COMENTADA E ILUSTRADA

Tradução, apresentação e notas:
Jorge Bastos

9ª reimpressão

ZAHAR

Grafia atualizada segundo o Acordo Ortográfico da Língua Portuguesa de 1990, que entrou em vigor no Brasil em 2009.

Título original
Voyage au centre de la Terre

Capa
Rafael Nobre/Babilonia Cultura Editorial

Projeto gráfico
Mari Taboada

Ilustrações
Édouard Riou (1833-1900), para a edição de 1867 de *Voyage au centre de la Terre* (Paris, J. Hetzel)

Preparação
Geísa Pimentel Duque Estrada

Revisão
Nina Lua
Carolina Sampaio

CIP-Brasil. Catalogação na publicação
Sindicato Nacional dos Editores de Livros, RJ

Verne, Jules, 1828-1905
V624v Viagem ao centro da Terra: edição comentada e ilustrada / Jules Verne; ilustração Édouard Riou; tradução, apresentação e notas Jorge Bastos. — 1ª ed. — Rio de Janeiro: Zahar, 2016.
il. (Clássicos Zahar)

Tradução de: Voyage au centre de la Terre.
Inclui cronologia
ISBN 978-85-378-1551-9

1. Ficção infantojuvenil francesa. I. Riou, Édouard. II. Bastos, Jorge. III. Título. IV. Série.

CDD: 028.5
16-29954 CDU: 087.5

EDITORA SCHWARCZ S.A.
Praça Floriano, 19, sala 3001 — Cinelândia
20031-050 — Rio de Janeiro — RJ
Telefone: (21) 3993-7510
www.companhiadasletras.com.br
www.blogdacompanhia.com.br
facebook.com/editorazahar
instagram.com/editorazahar
twitter.com/editorazahar

SUMÁRIO

APRESENTAÇÃO

Em frente! Em frente!

Viagem ao centro da Terra foi o segundo romance publicado por Jules Verne, em 1864, na coleção em seguida intitulada Viagens Extraordinárias, um ano depois do primeiro, *Cinco semanas em um balão*. Ao todo, mais sessenta romances e dezoito novelas completariam a série, ao longo de quarenta profícuos anos, com clássicos imortais como *Vinte mil léguas submarinas* e *A volta ao mundo em oitenta dias*. Esse conjunto monumental fez do escritor francês, segundo o *Index translationum* mantido pela Unesco, que relaciona publicações nos mais diferentes países, o segundo autor mais traduzido do mundo, logo depois de Agatha Christie e à frente de Shakespeare!

Trata-se de uma obra das mais originais e ousadas à época, sobretudo se lembrarmos — às vezes chegamos a esquecer — que voltada para um público jovem, sedento de aventuras, sim, mas também curioso com relação às ciências e tecnologias, que em vertiginosa velocidade abriam horizontes até então impensáveis. Horizontes novos e não só geográficos, longe disso.

Jules nasceu em 1828, filho de um advogado, na cidade portuária de Nantes, na costa oeste da França, quase de frente para o oceano Atlântico, no estuário do rio Loire, famoso por seus castelos medievais e renascentistas. Há uma lenda de que o menino, aos onze anos, teria se engajado como grumete num grande veleiro que partia para a Índia e foi arrancado de bordo pelo pai, já a quarenta quilômetros da cidade, num porto em que o navio aparelhava para partir. Duramente "sacudido", o aprendiz de aventureiro confessou que partia para conseguir um colar de coral com que queria presentear uma prima, por quem estava apaixonado. Teria, nessa ocasião, prometido ao pai nunca mais viajar a não ser em sonhos. É provavelmente uma fábula criada pela imaginação da família, pois em seu conto autobiográfico "Memórias da infância e adolescência" Jules narra ter, nessa idade, subido a bordo de um grande veleiro sem que ninguém o impedisse, até ser advertido pelo capitão, enquanto fazia manobras imaginárias com o timão. Interessa na anedota doméstica o fato de Jules Verne ter de fato levado vida bastante pacata, viajando relativamente pouco e de forma mais burguesa do que aventureira (não havendo nisso nenhum demérito). Somente mais tarde, escritor já consagrado, faria viagens ousadas capitaneando seu próprio barco, por mares do norte da Europa e pelo Mediterrâneo. São frequentes em seus livros, aliás, os créditos a cartógrafos e a editores gráficos de mapas e de atlas, provável marca de gratidão àqueles que o guiavam em suas viagens oníricas.

O menino e adolescente Jules, em todo caso, foi comprovadamente bom aluno em letras clássicas, grego e latim, interesse que não só aumentou posteriormente o charme da sua literatura, mas nela instaurou uma dialética entre humanismo e ciência, levando-o com frequência a ver com certo pessimismo os progressos técnicos, num momento em que tudo parecia possível à civilização europeia, graças ao vapor e à eletricidade.

A moderação dessa atitude sombria, tão bem representada pelo capitão Nemo em *Vinte mil léguas submarinas*, o melhor convívio entre as tendências "suave" e "dura", deve-se em grande parte à influência do editor Pierre-Jules Hetzel, com quem Verne começou a trabalhar em 1862, ao assinar um contrato que se estendia por vinte anos, mas que inclusive se prorrogou amigavelmente após a morte de Hetzel, em 1886, e até a do escritor, em 1905. A relação que se estabeleceu entre o bem-sucedido homem de negócios e o romancista ainda quase desconhecido foi uma das mais proveitosas da história da literatura, com a agudeza comercial e visão de mercado do editor se impondo como bom contraponto ao ímpeto personalista do autor.

Ao assinar o compromisso — que além da longuíssima duração previa dois livros por ano! —, Jules Verne já contava com inúmeras tentativas literárias e teatrais, sem ter conseguido, porém, sucesso suficiente para deixar o emprego na Bolsa de Valores de Paris. Era com preocupação que o pai via-o se afastar irremediavelmente da carreira de advogado, meta que havia justificado o seu envio à capital, onde deveria se formar e então voltar a Nantes para substituí-lo, pouco a pouco, na profissão. De fato, desde que desembarcara em Paris, em 1847, apesar de bem-comportadamente prosseguir os estudos e se diplomar, o estudante vira seu interesse "periférico" ganhar força, indo se fixar primeiro no teatro, devorando os dramas de Victor Hugo e de Alexandre Dumas (mas confessando preferir os clássicos Molière e Shakespeare). Escreveu então várias peças — eram a maneira mais rápida de se conseguir algum sucesso financeiro na literatura — e tornou-se amigo de Dumas filho, a quem conheceu numa visita a um quiromante famoso.

O rapaz conseguiu levar ao palco uma peça de Verne, *Les pailles rompues*. A estreia foi em 12 de junho de 1850, na sala de espetáculos que Alexandre Dumas havia inaugurado em Paris, e que pouco durou. O dramaturgo estreante tinha 22 anos. A aventura teatral e a amizade com o futuro autor de *A dama das camélias*, mesmo sem abrir as portas para a fortuna, gerou em seguida um emprego para o jovem estudante junto ao novo proprietário do teatro, que deixou de se chamar Théâtre Historique para se tornar Théâtre Lyrique. O cargo não garantia um salário, mas dava a Verne a liberdade de encenar peças suas, em geral em colaboração com o escritor Michel Carré. Em 1852, por carta, o recém-diplomado advogado declarou ao pai a sua recusa com relação aos planos que o haviam levado a Paris: "… tenho certeza, a carreira que mais me convém é esta em que insisto … É por saber o que sou que compreendo o que serei um dia. Como então assumir um escritório que você tornou tão eficiente e que em nada vai se fortalecer comigo, podendo só decair?" Para a mãe, pouco antes, ele havia escrito: "… posso me tornar bom escritor e seria um medíocre advogado, vendo em tudo apenas o lado cômico e a forma artística, sem considerar a realidade séria das coisas".

Por essa época, Jules passou a frequentar a Biblioteca Nacional, se apaixonando por assuntos científicos e suas mais recentes descobertas, mas era sobretudo a geografia que atraía a sua curiosidade. Esta última o levou a descobrir um personagem surpreendente, um ilustre e incansável aventureiro, o geógrafo, romancista e desenhista Jacques Arago, que continuava a percorrer o mundo apesar de cego (morreu pouco depois, no Brasil, em 1854). Foi quem fez crescer em Verne o interesse por relatos de viagem, tornando-o também um incansável explorador, só que cartográfico. Ele havia conhecido em 1851 o chefe de redação da revista *Musée des Familles*, seu conterrâneo da cidade de Nantes, Pierre-Michel-François Chevalier, que aprovou para publicação uma novela sua, *Os primeiros navios da Marinha mexicana*. Logo em seguida, outra novela, *Uma viagem num balão*, que seria republicada em 1874, já na coleção Viagens Extraordinárias, com o título *Um drama nos ares*. Em 1852, a mesma *Musée des Familles* publicou mais dois trabalhos de Verne: *Martin Paz* e *Os castelos na Califórnia*, texto cômico e recheado de subentendidos picantes. Por mais alguns anos, Verne continuou a encenar comédias musicais, em parceria com o amigo músico Aristide Hignard (num momento em que as óperas-cômicas de Offenbach eram a coqueluche da cidade), e a escrever ativamente apesar de problemas de saúde — crises inexplicáveis de paralisia facial, dores estomacais e intestinais. Teve ainda duas paixões infelizes e não correspondidas (a tal prima do colar de coral, que se casou com um bom partido indicado pela família, e outra jovem também de Nantes, que igualmente preferiu um casamento de razão).

No tocante ao coração, aliás, há alguns anos Jules participava com dez amigos de um jantar literário a que chamavam "Os Onze-sem-mulher". E as reuniões em volta da mesa prosseguiam, mesmo que boa metade dos comensais — casada e com filhos — já não tivesse mais o direito estatutário de participar. Essa onda casamenteira não deixou de afetar Jules, que fala disso em quase todas as cartas à sua mãe e, brincando, pede que lhe arranje uma esposa, com quem imediatamente se casaria "de olhos fechados, já que todas as moças pelas quais me interesso invariavelmente se casam em curtíssimo espaço de tempo!".

Foi justamente como testemunha de casamento de um dos Onze-sem-mulher que ele conheceu Honorine, irmã da noiva. Em mais uma carta à sua mãe, ele conta: "Acho mesmo que estou apaixonado por uma jovem viúva de 26 anos! Só que ela tem dois filhos! Realmente, que falta de sorte!" Mas a decisão está tomada. Vai se casar! Primeira providência: uma situação material mais estável. Num piscar de olhos — de dez meses, pois Honorine enviuvara pouco antes e era preciso manter um mínimo de compostura! —, ele teria não só mulher, mas também dois filhos a sustentar. Arranja então, aos 28 anos, um emprego na Bolsa.

O idílio conjugal parece não ter durado muito, mas não a ponto de afetar a instituição, propriamente, matrimonial. Estudiosos da obra de Verne e biógrafos se referem a certa Estelle Hénin, que o escritor conheceu em 1959 e se casou no mesmo ano (confirmando o que ele dizia à sua mãe), tornando-se Estelle Duchesne, que teria morrido em 1865, dando à luz uma possível filha ilegítima de Verne, Marie Duchesne. Nesse meio-tempo, em 1861, nasce seu filho com Honorine, Michel. Mas Jules, em viagem à Noruega com Hignard (já haviam antes ido à Inglaterra e à Escócia, pois o irmão de Aristide, agente de viagens, lhes conseguia as passagens), não chega a tempo do parto.

Sem parar de acreditar na carreira literária, paralela à atividade oficial no mercado de ações, Jules Verne passou a Pierre-Jules Hetzel, em 1862, os manuscritos do romance *Cinco semanas em um balão*, inspirado nas aventuras do amigo Félix Nadar, pioneiro da fotografia e da aerostática, e também a narrativa de sua viagem à Escócia, que foi recusada. Nessa escolha editorial, esboça-se já o que viriam a ser as Viagens Extraordinárias. O sucesso foi imenso, ultrapassando as fronteiras da França. É quando Verne assina o contrato anteriormente citado, prevendo a entrega de textos com perfil que pudesse se encaixar na revista *Magasin d'Education et de Récréation*, publicada pelo editor e voltada para o público jovem. O que não o impedia de continuar a colaborar com a *Musée des Familles* (na qual, em 1864, publicou seu único ensaio, sobre Edgar Allan Poe, que lera na famosa tradução de Charles Baudelaire) e livrar-se, afinal, do emprego na Bolsa. Ainda em 1863, ele se torna membro da Sociedade dos Autores e Compositores Dramáticos e, dois anos depois, da Sociedade de Geografia. Finalmente pode se considerar um escritor em tempo integral. Faz uma viagem aos Estados Unidos com o irmão um ano mais moço e da travessia tira o romance *Uma cidade flutuante*.

Verne parece ter procurado, na vida adulta, se distanciar da cidade natal, mas guardou a sua tradição náutica e foi sempre um apaixonado marinheiro. Assim que pôde, comprou um velho barco pesqueiro e o reformou. Em 1872, depois da guerra franco-prussiana de 1870, quando foi mobilizado como guarda-costeiro, e após o sangrento episódio da Comuna de Paris, o casal Verne se mudou em definitivo com os três filhos para Amiens, no norte da França. Era a cidade da família de Honorine e ficava a poucos quilômetros de onde Jules atracava o seu barco-escritório, o *Saint-Michel*, no pequeno porto de Cotroy. Ao velho barco para a pesca de sardinhas sucederam os *Saint-Michel I*, *II* e *III*, cada vez maiores e mais confortáveis, com os quais o capitão Verne faria viagens mais longas a Argel, a Irlanda e Escócia e a Holanda e Dinamarca.

Em carta ao amigo Charles Wallut, ele explicou: "Por vontade de minha mulher, me mudei para Amiens, uma cidade bem-comportada, bem policiada, sem altos e baixos em suas maneiras, com vida social afável e letrada. Estamos perto de Paris o bastante para aproveitar o brilho sem o rebuliço insuportável e a estéril agitação. Para dizer tudo, meu *Saint-Michel* fica amarrado bem perto, em Cotroy."

Foi nesse primeiro período de consolidação da obra, aproximadamente de 1862 a 1872, que Jules Verne publicou *Viagem ao centro da Terra*, em 1864. O tema parece ter surgido da leitura de um livro de 1741, do dinamarquês Ludwig Holberg, *As viagens de Niels Klim pelo mundo subterrâneo*, cuja intenção era criticar a sociedade setecentista, à maneira de Jonathan Swift em *As viagens de Gulliver* (1726), ou ainda de Montesquieu em *Cartas persas* (1721). Para se resguardar, originalmente Holberg havia publicado seu livro em latim, mas a tradução francesa, na íntegra, foi quase imediata. As semelhanças, porém, se resumem praticamente ao título e, diga-se, a viagem do nosso professor Lidenbrock na verdade não chega propriamente ao centro da Terra, revelando-se "apenas" subterrânea. Os dois livros, em todo caso, refletem bem os seus respectivos séculos, iluminista um, desafiando a tradição e a autoridade, cientificista o outro.

O romance de Verne começa com a decifração de uma charada, colocada por um antiquíssimo texto escrito em latim, mas usando caracteres rúnicos. Num curto bilhete truncado (escondido num manuscrito do século XII), um alquimista dos anos 1500 dizia ter atingido o centro do planeta, por um caminho descoberto a partir da boca de um vulcão na Islândia... O silêncio em que esse prudente homem de ciências guardou a formidável descoberta também se explicava, com ainda mais forte razão, pelo receio da perseguição religiosa, numa época em que a excomunhão garantia não só o inferno no além, mas também um verdadeiro vale de lágrimas aqui na Terra, quando não a fogueira. Desta última certamente o indócil professor Lidenbrock não teria escapado, vivesse ele algumas centenas de anos antes e não na boa e livre cidade de Hamburgo, no norte da Alemanha protestante. Ele manterá a expedição o mais sigilosa possível, mas por temer uma desenfreada corrida de sábios do mundo inteiro, todos querendo ser o primeiro a assombrar o planeta com a notícia da prodigiosa façanha.

Sob o teto do professor, vivem o sobrinho Axel, órfão de cerca de vinte anos e cumprindo também as funções de assistente; a bela (pelo menos aos olhos de Axel, por ela apaixonado e correspondido, apesar de manterem o compromisso em segredo) Graüben, jovem sob a tutela do dono da casa; e a empregada Marthe, encarregada da ordem doméstica.

Todos os preparativos para a viagem são feitos rapidamente nessa pequena comunidade, entre os quais a confecção de um enorme volume de bagagem com ferramentas, armas, cordas, mapas e instrumentos científicos. De fato, tão famoso pelo descomedimento quanto pelo saber enciclopédico na sua área de ensino, englobando a mineralogia, a geologia, a botânica, a arqueologia etc., o enérgico Otto Lidenbrock age duas vezes antes de pensar, entrando de corpo e alma em todas as polêmicas científicas imagináveis, atraindo para suas aulas grande afluência de um público ávido de conhecimento mas também sempre na expectativa das suas explosões irritadiças e irascíveis. O professor é um dos poucos a pôr em dúvida a teoria do progressivo aquecimento das profundezas terrestres, inconveniente hipótese que tiraria toda credibilidade da aventura do tal alquimista islandês, que ele quer repetir.

Aventureiros, tio e sobrinho partem, por terra e por mar, na longa viagem até Reykjavik, capital da Islândia. Da decifração do manuscrito até a precoce — mas salvadora — expulsão das entranhas terrestres pela chaminé de outro vulcão, em outra ilha, a milhares de quilômetros ao sul, "Em frente! Em frente!" é a forma expeditiva do professor para terminar qualquer discussão, sobre qualquer obstáculo. Já o pupilo invariavelmente começa ensaiando alguma resistência aos enérgicos impulsos, para acabar aceitando seguir calado, cientificamente contrariado, mas tendo que afinal dar a mão à palmatória (sem que isso abale a sua certeza da impossibilidade teórica de fazerem o que estão fazendo): "Eram reflexões que, é claro, eu guardava para mim, pois meu tio Lidenbrock não as entenderia. Sua ideia fixa era a de seguir em frente. Andava, escorregava, podia até despencar, mas sempre com a mesma convicção. E isso, apesar de tudo, era admirável."

Chegando à Islândia após várias peripécias, em que se incluem "aulas de abismo" do professor ao sobrinho, junta-se à dupla o terceiro protagonista, um homem de gelo, o impassível Hans, que lhes servirá de guia. O trio não poderia ser mais heterogêneo: um sólido cinquentão cuja única paixão é a ciência, um jovem de sensibilidade romântica e, finalmente, com idade intermediária, alguém dotado de bom senso prático, além de energia e força física, qualidades não intelectuais mas de suma importância numa expedição, mesmo que puramente científica.

Como já se cometeu a indiscrição de dizer que a viagem é interrompida (espetacularmente) antes de alcançado o centro da Terra, não se comentará a aventura propriamente, que o leitor acompanha de surpresa em surpresa, ininterruptas e maravilhosas, sem refugar diante de absurdo nenhum, quebrando todas as nossas ideias feitas sobre o interior do globo terrestre, no que diz respeito aos reinos mineral, vegetal e animal. Tudo avalizado com segurança pelo saber de Otto Lidenbrock, com copiosas explanações didáticas, em que se inclui até um discurso a uma plateia imaginária de eruditos, num Jurassic Park perdido no espaço e no tempo, a léguas e léguas da superfície terrestre e do ponto de partida, sobrevivente por uma série de coincidências geológicas.

Para não dar ao leitor uma impressão errada de teses e antíteses, defendidas por tio e sobrinho diante do absoluto desinteresse de Hans, lembremos que a mágica de Jules Verne consiste justamente em nos passar esse didatismo — que abrange os mais recentes avanços da ciência do seu tempo — embutido em aventuras bem-amarradas por seu gênio literário. As informações técnicas se diluem em personagens emblemáticos, em diálogos rápidos e eficientes, tudo bem temperado com grande dose de humor, que pode chegar às raias da ferocidade, como em certo momento da narrativa Axel comenta a respeito do tio.

Diga-se, aproveitando o ensejo, ser Axel mais do que o narrador do romance: ele é também o autor do relato publicado depois da aventura, *Viagem ao centro da Terra*, grande sucesso editorial no mundo inteiro, que lhe permitiu se casar com a bela Graüben e continuar vivendo na boa cidade de Hamburgo. Como previra a noiva ao encorajá-lo para a excêntrica viagem — que se revelou iniciática —, ele se tornou um *homem*, e não mais apenas o sobrinho do professor.

Nessa receita em que entram o didatismo científico, uma linguagem moderna e ágil, além do humor, é inegável a influência do editor Hetzel. É interessante notar que no mesmo ano em que a coleção Viagens Extraordinárias enfim ganhou esse nome, quando qualquer manuscrito de Verne já prometia ótima vendagem, Hetzel recusou o romance *Paris no século XX*, no qual o escritor descreve a capital francesa em 1960, com ruas limpas e iluminadas, carros motorizados a gás, um mundo organizado pelo triunvirato ciência, técnica e dinheiro. O que fez o editor negar o manuscrito foi uma surpreendente constatação, que poderia matar a sua galinha dos ovos de ouro: o autor que inscreveria a aventura científica na base do seu universo romanesco passava nas entrelinhas uma imagem bem amarga da ciência e das finanças, que levariam as pessoas, em sua visão de futuro, ao desprezo pelas humanidades clássicas, tendo sido abandonado, por exemplo, o ensino curricular do latim e do grego nas escolas. No romance, o personagem central, Michel Dufrénoy, é esmagado por essa perfeita engrenagem social em que as Letras não têm mais valor, com a narrativa concentrada mais em sua derrota psicológica e seu desespero, ensombrecendo o aspecto maravilhoso do progresso. Esse livro, para Jules Verne, representava bem mais do que pura fantasia, tendo seu último capítulo um título bíblico em latim, *Et in pulverem reverteris*: E ao pó retornarás.

Paris no século XX foi publicado apenas em 1994 e o autor só se atreveria a voltar tão obviamente a seus sentimentos pessoais num discurso, em 1875, para a Academia de Ciências, Belas-Letras e Artes da sua cidade de adoção, Amiens, da qual era membro e por duas ocasiões foi diretor. Nessa fala, ele conta um "sonho" recente (que mais parece um pesadelo) em que, de forma bem inquietante, "tudo havia mudado no mundo! Tudo havia seguido a via lógica do progresso! Ideias, costumes, indústria, comércio...". Descobre-se, na última frase do discurso, que ele se encontrava na mesma cidade de Amiens, só que no ano 2000.[1]

Não era esse pessimismo, então, o melhor caminho para a grande aventura das Viagens Extraordinárias. Jules Verne entendeu que devia enveredar por outra escolha, sem opor tão brutalmente o classicismo à ciência, mas sem deixar esta última à mercê dos exclusivos interesses financeiros e políticos. A própria ciência moderna do século XIX era uma aventura, gerando personagens heroicos e apaixonados. Os seus novos paladinos mobilizariam os recursos do saber e as possibilidades da técnica, acrescentados aos prestígios da cultura clássica. A fórmula havia cimentado o sucesso dos dois primeiros romances de Verne publicados por Hetzel e seria explorada em muitos outros. O editor nunca mais recusou seus manuscritos, sabiamente adequados à tutela do editor.

Tal interferência às vezes invadia até mesmo a vida privada do escritor. O grande romance francês do século XIX não suscitou flanadores existenciais como os poetas Baudelaire ou Rimbaud. Balzac, Stendhal, Victor Hugo, Flaubert, Zola etc. buscaram na literatura o conforto burguês daquela época essencialmente burguesa. E isso significava não só o dinheiro que a literatura podia gerar, alavancada pela imprensa, por sua vez financiada pelos bancos, mas "as aparências" que se deviam manter. Na segunda rebeldia literária de Verne, o discurso de Amiens citado pouco acima, uma das surpresas desse sonhador foi a obrigatoriedade futura — por constrangimento fiscal — do casamento e da procriação: fortuna nenhuma sobrevivia ao celibato, taxado progressivamente à medida que o solteirão envelhecia. Jules Verne estaria livre dessa supertributação, pois se casou e teve um filho, Michel, mas foi bastante ausente nessas duas funções, particularidade que de forma alguma o desabonava socialmente,

1. O texto está disponível em www.france-pittoresque.com/perso/Une-Ville-Ideale-Amiens.pdf.

já que se mantinha perfeito provedor doméstico. E foi um pai nem tão omisso assim, pois em 1876, julgando que o filho tinha um comportamento rebelde, conseguiu na justiça o seu internamento por seis meses numa casa de correção, a Colônia Penitenciária de Mettray (é verdade que talvez o clarividente chefe de família tivesse razão, pois o rapaz era da pá virada e aos dezenove anos provocou um escândalo, fugindo com uma atriz, com quem teve dois filhos, aos quais abandonou, fugindo de novo com uma jovem pianista de dezesseis anos, tornando-se pai, rapidamente, mais duas vezes...).

O ano de 1886 foi crucial para Verne, que em fevereiro decidiu vender seu iate, o *Saint-Michel III*, desanimado e preocupado com as dívidas do filho. Um mês depois, chegando em casa, ele foi misteriosamente ferido a bala pelo sobrinho, com dois tiros, causando ferimentos que o deixaram manco para o resto da vida. O rapaz, Gaston, foi internado num hospital psiquiátrico, onde ficou até morrer, mais de cinquenta anos depois. Seu pai, Pierre Verne, explicou o ato dizendo ter sido apenas para chamar a atenção da imprensa e ajudar a eleição do tio à Academia de Letras, mas nem para isso serviu. No mesmo ano, morreu Pierre-Jules Hetzel, o que muito abalou o escritor, embora o filho do amigo, Louis-Jules, já viesse assumindo a editora e o tivesse acompanhado num grande cruzeiro pelo Mediterrâneo, no ano anterior.

Forçado a se sedentarizar, Verne nem foi ao enterro da mãe (o pai já havia morrido em 1871), em Nantes, no início de 1887. Mesmo dando continuidade à produção literária, seus interesses passaram a se concentrar mais na vida da cidade de Amiens, elegendo-se no ano seguinte à câmara municipal como conselheiro (algo próximo do nosso vereador) e mantendo o cargo por quinze anos. Deve-se a ele, apesar de na época ser muito criticada pelo alto custo, a construção de um dos raros circos em alvenaria da França. O belo edifício foi tombado pelo patrimônio histórico em 1975 e desde 2003, após restauração, passou a se chamar Circo Jules Verne.

O amor pelo espetáculo e pela vida dos acrobatas de feiras aparece em dois volumes das Viagens Extraordinárias: *Mathias Sandorf*, de 1885, e *César Cascabel*, de 1890. Foi neste último ano, aliás, a inauguração do circo municipal de Amiens, com discurso do escritor, em que ele diz, se dirigindo ao prefeito: "O novo circo é uma obra de arte que a sua administração aceitou dotar de todos os aperfeiçoamentos da indústria moderna. É o mais bonito, sem dúvida, e também o mais completo, pela construção e aparelhagem, jamais erguido na França ou no exterior." O prédio, de fato, contava com luz elétrica e aquecimento central.

Em 1902, pela primeira vez Jules Verne recusou um convite de palestra da Academia de Amiens: "Vocês esquecem que, na minha idade, as palavras se vão e as ideias se perdem." O diabetes ganhava terreno, criando problemas sobretudo oftálmicos. O ritmo das publicações se mantém, mas o autor confessa serem livros escritos anteriormente e que ele apenas corrige. O único tema novo que parece tê-lo motivado nesses últimos anos foi o esperanto, linguagem internacional elaborada por Ludwig Zamenhof em 1887. Jules Verne aceitou a presidência do grupo esperantófono de Amiens e projetou escrever um romance de divulgação do idioma, *Viagem de estudo*, mas morreu em 24 de março de 1905, deixando-o incompleto. Michel Verne continuou, já a partir de 1905, o trabalho de revisão e publicação dos textos inéditos de Jules e lançou também, com o seu próprio nome, alguns romances, seguindo a fórmula que o pai notabilizara e da qual é considerado um dos fundadores: a ficção científica ou o romance de antecipação, embutindo em aventuras as prováveis consequências das descobertas científicas e dando livre curso às suas tendências lógicas. Encarregou-se também da conclusão de *Viagem de estudo* e o publicou em 1919, com o título mudado para *A espantosa aventura da missão Barsac*, depois de eliminar todas as referências ao esperanto.

Essa "tendência lógica" em *Viagem ao centro da Terra* poderia abrir uma discussão sobre os seus limites e possibilidades. Desde os tempos antigos, reinos subterrâneos foram parte de quase todas as cosmogonias religiosas, mas à época cientificista de Jules Verne não eram raras, também, as teorias defendendo o tema da "Terra oca", quase todas sugerindo a possibilidade de uma superfície habitável no interior do planeta. A tese já havia sido levantada por Edmund Halley (que determinou a periodicidade do cometa batizado com o seu nome) no século XVIII e ganhou maior projeção com John Cleves Symmes, Jr., que quis provar ser a Terra constituída por uma concha de cerca de 1.300 quilômetros de espessura, com aberturas nos dois polos. Um pedido seu chegou a ser encaminhado ao congresso americano, em 1823, para uma expedição que localizaria, no polo Norte, a tal abertura, mas o projeto foi abandonado devido à morte do seu mentor intelectual, em 1829.

A ideia, em todo caso, gerou muitas iniciativas extravagantes e distantes das intenções literárias do "Shakespeare da ficção científica", como foi chamado Jules Verne na revista americana *Amazing Stories*, em seu número de janeiro de 1927. Nos anos 1950, por exemplo, foi levantada a tese de que os discos voadores que se viam no céu provinham não do espaço sideral, mas de um mundo superdesenvolvido no interior do planeta. Nas décadas seguintes, as imagens astronáuticas da Terra desmancharam qualquer veleidade com relação às tais aberturas nos polos, mas em 2007, com um orçamento de dois milhões de dólares, chegou-se a aparelhar um navio que partiria do porto russo de Murmansk, com uma centena de especialistas e documentaristas que não punham em dúvida a geodesia moderna, mas alegavam que a Terra podia ser plena em nosso universo tridimensional, mas oca na quarta ou na quinta dimensão...

Tudo isso, é claro, se afasta muito do que Jules Verne chamava "tendência lógica da ideia". Suas viagens extraordinárias não visavam a especulação em prol desta ou daquela tese científica ou pseudocientífica, eram apenas o suporte romanesco para a sua inquestionável literatura. Para além da ciência, cujas teses, como diz Otto Lidenbrock, são inquestionáveis até que novas demonstrações as derrubem, é por seu talento artístico que Verne deve ser lido.

JORGE BASTOS

Jorge Bastos é tradutor, responsável por mais de sessenta traduções publicadas, de obras de autores como Voltaire, Victor Hugo, Alexandre Dumas, Raymond Aron, Michel Serres, Elie Wiesel, Marguerite Duras e Amin Maalouf. Foi livreiro e editor, e é autor de *Atrás dos cantos* e *O deserto e as tentações de santo Antão*.

LES
VOYAGES EXTRAORDINAIRES
PAR JULES VERNE ILLUSTRATIONS PAR RIOU
5 SEMAINES EN BALLON
DE LA TERRE A LA LUNE
AVENTURES DU CAPITAINE J. HATTERAS
VOYAGE AU CENTRE DE LA TERRE
LES MONDES CONNUS ET INCONNUS.

VIAGEM AO CENTRO DA TERRA

I

No domingo 24 de maio de 1863, meu tio, o professor Lidenbrock, voltou mais cedo para sua modesta casa, no número 19 da Königstrasse, uma das mais antigas ruas de um velho bairro de Hamburgo.

Nossa empregada Marthe deve ter achado que estava bem atrasada, pois a comida mal começava a cozinhar no fogão.

"Se estiver com fome", pensei com meus botões, "meu tio, que é o homem mais impaciente do mundo, vai esbravejar um bocado."

— Já, sr. Lidenbrock?! — assustou-se a cozinheira, entreabrindo a porta da sala.

— Já, Marthe, mas tem todo o direito de não ter acabado ainda o jantar,[1] pois nem são 14h. Acaba de bater 13h30 na São Miguel.[2]

— Por que então o sr. Lidenbrock já está em casa?

— Ele não vai deixar de nos dizer, esteja certa.

— Ai, sr. Axel! Então volto para o meu fogão e por favor o acalme.

E a nossa boa Marthe se refugiou no seu laboratório culinário.

Fiquei sozinho, mas acalmar o mais irascível dos homens é algo que a minha personalidade um tanto indecisa não pretendia. Já me preparava então para me retirar, por prudência, ao meu quartinho no andar de cima, quando rangeram as dobradiças da porta da rua. A escada de madeira estalou sob as pesadas passadas e o dono da casa atravessou a sala de jantar, dirigindo-se diretamente ao seu gabinete de trabalho.

Mas, nessa rápida travessia, atirou num canto a bengala de castão quebra-nozes, em cima da mesa o chapéu escovado a contrapelo e, ao sobrinho, essas palavras retumbantes:

— Acompanhe-me, Axel!

Nem tive tempo para qualquer reação e o professor já gritava, num óbvio tom de impaciência:

— O que está fazendo que ainda não está aqui?

---

1. Na França, hoje, o jantar é servido à noite, como no Brasil, mas antigamente a palavra designava a principal refeição do dia, à tarde, sendo a refeição da noite a ceia.

2. A igreja barroca de São Miguel é um dos pontos turísticos mais conhecidos de Hamburgo, e sua primeira construção data do séc.XVII.

Corri ao gabinete do temível mestre.

Otto Lidenbrock não era má pessoa, quero que fique claro, mas, a menos que ocorressem mudanças improváveis, seria até o fim da vida um terrível excêntrico.

Era professor no Johannaeum[3] e dava aulas de mineralogia, durante as quais tinha frequentes acessos de raiva. Não por se preocupar com a assiduidade dos alunos, o seu grau de atenção ou eventual sucesso nos exames. Detalhes assim pouco o interessavam. Lecionava "subjetivamente"[4] — para empregar um termo da filosofia alemã —, para si mesmo e não para os outros. Era um erudito egoísta, um poço de sabedoria, mas um poço cuja roldana rangia quando se tentava extrair alguma coisa dele: em suma, um osso duro de roer.

Há professores assim na Alemanha.

Infelizmente para o meu tio, sua facilidade de expressão, que já não era grande em casa, diminuía ainda mais em público, o que vem a ser um defeito constrangedor em oratória. É verdade, em suas demonstrações no Johannaeum, muitas vezes ele se interrompia bruscamente, em luta com alguma palavra recalcitrante que se lhe travava nos lábios, uma dessas palavras que resistem, se avolumam e acabam saindo como imprecação nada científica. Donde os acessos de raiva.

Só que, em mineralogia, há muitos termos semigregos ou semilatinos de pronúncia difícil, nomes ásperos, capazes de esfolar a língua de um poeta. Longe de mim querer falar mal dessa ciência, mas, quando nos deparamos com cristalizações romboédricas, resinas retinasfáticas, guelenitas, fangasitas, molibdênio de chumbo, tungstato de manganésio ou titanato de zircônio, até as línguas mais adestradas eventualmente tropeçam.

Por toda a cidade era então conhecida essa perdoável falha do meu tio, mas as pessoas abusavam, à espreita nas passagens perigosas. Ele ficava furioso e todos riam, o que não é muito correto — mesmo se tratando de alemães. Havia então sempre uma grande presença de ouvintes nas aulas de Lidenbrock, mas quantos ali não o seguiam assiduamente sobretudo para se divertir com os famosos ataques de raiva do mestre?!

Seja como for, nunca é demais insistir, meu tio era um verdadeiro homem de ciência. Mesmo que às vezes quebrasse as amostras por testá-las um tanto bruscamente, nele o gênio do geólogo se acrescentava ao faro do mineralogista.

3. O Johannaeum — cujo nome homenageia seu fundador, Johannes Bugenhagen — foi um centro de estudos criado no séc.XVI para a difusão das novas ideias teológicas da Reforma Protestante. O edifício, após uma grande reforma no início do séc.XX, abriga hoje a Universidade de Hamburgo.

4. O termo é bastante ligado à filosofia de Immanuel Kant, que atribui caráter subjetivo ao tempo e ao espaço, os quais não são propriedade dos objetos e sim noções embutidas no indivíduo desde o nascimento.

De martelinho, buril, agulha imantada, maçarico e frasco de ácido nítrico em punho, era muito bom no que fazia. Pela maneira de se partir, pelo aspecto, pela dureza, pela fusibilidade, pelo som, pelo cheiro e pelo gosto de qualquer mineral ele podia, sem sombra de dúvida, classificá-lo entre as seiscentas espécies que a ciência de hoje reconhece.[5]

O nome Lidenbrock era ouvido com respeito em anfiteatros e associações científicas nacionais. Os srs. Humphry Davy e Von Humboldt, assim como os capitães Franklin e Sabine, nunca deixaram de visitá-lo quando passavam por Hamburgo.[6] Os srs. Becquerel, Ebelmen, Brewster, Dumas, Milne-Edwards e Sainte-Claire Deville[7] gostavam de consultá-lo sobre as mais palpitantes questões de química, ciência que deve ao professor Otto Lidenbrock belas descobertas. Em 1853, foi publicado em Leipzig, de sua autoria, um *Tratado de cristalografia transcendente*, um grande in-fólio contendo diversas pranchas ilustradas, que entretanto nem sequer cobriu os custos gráficos.

Acrescente-se a tudo isso que meu tio era o conservador do museu mineralógico do sr. Struve,[8] embaixador da Rússia, uma preciosa coleção célebre em toda a Europa.

5. Quase século e meio depois desse "hoje", são cerca de 5 mil as espécies reconhecidas pela Associação Internacional de Mineralogia (IMA).

6. O físico e químico inglês Humphry Davy (1778-1829) é conhecido sobretudo pela invenção da chamada "lâmpada de Davy", usada em minas de carvão. O explorador e geógrafo alemão Alexander von Humboldt (1769-1859) é mundialmente famoso por suas viagens científicas à Ásia Central e às Américas Central e do Sul. Os capitães britânicos Sir John Franklin (1786-1847) e Sir Edward Sabine (1788-1883), separadamente, participaram de viagens científicas ao polo Norte. É interessante notar que todos, tendo em vista as datas de morte e a idade estimada do professor, que o narrador informa logo adiante, teriam visitado Lidenbrock sendo este ainda bastante jovem.

7. Becquerel pode designar Antoine César (1788-1878), que separou os metais e inventou o galvanômetro diferencial, ou seu filho, Alexander-Edmond (1820-91), que publicou trabalhos sobre a radiação solar (seguindo a linhagem científica, o neto e filho Antoine-Henri [1852-1908] foi coganhador, em 1903, do prêmio Nobel de física pela descoberta da radioatividade do urânio). Jacques-Joseph Ebelmen (1814-52), químico francês e engenheiro de minas especializado em cerâmica, foi diretor da fábrica de porcelana de Sèvres, inovando muito a sua produção, e aperfeiçoou também a fabricação de pedras sintéticas. David Brewster (1781-1868), físico e astrônomo escocês, pesquisou as propriedades ópticas dos cristais e inventou o caleidoscópio. Jean-Baptiste Dumas (1800-84), químico francês, formulou os princípios fundamentais da química geral e determinou de maneira precisa a composição do ar, da água e do dióxido de carbono. Henri Milne-Edwards (1800-85), zoólogo francês, especialista em moluscos e crustáceos. Charles Sainte-Claire Deville (1814-76), geólogo francês, publicou em 1858 um livro sobre as erupções do vulcão de Stromboli.

8. Heinrich Christian Gottfried von Struve (1772-1851), diplomata russo em Hamburgo, foi homenageado pela cidade, que deu o seu nome à coleção mineralógica do Museu de Ciências Naturais.

Era este, então, o personagem que me chamava com tanta impaciência. Imaginem um homem alto, magro e com uma saúde de ferro, ao qual louros e juvenis cabelos davam ares dez anos mais moço, a ele que beirava os cinquenta. Seus olhos bem abertos estavam sempre a se agitar indóceis por trás dos óculos que pesavam sobre o nariz comprido e fino, mais parecendo uma lâmina afiada. Inclusive havia quem, maldosamente, dissesse ser este um apêndice imantado e que atraía limalha de ferro. Pura calúnia: atraía apenas tabaco em pó,[9] mas, na verdade, em grande abundância.

Se eu acrescentar que meu tio caminhava com passadas matemáticas de um metro e disser ainda que fazia isso com os punhos firmemente fechados, sinal de um temperamento impetuoso, deixo bastante claro não ser ele uma companhia das mais convidativas.

Morava então nessa casinha da Königstrasse, uma construção metade em madeira, metade em alvenaria, com empena treliçada. Ficava de frente para um dos sinuosos canais que se cruzam no centro do mais antigo bairro de Hamburgo, que o incêndio de 1842[10] felizmente não atingiu.

É verdade que a velha residência se inclinava um pouco, dando a quem passava a impressão de estar um tanto abaulada. Com isso o telhado mais parecia um gorro de estudante da Tugendbund,[11] meio caído por cima da orelha. O prumo das linhas deixava então um pouco a desejar, mas, no final das contas, ela se aguentava bem, graças a um velho olmo que se incrustara na fachada e que na primavera estendia seus brotos floridos aos vidros das janelas.

Meu tio até que era rico para um professor alemão. A casa era totalmente sua, por dentro e por fora. Nesse "por dentro" se incluíam a sua afilhada Graüben, uma jovem virlandesa[12] de dezessete anos, a empregada Marthe e eu. Em minha dupla condição de sobrinho e órfão, eu tinha me tornado auxiliar-assistente nas experiências do professor.

Confesso que me entreguei com vontade à ciência geológica. Tenho sangue de mineralogista nas veias e jamais me entediei na companhia de minhas preciosas pedras.

9. O consumo de tabaco se propagou na Europa a partir do séc.XVI, vindo do Brasil e das colônias espanholas. O hábito de cheirá-lo em pó era considerado terapêutico e é anterior ao de fumá-lo picado e enrolado como cigarro.

10. Em 5 de maio de 1842, um incêndio que começou numa loja se propagou por três dias, destruindo dois terços da cidade e matando 51 pessoas.

11. A Tugendbund ("Liga da Virtude") foi uma associação patriótica criada em 1808 e proibida em 1814. Continuou porém muito atuante ao longo do séc.XIX como sociedade secreta, sobretudo no meio estudantil e militar.

12. Isto é, da Virlândia, município vizinho posteriormente incorporado como bairro a Hamburgo.

Otto Lidenbrock era um homem alto, magro e com uma saúde de ferro.

A bem da verdade, vivia-se agradavelmente naquela casinha da Königstrasse, mesmo com os acessos de impaciência do proprietário, que apesar dos modos um tanto brutais não deixava de gostar de mim. Só que o homem não sabia esperar e era mais apressado que o normal.

Por exemplo, quando num mês de abril plantou nos vasos de faiança da sala uns pés de resedá e de *Petrea volubilis*, pela manhã ele várias vezes ia puxá-los pelas folhas, querendo acelerar o crescimento.

A única maneira, enfim, de lidar com as suas excentricidades era obedecendo. Então corri ao gabinete.

2

O GABINETE ERA um verdadeiro museu. Todas as amostras do reino mineral estavam ali etiquetadas na mais perfeita ordem, seguindo as três grandes divisões dos minerais inflamáveis, metálicos e litoides.

Como eu conhecia bem todos aqueles bibelôs da ciência mineralógica! Quantas vezes, em vez de brincar com meninos da minha idade, não preferi espanar grafitas, antracitos, hulhas, linhitos e turfas! Sem falar de betumes, resinas e sais orgânicos que deviam ser protegidos contra qualquer átomo de poeira! E os metais, desde o ferro até o ouro, cujo valor relativo desaparecia diante da absoluta igualdade dos espécimes científicos! Pedras que dariam para reformar a casa da Königstrasse, inclusive com um quarto a mais — o que eu não acharia nada mau!

Entrando, porém, no cômodo, não pensava absolutamente nessas maravilhas. Apenas meu tio me preocupava. E ele estava mergulhado na sua enorme poltrona forrada com veludo de Utrecht,[13] tendo nas mãos um livro que lhe causava a mais profunda admiração.

— Que livro! Que livro! — ele exclamava.

Isso me fez lembrar que o professor Lidenbrock era também bibliômano nas horas vagas, mas um alfarrábio só tinha valor para ele se fosse inencontrável ou, no mínimo, ilegível.

— Veja só! Não percebe? — disse, dirigindo-se a mim. — Trata-se de um tesouro inestimável que encontrei pela manhã, remexendo na loja do judeu Hevelius.

— Uma maravilha! — respondi, forçando um entusiasmo.

Na verdade, porém, por que tanto barulho diante de um velho in-quarto de lombada e capas grosseiramente encadernadas com pele de bezerro? Era apenas um livro amarelado e do qual pendia um marcador de páginas desbotado.

As exclamações exageradas do professor, no entanto, continuaram.

— Sem dúvida, não é uma beleza? — ele fazia a si mesmo perguntas que imediatamente respondia: — É sim, admirável! E que acabamento! Abre-se fácil? Facílimo, e bem aberto permanece em qualquer página! Fecha-se igual-

13. Um tipo de veludo feito com pelo de cabra, fabricado na cidade de Utrecht, na Holanda, no final do séc.XVII e em seguida muito imitado na França.

mente bem? Perfeitamente, pois a capa e as páginas formam um conjunto bem amarrado; não se soltam nem apresentam falhas em lugar nenhum. E essa lombada sem a menor rachadura em seus setecentos anos de existência! Uma obra que Bozerian, Closs e Purgold teriam orgulho de assinar![14]

Enquanto falava, meu tio abria e fechava sem parar o livro e eu me senti na obrigação de perguntar sobre o conteúdo, que não me interessava minimamente:

— E não vai me dizer o título desse maravilhoso volume? — fingi um interesse que me pareceu forçado demais.

— Esta obra! — respondeu meu tio, se animando. — Trata-se de *Heimskringla*, de Snorre Sturluson, o famoso autor islandês do século XII! É a crônica dos príncipes noruegueses que reinaram na Islândia![15]

— Incrível! — exclamei o melhor que pude. — Provavelmente em tradução alemã?

— Era só o que faltava! — respondeu rispidamente o professor. — Uma tradução! E o que eu faria com essa sua tradução? Quem vai querer essa sua tradução? É a obra original, em língua islandesa, esse magnífico idioma, simples e rico ao mesmo tempo, que permite as mais variadas combinações gramaticais e inúmeras modificações de palavras!

— Como o alemão — insinuei muito oportunamente.

— Como o alemão — concordou meu tio dando de ombros —, sem contar que a língua islandesa, como o grego, admite três gêneros e declina os nomes próprios como o latim!

— Ah! — suspirei, ligeiramente abalado em minha indiferença. — E os caracteres do livro são bonitos?

— Caracteres? Quem está falando de caracteres, miserável? Caracteres! Está achando que é um impresso! Quanta ignorância,[16] é um manuscrito, e um manuscrito rúnico!

— Rúnico?

14. Todos grandes encadernadores do séc.XIX. Os irmãos Jean-Claude e François Bozerian (respectivamente 1762-1840 e 1765-?) eram franceses e em seu ateliê foi aprendiz o alemão Jean-Georges Purgold (1784-1829), que depois abriu ateliê próprio em Paris. Carl August Closs (1816-70) foi tradutor do latim para o alemão e encadernador sediado também em Paris.

15. Snorri Sturluson (1178-1241), político islandês assassinado a mando da Coroa norueguesa. Como escritor, sua obra mais conhecida é *Edda em prosa*, que é a principal fonte literária para o conhecimento da mitologia nórdica. Escrito em c.1220, o *Heimskringla* narra a história dos reis da Noruega anteriores, na verdade, ao domínio da Islândia. A colonização da Islândia teve início com monges celtas no séc.VIII e a ilha se manteve Estado livre até 1262, quando passou a depender da Coroa norueguesa, que, no séc.XV, se uniu à dinamarquesa (de 1415 a 1523 a Suécia fez parte também dessa união).

16. Não poderia ser um impresso, uma vez que a invenção de Gutenberg só viria à luz no séc.XV.

— Exatamente! Vai querer agora que eu explique o que é?

— Não é preciso — devolvi num tom de quem se sente ferido em seu amor-próprio.

Mas meu tio continuou mesmo assim, com informações que eu não fazia a menor questão de obter:

— As runas eram os caracteres de escrita de que se serviam antigamente os islandeses. Segundo a tradição, foram inventadas pelo próprio Odin![17] Olhe bem, ímpio, e admire esses tipos vindos da imaginação de um deus!

Sem ter muito o que responder, já ia me curvar, achando ser o tipo de atitude que deve agradar aos deuses, como agrada aos reis, pois tem a vantagem de nunca deixá-los constrangidos, mas algo aconteceu e desviou o curso da conversa.

Um pergaminho sujo escorregou do livro e caiu no chão.

Meu tio se lançou sobre aquela imundície com uma avidez fácil de se imaginar. Um velho documento, esquecido desde um tempo imemorial entre as páginas de um livro antiquíssimo, a seu ver não podia deixar de ter o mais alto valor.

— O que é isso? — ele se espantou.

Ao mesmo tempo, com todo o cuidado ele estendia em cima da mesa o pedaço de pergaminho, que tinha uns quatorze centímetros de comprimento por oito de largura, com uns caracteres misteriosos traçados em linhas transversais.

Abaixo, faço questão de mostrar o exato fac-símile desses estranhos sinais, pois foram eles que levaram o professor Lidenbrock e o seu sobrinho a empreenderem a mais estranha expedição do século XIX:

Por algum tempo o professor considerou essa série de caracteres, e finalmente disse, erguendo os óculos:

17. A principal divindade da mitologia nórdica liderava um grupo de deuses denominado *Ases*. Era igualmente pai das Valquírias, suas mensageiras, que escolhiam os heróis que morreriam nas batalhas e os conduziam ao Valhala (Paraíso). Além de imperar sobre a morte e a vitória, Odin era venerado também como deus do saber. Tinha sempre à mão uma lança mágica chamada Gungnir e montava um cavalo de oito patas, Sleipnir.

— É a escrita rúnica. Os tipos são absolutamente idênticos aos do manuscrito de Snorre Sturluson! Mas... o que podem significar?

Como o rúnico me parecia ser uma invenção de eruditos para mistificar os simples mortais, não me aborreceu nem um pouco ver que meu tio não compreendia coisa alguma do documento. Pelo menos foi a impressão que tive, acompanhando o movimento dos seus dedos, que começavam a se agitar nervosos.

— É islandês antigo, não resta dúvida! — ele murmurava entre dentes.

E o professor Lidenbrock devia mesmo saber o que dizia, pois tinha fama de ser verdadeiro poliglota. Não que falasse correntemente as duas mil línguas e os quatro mil idiomas empregados na superfície do globo, mas conhecia boa parte.

Diante da dificuldade e dada a sua impetuosidade, eu já previa alguma cena violenta, quando as 14h soaram no pequeno relógio em cima da lareira.

Logo em seguida Marthe abriu a porta do gabinete, avisando:

— A sopa está servida.

— Aos infernos a sopa! — explodiu meu tio. — E que a acompanhe quem a preparou e quem a tomar!

Marthe rapidamente se retirou e aproveitei para fazer o mesmo. Sem nem saber como chegara até ali, me vi sentado no meu lugar de sempre na sala de jantar.

Esperei um pouco. O professor não desceu. Que eu me lembrasse, era a primeira vez que deixava de estar presente à solenidade da refeição. E que refeição, diga-se! Uma sopa de salsa, seguida de omelete de presunto com azedinha e noz-moscada, lombo de vitela na compota de ameixas e, para encerrar, camarões açucarados, tudo isso regado por um bom vinho da Moselle.

E por causa de um pedaço velho de papel meu tio perdia tudo aquilo! Bem, na minha condição de sobrinho dedicado, me senti na obrigação de comer tanto por ele quanto por mim. E o fiz, conscienciosamente.

— Nunca vi coisa assim! — espantava-se Marthe. — O sr. Lidenbrock não estar à mesa!

— É bastante espantoso.

— É presságio de coisa bem grave! — continuou a velha criada balançando a cabeça.

Pessoalmente eu não via presságio nenhum naquilo, a não ser o de mais uma cena medonha quando meu tio descobrisse que seu jantar tinha sido devorado.

Estava já no último camarão quando uma voz forte me arrancou dos prazeres da mesa. Fui da sala ao gabinete num pulo só.

3

— Com toda evidência é rúnico — dizia o professor franzindo as sobrancelhas. — Mas há um mistério… que vou descobrir, ou…

Um gesto violento interrompeu o que dizia.

— Sente-se — ele indicou a mesa com um murro — e escreva.

Num segundo eu estava a postos.

— Vou ditar as letras do nosso alfabeto que correspondem a cada um desses caracteres islandeses e veremos o que vai dar. Por são Miguel,[18] trate de não errar!

Começou o ditado, em que apliquei toda a minha atenção. Uma após outra, cada letra foi soletrada, formando a seguinte e incompreensível sucessão de palavras:

mm.rnlls	*esreuel*	*seecJde*
sgtssmf	*unteief*	*niedrke*
kt,samn	*atrateS*	*Saodrrn*
emtnael	*nuaect*	*rrilSa.*
Atvaar	*.nscrc*	*ieaabs*
ccdrmi	*eeutul*	*frantu*
dt, iac	*oseibo*	*KediiY*

Terminado o trabalho, meu tio pegou sem a menor cerimônia o papel e o examinou, atento.

— O que isso quer dizer? — repetiu mecanicamente.

Eu não poderia explicar, juro. De qualquer forma, não era comigo que falava e continuou o seu monólogo:

— É o que chamamos um criptograma. O sentido se esconde por sob as letras expressamente embaralhadas, mas que, dispostas da maneira certa, podem formar uma frase inteligível! Quando penso que podemos ter nas mãos, quem sabe, a explicação ou indicação para uma grande descoberta!

18. O arcanjo, padroeiro dos marujos, era o santo mais popular de Hamburgo.

Pessoalmente, eu achava não haver ali coisa alguma, mas por prudência evitei dar minha opinião. O professor pegou então o livro e o pergaminho, comparando-os.

— As duas escritas não vêm da mesma mão — disse. — O criptograma é posterior ao livro, salta aos olhos uma prova irrefutável. A primeira letra é um duplo M que inutilmente procuraríamos no livro de Sturluson, uma vez que foi acrescentado ao alfabeto islandês somente no século XIV. Pelo menos duzentos anos, então, separam o manuscrito e o documento.

Reconheço que a observação me pareceu bastante lógica.

— Assim sendo, tudo me leva a crer — continuou meu tio — que um dos donos do livro traçou esses caracteres misteriosos. Mas quem seria esse dono? Será que não indicou seu nome em algum lugar do manuscrito?

Ele ergueu os óculos, pegou uma forte lente de aumento e minuciosamente passou em revista as primeiras páginas do livro. Já no verso da segunda, a de anterrosto, descobriu uma espécie de borrão, que dava simplesmente a impressão de ser mancha de tinta. Olhando de perto, no entanto, distinguiam-se alguns caracteres semiapagados. O professor percebeu ser um ponto interessante. Concentrou-se no borrão e, com a ajuda da grossa lupa, acabou identificando os seguintes sinais, caracteres rúnicos que ele leu sem hesitar:

— Arne Saknussemm! — exclamou em triunfo. — É um nome, e um nome islandês, ainda por cima, o de um erudito do século XVI, um célebre alquimista![19]

Olhei para o meu tio com certa admiração.

— Os alquimistas — continuou —, Avicena, Bacon, Lúlio, Paracelso, eram os verdadeiros, os únicos homens de ciência da época.[20] Fizeram as mais espantosas descobertas. É bem possível que Saknussemm tenha ocultado nesse incompreensível criptograma alguma surpreendente invenção. Deve ser isso. É isso.

A imaginação do professor estava em polvorosa com a hipótese.

19. O personagem é fictício.

20. O persa Avicena (980-1037) deixou extensa obra abordando temas como a astrologia, a química e a psicologia. Roger Bacon (1214-94), monge franciscano inglês, é considerado o criador do método experimental e deixou importantes observações sobre óptica e refração da luz, mas se interessou por ocultismo e teve a sua obra escrita proibida pela Igreja. O teólogo e escritor Lúlio (Ramon Llull em catalão; 1232-1315) se dedicou à conversão dos mulçumanos; pessoalmente menosprezava a alquimia, mas textos apócrifos com seu nome circularam a partir do séc.XIV. O médico suíço Paracelso (1493-1541) é considerado um dos fundadores da ciência moderna, com estudos sobre a sífilis, os minerais e o magnetismo.

— Sem dúvida — arrisquei responder. — Mas por que um cientista esconderia assim um achado tão maravilhoso?

— Por quê? Por quê? E eu não sei!? Não foi o que fez Galileu com relação a Saturno?[21] Aliás, logo veremos. Descobrirei o segredo desse documento e não vou comer nem descansar até conseguir.

"Tudo bem", pensei.

— E nem você, Axel — ele avisou.

— Miséria! — praguejei baixinho. — Ainda bem que comi por dois!

— Para começar — continuou meu tio — é preciso encontrar a combinação dessa "cifra". Não deve ser tão difícil.

Ouvindo isso, ergui rápido a cabeça. Mas meu tio já retomava o solilóquio:

— Nada mais fácil. Temos, no documento, cento e trinta e duas letras, entre as quais setenta e nove consoantes e cinquenta e três vogais. É mais ou menos nessa mesma proporção que são formadas as palavras das línguas meridionais, enquanto os idiomas do norte são infinitamente mais ricos em consoantes. Trata-se então de uma língua do sul.

Conclusões bem judiciosas.

— Mas que língua é essa?

Nesse ponto o cientista podia tropeçar, entretanto eis que um profundo analista se revelava.

— O nosso Saknussemm era um homem instruído. Se não escrevia em sua língua materna, deve ter dado preferência à língua corrente entre as pessoas cultas no século XVI, ou seja, o latim. Se eu estiver enganado, posso tentar o espanhol, o francês, o italiano, o grego e o hebraico. Mas os homens de ciência do século XVI em geral escreviam em latim. Tenho então, *a priori*, o direito de dizer: é latim.

Agitei-me na cadeira. Minhas recordações de latinista se revoltavam contra a pretensão de aquela sequência de palavras estapafúrdias minimamente se aproximar da doce língua de Virgílio.[22]

— Isso mesmo! — continuou o professor. — Latim, só que latim embaralhado.

---

21. Com um telescópio por ele aperfeiçoado, o físico e astrônomo italiano Galileu Galilei descobriu, em 1610, a estranha forma do planeta Saturno (os anéis somente cinquenta anos depois foram identificados). Porém, temendo a Inquisição, escondeu a paternidade da observação, que seguia direção contrária à teoria geocêntrica de Aristóteles, adotada pela Igreja romana. Mesmo assim, enviou ao colega Johannes Kepler uma mensagem cifrada (SMAISMRMILMEPOETALEVMIBVNENVGTTAVRIAS), dizendo ter observado Saturno com dois pontos luminosos — que ele achou serem satélites —, um de cada lado.

22. O poeta Publius Vergilius Maro (70-19 a.C.), autor de *Bucólicas*, *Geórgicas* e sobretudo *Eneida*, é considerado um dos principais consolidadores da língua latina. Teve enorme influência na literatura ocidental, e em *A divina comédia* (1472), de Dante Alighieri, é quem guia o autor pelos círculos do Inferno e do Purgatório (não podendo acompanhá-lo ao Paraíso, por não ter sido batizado).

"Ufa!", suspirei. "E se esse meu tio conseguir desembaralhar, é porque é mesmo bem esperto."

— Examinemos então — disse ele, pegando a folha em que eu havia escrito. — Trata-se de uma série de cento e trinta e duas letras em aparente desordem. Há palavras em que temos apenas consoantes, como a primeira, "mm:rnlls", outras em que, pelo contrário, abundam vogais, como a quinta, por exemplo, "unteief", e a penúltima, "oseibo". Tal disposição, é claro, não foi combinada: ela é *matemática*, a partir do raciocínio desconhecido que guiou essa sucessão de letras. Estou convencido de que a frase primitiva foi escrita normalmente e depois transformada segundo uma lei que precisamos descobrir. Quem possuir a chave dessa "cifra" poderá lê-la fluentemente. Mas que chave é essa? Você tem essa chave, Axel?

Não respondi e tinha cá minhas razões. Olhava um lindo retrato na parede, o retrato de Graüben. A pupila do sr. meu tio se encontrava em Altona, na casa de parentes, e essa ausência me deixava bem triste pois — posso agora confessar — a bonita virlandesa e o sobrinho do professor se amavam com toda a paciência e tranquilidade alemãs. Havíamos ficado noivos sem que meu tio, geólogo demais para compreender tais sentimentos, tomasse conhecimento. Graüben era uma encantadora loirinha de olhos azuis, com temperamento um tanto grave, personalidade um tanto séria, mas nem por isso deixava de gostar de mim. E eu, por minha vez, adorava-a, se é que tal verbo existe em língua tedesca! A imagem da querida virlandesa, então, por um instante me arrancou do mundo das realidades e lançou no das quimeras e recordações.

Revia a fiel cúmplice de tantos trabalhos e lazeres. Ela diariamente me ajudava a arrumar as preciosas pedras do meu tio e comigo as etiquetava. Era excelente mineralogista, a srta. Graüben! Gostava de aprofundar as árduas questões da ciência. Quantas horas adoráveis não passamos a estudar juntos e quantas vezes não tive inveja daquelas pedras insensíveis, manipuladas por suas adoráveis mãozinhas!

Quando vinham as horas de recreação, saíamos juntos pelas alamedas frondosas do Alster,[23] tomando a direção do velho moinho alcatroado que causava tão belo efeito na extremidade do lago. No caminho, de mãos dadas, conversávamos. Eu procurava contar coisas que a fizessem rir. Chegávamos assim à margem do Elba e, depois de cumprimentar os cisnes que nadavam entre os grandes nenúfares brancos, voltávamos ao porto pela barca a vapor.

Estava nesse ponto dos meus devaneios quando meu tio, batendo com o punho na mesa, violentamente me trouxe à realidade.

— Imagino — ouvi ele dizer — que a primeira ideia que normalmente se apresenta para embaralhar as letras de uma frase seja a de escrever as palavras no sentido vertical, em vez do horizontal.

23. Um dos rios que desembocam no Elba, em Hamburgo.

Graüben era uma encantadora loirinha de olhos azuis.

“Não diga!”, pensei.

— Precisamos ver qual resultado vai se apresentar, Axel. Ponha uma frase qualquer nesse pedaço de papel, só que, em vez de alinhar as letras uma depois da outra, coloque-as em sucessivas colunas verticais, em grupos de cinco ou seis.

Entendi o que estava sendo pedido e imediatamente escrevi, de cima para baixo:

A m m p n u
m u i e a b
o- i n q G e
t t h u r n!
e o, a e ä

— Muito bem — disse o professor sem se dar ao trabalho de ler. — Agora, disponha essas palavras numa linha horizontal.

Obedeci e o resultado foi a frase:

Ammpnu muieab o-inqGe tthurn! eo,aeä

— Perfeito! — considerou meu tio, arrancando o papel das minhas mãos. — Há uma visível semelhança com o documento: vogais e consoantes se agrupam em desordem, inclusive com maiúsculas e vírgulas no meio das palavras, exatamente como no pergaminho de Saknussemm!

Não pude deixar de concordar, eram observações bastante engenhosas.

— Assim sendo — prosseguiu meu tio, dirigindo-se diretamente a mim —, para ler a frase que você acaba de escrever e que desconheço, basta pegar a primeira letra de cada palavra, depois a segunda, a terceira e assim em diante, sucessivamente.

Ele então leu, para seu grande espanto e mais ainda meu:

Amo-temuito,minhapequenaGraüben!

— O quê? — espantou-se o professor.

É verdade, sem me dar conta, como bom apaixonado desastrado, havia escrito a frase comprometedora!

— Ah! Quer dizer que ama Graüben! — continuou meu tio já com verdadeiro tom de tutor.

— Amo... quer dizer, não... — me confundi todo!

— Ah! Você ama Graüben — ele repetiu mecanicamente. — Bom, vamos aplicar o mesmo processo ao documento em questão!

Voltando à sua absorvente contemplação, ele já se esquecia das minhas imprudentes palavras. Digo imprudentes pois o entendimento daquele homem dedicado à ciência não era capaz de compreender as coisas do coração. Felizmente, então, o elevado interesse do documento voltou a dominá-lo.

No momento em que ia realizar a experiência capital, os olhos do professor Lidenbrock faiscaram por trás dos óculos. Seus dedos tremiam quando voltou a pegar o velho pergaminho; estava realmente emocionado. Tossiu forte e, com voz grave, soletrando a primeira letra e, em seguida, a segunda de cada palavra, ditou esta série:

mmessunkaSenrA.icefdoK.segnittamurtn
ecertserrette,rotaivsadua,ednecsedsadne
lacartniiiluJsiratracSarbmutabiledmek
meretarcsilucoYsleffenSnI

Confesso que ao terminar também eu estava comovido. Juntas, aquelas letras, recitadas uma a uma, não faziam o menor sentido para mim, mas eu esperava que o professor pomposamente soletrasse alguma frase de magnífica latinidade.

Em vez disso, quem poderia prever?, a mesa foi abalada por um violento soco. A tinta saltou e a pena escapou da minha mão.

— Não é isso! — indignou-se meu tio. — Não faz o menor sentido!

Então atravessou o gabinete como uma bala, desceu a escada como uma avalanche e saiu Königstrasse afora, em desabalada correria.

4

— Ele saiu? — quis confirmar Marthe, tendo ouvido o barulho da porta que, violentamente batida, fizera tremer a casa inteira.

— Saiu! — respondi. — Sem sombra de dúvida!

— E agora? Ele não comeu! — preocupou-se a velha criada.

— Não vai comer!

— E a ceia?

— Não vai cear!

— Como assim? — assustou-se Marthe, juntando as mãos.

— Exatamente, querida Marthe, não vai comer e, aliás, ninguém mais nesta casa! Estamos todos em regime forçado até que meu tio Lidenbrock consiga decifrar um livro velho, completamente indecifrável!

— Jesus! Vamos então morrer de fome!

Não ousei confessar que, com alguém tão extremado quanto meu tio, tal destino parecia inevitável.

Aflita, a boa senhora voltou gemendo para a cozinha.

Sozinho, tive vontade de ir contar tudo a Graüben. Mas como sair de casa? O professor poderia voltar a qualquer instante. E se procurasse por mim? Se quisesse retomar o trabalho logogrífico que nem Édipo tentaria resolver?[24] Se eu não atendesse quando me chamasse, de que ele não seria capaz?

O mais sensato era esperar. Um mineralogista francês de Besançon, aliás, acabava de nos enviar uma coleção de geodes siliciosos que era preciso classificar. Pus-me ao trabalho. Fiz a triagem, coloquei as devidas etiquetas e organizei em suas vitrinas todas aquelas pedras ocas, com paredes internas cobertas de pequenos cristais.

Mas não estava concentrado na tarefa. O tal documento antigo estranhamente me preocupava. Minha cabeça fervia e eu me sentia ansioso sem saber por quê. Pressentia a aproximação de uma catástrofe.

24. Herói da mitologia grega, Édipo pertence à dinastia dos lendários reis da cidade de Tebas e é conhecido por ter decifrado o enigma (e não especificamente um logogrifo, em que se adivinha a palavra a partir de outras que têm, todas, algumas letras em comum) que um monstro, a Esfinge, impunha a todos que tentavam entrar ou sair da cidade. Sua lenda — à qual se acrescenta o fato de ter o herói involuntariamente matado o pai e se casado com a mãe — inspirou muitas obras da arte ocidental e sobretudo a peça *Édipo Rei*, de Sófocles (séc.V a.C.).

Uma hora depois, meus geodes estavam em perfeita ordem. Enfiei-me na grande poltrona de Utrecht, com os braços caídos e a cabeça recostada. Acendi meu cachimbo de tubo longo e curvo. O fornilho esculpido representava uma náiade[25] languidamente deitada, e fiquei seguindo o avanço da carbonização que pouco a pouco ia transformando minha náiade numa perfeita mulata. De vez em quando prestava atenção para ver se ouvia passos na escada. Total silêncio. Onde podia estar meu tio naquele momento? Imaginava-o correndo sob as belas árvores do caminho de Altona, gesticulando, atacando as paredes com a bengala, maltratando as plantas com gestos violentos, decapitando cardos e perturbando o repouso das solitárias cegonhas.

Voltaria triunfante ou desanimado para casa? Quem venceria: o segredo ou ele? Com essas perguntas, peguei sem nem perceber a folha de papel em que se alinhava a incompreensível série de letras escritas por mim. E repeti:

— O que pode ser isto?

Tentei reuni-las de maneira a formar palavras. Impossível! Podia juntá-las em duplas, trincas, quintetos ou sextetos, o resultado era o mesmo, ininteligível. Sem dúvida as 14ª, 15ª e 16ª letras formavam a palavra *ice*, em inglês, e as 84ª, 85ª e 86ª, *sir*. No conjunto do documento, na segunda e na terceira linhas observei também as palavras latinas *rota*, *mutabile*, *ira*, *nec* e *atra*.

"Com os diabos", pensei, "essas últimas palavras parecem mostrar que meu tio está certo quanto à língua do documento! Inclusive na quarta linha vejo ainda a palavra *luco*, que pode se traduzir como 'bosque sagrado'. É verdade que na terceira se lê a palavra *tabiled*, de sonoridade bastante hebraica, e, na última, os vocábulos *mer*, *arc* e *mère*, totalmente franceses."

Era de enlouquecer! Quatro idiomas diferentes naquela frase absurda! Que relação poderia haver entre as palavras "gelo", "senhor", "ira", "cruel", "bosque sagrado", "mutante", "mãe", "arco" e "mar"? Só a primeira e a última se relacionavam com facilidade, pois não chega a ser surpreendente que um documento escrito na Islândia faça referência a um "mar de gelo". Mas daí a entender o restante do criptograma eram outros quinhentos.

Ou seja, era contra um problema insolúvel que eu me debatia. Meu cérebro fervia, os olhos ardiam de tanto fixar a folha de papel. As cento e trinta e duas letras pareciam dar piruetas a meu redor, como os pontinhos brilhantes que faíscam no ar em volta da cabeça quando o sangue aflui rápido demais.

Estava sofrendo uma espécie de alucinação, mal conseguia respirar, com falta de ar. Automaticamente me abanei com a folha de papel, com isso fazendo sua frente e seu verso se alternarem diante dos meus olhos.

Numa dessas idas e vindas rápidas, qual não foi a minha surpresa quando julguei discernir palavras perfeitamente legíveis, com o verso virado para mim, palavras latinas, entre as quais *craterem* e *terrestre*!

25. Na mitologia grega, ninfa dos rios e das fontes.

Um clarão iluminou bruscamente meu espírito e aqueles indícios bastaram para que eu me desse conta. Eu descobrira a chave do enigma. Para ler o documento nem era preciso virar a folha! Não. Era exatamente como me fora ditado e podia ser soletrado fluentemente. Todas as astuciosas combinações do professor estavam certas e ele tinha razão quanto à disposição das letras e à língua do documento! Por um quase nada ele poderia ter lido de cabo a rabo a frase latina. E o acaso acabava de me brindar com esse "quase nada"!

É fácil imaginar minha emoção! Minha vista se embaçou. Nada conseguia ver. A folha de papel estava aberta em cima da mesa. Com uma simples olhada eu desvendaria o segredo.

Consegui finalmente me acalmar. Obriguei-me a dar duas voltas no cômodo para me recompor e voltei a me afundar na ampla poltrona.

— Vamos tratar de ler — disse para mim mesmo, depois de encher os pulmões com boa reserva de ar.

Debrucei-me à mesa, meu dedo ia acompanhando cada letra e, sem que a menor hesitação me interrompesse, pronunciei em voz alta a frase inteira.

Que estupefação e verdadeiro terror me invadiram! Primeiro fiquei como em estado de choque. Não! O que eu descobria era algo que tinha acontecido! Um ser humano tivera a audácia de ir...

— Não mesmo! — exclamei dando um pulo. — Não! Meu tio não pode saber disso! Era só o que faltava ele ter conhecimento de uma viagem dessas! Vai querer repeti-la! Nada poderá impedi-lo na sua determinação de geólogo! Vai querer partir de qualquer maneira, apesar dos pesares, sem ouvir conselhos! E me levando junto! Nunca vamos conseguir voltar! Nunca! Nunca!

Estava numa agitação difícil de descrever.

— De jeito nenhum isso pode acontecer — acrescentei energicamente. — E tenho que impedir que a ideia chegue à cabeça desse meu tirano. É o que farei. De tanto revirar o documento, ele pode acabar descobrindo a chave. Preciso destruí-lo.

Havia ainda um resto de fogo na lareira. Peguei não só a minha folha de papel, mas também o pergaminho de Saknussemm. Com mão febril já ia lançar tudo às brasas e destruir o perigoso segredo, quando a porta do gabinete se abriu. Meu tio apareceu.

5

Tive tempo apenas de colocar sobre a mesa o infeliz documento.

O professor Lidenbrock parecia profundamente absorto. O pensamento obsessivo não lhe dava a menor trégua. Era evidente que durante o passeio tinha esmiuçado e analisado o caso, pondo em ação todos os recursos da imaginação, e voltava agora para tentar alguma nova combinação.

De fato, meteu-se na poltrona e, de pena em punho, começou a traçar fórmulas que pareciam um cálculo algébrico.

Eu acompanhava com os olhos sua mão trêmula, sem perder um único movimento. Chegaria de repente a algum resultado imprevisto? Meus nervos estavam à flor da pele e não havia por quê, pois tendo encontrado a combinação certa, a "única", qualquer outra pesquisa estava fadada ao fracasso.

Por três demoradas horas ele trabalhou sem abrir a boca, sem erguer a cabeça, apagando, retomando, rasurando e mil vezes recomeçando.

Eu sabia perfeitamente que, se organizasse as letras seguindo todas as posições relativas que podiam ocupar, a frase acabaria se formando. Mas igualmente sabia que vinte letras já bastam para formar dois quintilhões quatrocentos e trinta e dois quatrilhões novecentos e dois trilhões oito bilhões cento e setenta e seis milhões seiscentas e quarenta mil combinações. Ora, havia cento e trinta e duas letras na frase, e com cento e trinta e duas letras obtinha-se um número de frases diferentes composto de pelo menos cento e trinta e três algarismos, formando um número quase impossível de se enunciar e que escapa a qualquer apreciação.

Essa maneira heroica de resolver o problema me deixava mais tranquilo.

Mas o tempo passava e caiu a noite. Os ruídos da rua se acalmaram e meu tio, ainda debruçado sobre o problema, nada mais enxergava, nem sequer quando a criada Marthe entreabriu a porta. Também nada ouvia, nem quando a digna cozinheira perguntou:

— O senhor vai cear?

Teve que ir embora sem resposta enquanto eu, depois de resistir por algum tempo, fui dominado por invencível sono e cochilei numa ponta do sofá, tendo à frente meu tio Lidenbrock, que seguia calculando e rasurando.

Acordei no dia seguinte e o incansável pesquisador continuava a garimpar. Os olhos congestionados, a palidez, os cabelos desgrenhados pela mão febril e as maçãs do rosto arroxeadas claramente denunciavam a terrível luta com o impossível, as fadigas do espírito e o desgaste cerebral que aquelas horas haviam custado.

Era realmente de dar pena. Apesar das queixas que eu me achava no direito de fazer, me senti culpado. O pobre coitado estava a tal ponto tomado pela ideia fixa que até se esquecia de se irritar. Tinha todas as forças concentradas num só objetivo, e, como não liberava essa energia da maneira habitual, ele poderia explodir a qualquer momento.

E eu, com um só gesto, tinha como afrouxar o torno de ferro que lhe esmagava o crânio. Uma só palavra bastava! E eu nada disse.

No entanto, tenho boa índole. Por que me mantive mudo naquelas circunstâncias? Foi pelo bem do meu tio.

"Não e não", eu repetia comigo mesmo. "Não vou contar! Ele vai querer ir, eu o conheço, nada irá impedi-lo. Tem uma imaginação vulcânica, e para fazer o que outros geólogos não fizeram arriscaria a vida. Vou me manter calado. Guardarei o segredo que por acaso descobri! Compartilhar significa matá-lo! Ele que descubra, se puder. Não quero, um dia, me arrepender de ter causado a sua perdição!"

Com isso bem resolvido, cruzei os braços e esperei. Mas não contava com um incidente que ocorreria poucas horas depois.

Quando a prestimosa Marthe quis sair de casa para ir ao mercado, encontrou a porta trancada, sem a pesada chave na fechadura. Quem a havia retirado? Meu tio, é claro, ao chegar da precipitada excursão da véspera.

De propósito? Por engano? Estaria querendo nos impor as inclemências da fome? Isso me pareceu um tanto exagerado. Como assim? Marthe e eu seríamos vítimas de uma situação que não nos dizia respeito? Provavelmente, e me lembrei de um precedente que tinha tudo para nos assustar. De fato, alguns anos antes, na época em que meu tio trabalhava em sua grande classificação mineralógica, ele ficou quarenta e oito horas sem comer e a casa inteira foi obrigada a seguir essa dieta científica. Tive, naquela ocasião, contrações no estômago nada divertidas para alguém como eu, normalmente bem voraz.

E tinha a impressão de que o desjejum passaria em brancas nuvens, como a ceia da véspera. Mesmo assim, estava decidido ao heroísmo e a não ceder diante das exigências da fome. Marthe levava tudo isso a sério e estava desolada, a excelente mulher. Eu, por minha vez, na impossibilidade de deixar a casa, tinha motivos para me preocupar ainda mais. Não é difícil entender por quê.

Meu tio continuava a trabalhar, com a imaginação perdida no mundo ideal das combinações. Vivia longe da Terra e realmente alheio às necessidades corriqueiras.

Por volta do meio-dia, a fome me afligia seriamente. Com toda inocência, Marthe havia devorado na véspera as provisões da despensa e nada mais restava em casa. Mas aguentei. Para mim, era uma espécie de ponto de honra.

Soaram as 14h. Aquilo estava se tornando ridículo, para não dizer intolerável. Arregalei os olhos. Pensando bem, talvez estivesse exagerando a importância do documento. Era possível que meu tio não lhe desse crédito, que o visse como uma simples mistificação ou, na pior das hipóteses, poderíamos ainda retê-lo mesmo contra a sua vontade, se quisesse de fato partir para a aventura. Sem contar que, afinal, ele podia também por conta própria descobrir o segredo, decifrar a mensagem e eu estaria jejuando à toa.

Tais argumentos, que na véspera eu teria rejeitado com indignação, me pareceram muito bons. Achei inclusive totalmente absurdo ter esperado tanto tempo, e decidi tudo contar.

Procurava então como dar início à explicação sem ser brusco demais, quando o professor se pôs de pé, enfiou o chapéu e se preparou para sair.

Mas como? Sair de casa e nos deixar outra vez trancados? Nunca!

— Tio! — chamei.

Ele aparentemente não ouviu.

— Tio Lidenbrock! — repeti erguendo a voz.

— Hein? — ele pareceu subitamente despertar.

— E a chave?

— Que chave? A chave da porta?

— Não! — exclamei quase irritado. — A chave do documento!

Ele me olhou por cima dos óculos. Efetivamente notou alguma coisa mais insólita em minha fisionomia, pois me agarrou com força o braço e, sem conseguir falar, me interrogou com o olhar. Nunca, porém, uma pergunta se formulou de maneira mais clara.

Assenti com a cabeça.

Ele abanou a sua com certa pena, achando que eu talvez tivesse enlouquecido.

Insisti mais afirmativamente no gesto.

Os olhos dele brilharam e a mão se tornou ameaçadora.

Naquelas circunstâncias, essa conversa muda teria interessado ao mais indiferente dos espectadores. E realmente eu estava a ponto de nem me atrever mais a falar, com medo de ser sufocado por abraços de euforia. Mas a tensão era tão premente que precisei responder.

— É verdade, a chave!… Foi por acaso…

— O que está dizendo? — ele balbuciou com indescritível emoção.

— Pode ler — disse-lhe, apresentando a folha de papel em que eu havia escrito. — Leia.

— Não faz nenhum sentido! — ele respondeu, amassando a folha.

— Nenhum, se começar a ler a partir do início, mas pelo fim…

Nem havia terminado a frase e o professor já dava um grito. Mais que um grito, um verdadeiro rugido! A revelação acabava de se estender à sua alma. Estava transfigurado.

— Ah! Engenhoso Saknussemm! — Ele não se conteve. — Escrevestes então a frase ao contrário?

Precipitando-se sobre o papel, com olhar desvairado, voz emocionada, meu tio percorreu o documento todo, indo da última letra à primeira.

Lia-se o seguinte:

In Sneffels Yoculis craterem kem delibat umbra Scartaris Julii intra calendas descende, audas viator, et terrestre centrum attinges. Kod feci. Arne Saknussemm.

Mau latim, que assim pode ser traduzido:

Desça na cratera do Yocul de Sneffels que a sombra do Scartaris acaricia antes das calendas de julho, audacioso viajante, e chegará ao centro da Terra. Foi o que fiz. Arne Saknussemm.

Depois de ler, meu tio deu um pulo como se tivesse encostado sem querer numa garrafa de Leiden.[26] Estava exuberante de audácia, entusiasmo e convicção. Andava de um lado para outro, segurava a cabeça com as duas mãos, arrastava as cadeiras, empilhava livros, brincava fazendo malabarismos — o que era bastante inacreditável — com seus preciosos geodes. De vez em quando desferia um soco ou uma palmada ao acaso. Finalmente seus nervos se acalmaram e, como alguém esgotado por um gasto excessivo de energia, ele desabou na poltrona.

— Que horas são? — perguntou após alguns instantes de silêncio.

— 15h — respondi.

— Estranho! O almoço não fez efeito. Estou morrendo de fome. À mesa. E depois…

— Depois?

— Prepare minha mala.

— O quê?! — exclamei.

— E a sua! — respondeu o implacável professor, entrando na sala de jantar.

26. A garrafa de Leiden antecipou o capacitor elétrico. Foi criada na cidade holandesa de Leiden, em 1745, por Pieter van Musschenbroek, com a finalidade de demonstrações em feiras, distribuindo choques elétricos como uma espécie de atração mágica.

6

Ouvindo aquelas palavras, um arrepio atravessou meu corpo de cima a baixo. Mas me controlei. Resolvi inclusive me mostrar impassível. Apenas argumentos científicos poderiam fazer efeito sobre o professor Lidenbrock, e era o que não faltava, fortíssimos, contra a possibilidade de semelhante viagem. Ir ao centro da Terra! Que tolice! Mas guardei minha dialética para o momento oportuno e me preocupei com o almoço.

Nem preciso falar das imprecações do meu tio, vendo a mesa vazia. Tudo se esclareceu, Marthe teve sua liberdade de volta e correu ao mercado. Foi tão eficiente que, uma hora depois, minha fome estava aplacada e voltei à amargura da situação.

Durante a refeição, meu tio esteve quase alegre, deixando escapar aquelas piadas de cientista que nunca chegam a ser tão engraçadas. Depois da refeição, fez sinal para que o seguisse até o gabinete.

Obedeci. Ele se sentou numa ponta da mesa e eu, na outra.

— Você é perspicaz, Axel — disse em tom amigável —, e me prestou um grande auxílio num momento em que, desanimado, eu já cogitava desistir daquele documento. O que mais podia tentar? Nem sei dizer! Nunca me esquecerei disso, sobrinho, e da glória que conquistaremos você terá a sua parte.

"É agora!", pensei. "Está de bom humor, é o momento certo para falar dessa glória."

— Antes de mais nada — ele continuou —, peço que mantenha o mais absoluto sigilo, está ouvindo? Não faltam invejosos no mundo científico e muitos gostariam de fazer essa viagem, que só descobrirão quando voltarmos.

— Acredita mesmo que seja tão grande o número de cientistas com essa audácia?

— Com certeza! Quem pensaria duas vezes diante da oportunidade de conquistar tal celebridade? Se o documento for conhecido, uma legião inteira de geólogos vai se precipitar, seguindo as pegadas de Arne Saknussemm!

— Não estou tão convencido disso, tio, pois nada comprova a autenticidade do documento.

— Como?! E o livro dentro do qual o descobrimos?

— Bom, concordo que o tal Saknussemm tenha escrito essas linhas, mas isso prova que realmente fez a viagem? O velho pergaminho não pode ser pura mistificação?

Quase lamentei ter pronunciado essa última palavra, um tanto arriscada. O professor franziu as grossas sobrancelhas e receei ter comprometido o bom andamento da conversa. Felizmente não foi o caso e meu severo interlocutor esboçou uma espécie de sorriso, respondendo:

— É o que veremos.

— Ah! — suspirei meio envergonhado. — Mas posso expor algumas objeções minhas com relação ao documento?

— Fale, meu jovem, não se acanhe. Tem total liberdade para exprimir sua opinião. Não é mais apenas sobrinho, e sim colega. Continue.

— Pois bem, para começar, o que vêm a ser Yocul, Sneffels e Scartaris, de que nunca ouvi falar?

— Muito fácil. Por coincidência recebi, não tem muito tempo, um mapa do meu amigo Augustus Peterman,[27] de Leipzig. Não podia ter chegado em hora melhor. Pegue o terceiro atlas na segunda seção da biblioteca principal, série Z, prancha 4.

Fui até lá e, graças a tão precisa indicação, rapidamente encontrei o mapa em questão. Meu tio o abriu e disse:

— É um dos melhores mapas da Islândia, desenhado por Henderson,[28] e creio que pode nos dar a solução para todas as suas dificuldades.

Debrucei-me sobre o mapa.

— Observe essa ilha formada por vulcões — mostrou o professor — e note que todos se chamam Yocul. A palavra significa "geleira" em islandês, e na elevada latitude da Islândia a maioria das erupções acontece atravessando camadas de gelo. Donde a denominação Yocul, aplicada a todas as montanhas ignívomas da ilha.

— Muito bem — dei-me por satisfeito. — E Sneffels?

Esperava que ele não tivesse resposta à pergunta. Estava enganado. Meu tio continuou:

— Siga pela costa ocidental da Islândia. Está vendo Reykjavik, a capital? Ótimo. Suba os inúmeros fiordes através da costa devorada pelo mar e pare um pouco abaixo dos 65° de latitude. O que vê?

— Uma espécie de istmo parecendo um osso descarnado que termina numa enorme rótula.

— A comparação é boa, meu jovem. Mas não percebe algo mais nessa rótula?

27. Eminente cartógrafo alemão, especialista na região polar ártica, Augustus Peterman (1822-78) fundou a revista *Petermanns Geographische Mitteilungen* e sustentou a tese da existência de um mar livre de gelo no polo Norte, o que deu origem a várias expedições.

28. Ebenezer Henderson (1784-1858), pastor protestante escocês que esteve na Islândia em 1814-15 e publicou *Iceland, or the Journal of a Residence in that Island*, com um mapa detalhado da ilha.

Debrucei-me sobre o mapa.

— É verdade, um monte que parece ter brotado do mar.

— Exatamente! É o Sneffels.

— O Sneffels?

— O próprio, uma montanha abrupta de mil e quinhentos metros, uma das mais notáveis da ilha e sem dúvida será a mais famosa do mundo, se a sua cratera nos levar ao centro do globo.

— Mas isso é impossível! — exclamei erguendo os ombros e revoltado só de pensar na hipótese.

— Impossível? — questionou o professor Lidenbrock em tom severo. — E por quê?

— Porque a cratera obviamente se encontra obstruída por lavas, rochas escaldantes, e assim…

— E se for uma cratera extinta?

— Extinta?

— Extinta. O número de vulcões atualmente em atividade na superfície do globo é de apenas trezentos, mais ou menos;[29] mas existe quantidade bem maior de vulcões extintos. E o Sneffels se encontra entre estes últimos. Sua única erupção em tempos históricos se deu em 1219.[30] Desde então suas movimentações pouco a pouco se acalmaram e ele não consta mais do rol dos vulcões ativos.

Sem ter o que responder a afirmações tão incisivas, investi contra outros pontos obscuros do documento:

— O que significa a palavra Scartaris e por que a referência às calendas de julho?[31]

Meu tio precisou de uns instantes de reflexão e tive um momento de esperança. Curtíssimo, pois ele em pouco tempo disse:

— O que você considera obscuro para mim é luz. O detalhe apenas comprova o apurado cuidado com que Saknussemm quis dar precisões relativas à sua descoberta. O Sneffels é formado por várias crateras, foi necessário indicar qual delas leva ao centro do globo. O que fez o sábio islandês? Observou que nas proximidades das calendas de julho, ou seja, por volta dos últimos dias do mês de junho, um dos picos da montanha, o Scartaris, projeta sua sombra até a abertura da cratera em questão, e indicou o fato no documento. Como imaginar indicação mais exata e, tendo chegado ao cume do Sneffels, como poderíamos hesitar quanto ao caminho a seguir?

Realmente meu tio tinha resposta para tudo. Percebi que se manteria invulnerável com relação ao velho pergaminho, no campo das palavras. Parei então de pressioná-lo nesse sentido e, sendo preciso sobretudo convencê-lo, passei a objeções científicas bem mais graves, na minha opinião:

— Bom, sou forçado a concordar, a frase de Saknussemm é clara e elimina qualquer dúvida que porventura ainda subsistisse. Junte-se a isto que o documento tem uma aparência de perfeita autenticidade. O cientista desceu ao fundo do Sneffels, viu a sombra do Scartaris acariciar, antes das calendas de julho, as beiradas da cratera e deu ouvidos a narrativas lendárias do seu tempo,

29. Não há consenso entre vulcanologistas para o que seja um "vulcão ativo", mas hoje em dia cerca de quinhentos vulcões podem ser considerados ativos, e vinte deles "muito ativos".

30. A informação parece vir do livro *Voyages dans les mers du Nord à bord de la corvette La Reine-Hortense* (1857), de Charles-Edmond Chojecki. O site do Parque Nacional da Geleira do Sneffels, entretanto, situa a última erupção do vulcão cerca de 1800 anos atrás, ou seja, no séc.III da nossa era.

31. O antigo calendário romano tinha nomes específicos para alguns dias fixos: as calendas eram o primeiro dia de cada mês, assim como os idos — que usamos na expressão "nos idos do mês de março", por exemplo — eram o 13º ou 15º dia, conforme o mês.

dizendo que a tal cratera levava ao centro da Terra. Mas daí a ter de fato ido até lá, ter feito a viagem e conseguido voltar, isso não, cem vezes não!

— E por que não? — perguntou meu tio num tom estranhamente provocador.

— Porque todas as teorias da ciência demonstram ser impraticável tal viagem.

— É o que dizem todas as teorias da ciência? — continuou o professor insistindo na malícia. — Míseras teorias! Vão nos atrapalhar um bocado, essas pobres teorias!

Vi muito bem que zombava de mim, mas continuei:

— Exatamente! Está mais do que provado que o calor aumenta cerca de um grau a cada vinte e um metros de profundidade no interior do globo. Se admitirmos constante essa proporcionalidade, sendo de seis mil quilômetros o raio terrestre,[32] temos no centro uma temperatura que ultrapassa milhões de graus. Com isso, as matérias no interior da Terra se encontram em estado de gás incandescente, pois os metais, o ouro, a platina e as rochas mais duras não resistem a semelhante calor. Tenho então o direito de perguntar como seria possível penetrar num meio assim!

— É então o calor o problema, Axel?

— Como não seria? Se chegássemos a uma profundidade de apenas quarenta quilômetros, estaríamos ainda no limite da crosta terrestre e com uma temperatura já superior aos 1.300°.

— Tem medo de derreter?

— Deixo que decida o senhor mesmo a questão — respondi irritado.

— Pois ouça então o que decido — respondeu o professor Lidenbrock assumindo toda a sua pompa. — Nem você nem ninguém mais sabe com certeza o que se passa no interior do globo, uma vez que mal conhecemos doze milésimos do seu raio. A ciência está o tempo todo sendo aperfeiçoada e as teorias são destruídas incessantemente por novas teorias. Não acreditávamos, até a chegada de Fourier,[33] que a temperatura dos espaços planetários diminuía progressivamente, e não sabemos hoje que os maiores frios das regiões etéreas não passam dos quarenta ou cinquenta graus abaixo de zero?[34] Por

32. No original, em léguas. Em vigor antes da adoção do sistema métrico, a légua, assim como a milha, variava de acordo com a época e a região. Jules Verne trabalha com uma légua de quatro quilômetros e uma milha de dois quilômetros. Optamos pela conversão para quilômetros em todos os livros de Verne, a fim de dar ao leitor uma melhor noção das distâncias e dimensões.

33. O matemático e físico francês Joseph Fourier (1768-1830) criou as "séries Fourier", decompondo as funções periódicas e que se aplicam à propagação do calor.

34. Podem, na verdade, chegar a −270°, mas a própria noção de "espaço planetário" evoluiu muito ao longo do séc.XX. Sabe-se, em todo caso, que à falta de pressão atmosférica um mesmo objeto ou pessoa pode ter o seu lado exposto ao sol a uma temperatura de 150° e seu lado oposto a −150°.

que não se daria o mesmo com o calor interno? Por que, a certa profundidade, não se atingiria um limite intransponível, sem chegar ao grau de fusão dos minerais mais refratários?

Com a questão sendo levada para o terreno das hipóteses, fiquei sem resposta. Ele então continuou:

— Pois posso lhe dizer que verdadeiros cientistas, entre os quais Poisson,[35] provaram que, se um calor de dois milhões de graus existisse no interior do globo, os gases incandescentes gerados pelas matérias fundidas teriam tal elasticidade que a crosta terrestre não resistiria e explodiria como as paredes de uma caldeira sob a pressão do vapor.

— É a opinião de Poisson, meu tio, nada mais.

— Concordo, mas geólogos eméritos têm a mesma opinião e afirmam que o interior do globo não é formado por gás, nem água e nem pelas mais pesadas pedras que conhecemos, pois, nesse caso, a Terra teria um peso duas vezes menor.

— Ora, com números pode-se provar o que se quiser!

— E com fatos, meu jovem, também não? Não é certo que o número de vulcões diminuiu consideravelmente desde os primeiros dias do mundo? Assim sendo, no caso de haver calor central, não se pode concluir que ele tende a diminuir?

— Tio, se for entrar no campo das suposições, não vou mais discutir.

— Mas posso ainda dizer que à minha opinião se juntam outras, de pessoas indiscutivelmente competentes. Não se lembra de uma visita que me fez o célebre químico inglês Humphry Davy, em 1825?[36]

— Não teria como, pois só nasci dezenove anos depois.

— Pois bem, Humphry Davy veio me ver quando esteve em Hamburgo. Conversamos sobre muitos assuntos, entre os quais o da hipótese da liquidez do núcleo interior da Terra. Ambos concordávamos que tal liquidez não pode existir, por um motivo que a ciência nunca conseguiu explicar.

— Qual? — perguntei espantado.

— Essa massa líquida estaria sujeita, como o oceano, à atração da Lua e, consequentemente, duas vezes por dia se produziriam marés interiores que ergueriam a crosta terrestre, ocasionando tremores periódicos!

— Mas é evidente que a superfície do globo passou por uma combustão e pode-se perfeitamente imaginar que a crosta externa esfriou primeiro e que o calor se refugiou no centro.

35. O francês Simeon-Denis Poisson (1781-1840), autor de *Mémoire sur la théorie du magnetisme*, defendeu a tese de que a Terra foi resfriada a partir do interior.

36. Além da lâmpada de Davy (ver nota 6), o cientista foi também conhecido por experiências relativas à ação de alguns gases. Curiosamente, o professor Lidenbrock teria cerca de doze anos de idade quando recebeu a visita do químico inglês…

— Errado! A Terra foi aquecida pela combustão de sua superfície, nada mais. Essa superfície se compunha de grande quantidade de metais como o potássio e o sódio, que têm a propriedade de se inflamar ao contato do ar e da água. Eles entraram em combustão quando os vapores atmosféricos se precipitaram como chuva sobre o solo e, pouco a pouco, com as águas penetrando pelas fendas da crosta terrestre, novos incêndios aconteceram, com explosões e erupções. Donde o grande número de vulcões no início do mundo.

— A hipótese é engenhosa! — tive que admitir.

— E Humphry Davy a demonstrou aqui mesmo, com uma experiência bem simples. Fez uma bola usando principalmente esses metais que mencionei, representando perfeitamente nosso globo. Em seguida, derramou umidade, como se fosse orvalho, e a bola inchou, oxidou e vi crescer uma pequena montanha, no topo da qual uma cratera se abriu e entrou em erupção, espalhando pela superfície um calor que tornou impossível continuar segurando a esfera com as mãos.

Eu realmente começava a ficar impressionado com os argumentos do professor, que os sustentava com a paixão e o entusiasmo de sempre.

— Está vendo, Axel? O estado do núcleo central fez surgirem hipóteses diversas entre os geólogos. Nada comprova esse calor interno que, para mim, não existe. E nem pode existir, como veremos. Seguindo os passos de Arne Saknussemm, vamos esclarecer essa grande questão.

— Vamos, sim, vamos! — empolguei-me, contagiado com aquele entusiasmo. — É o que veremos; se é que se pode ver alguma coisa por lá.

— E por que não? Talvez fenômenos elétricos nos iluminem e a própria atmosfera, por efeito da pressão, possa se tornar luminosa quando nos aproximarmos do centro.

— Sim, sim! É totalmente possível.

— Tenho certeza — respondeu triunfante meu tio. — Mas, silêncio, está ouvindo? Silêncio sobre tudo isso, para que não venha alguém querendo descobrir o centro da Terra antes de nós.

7

Foi como terminou a memorável conversa. Tudo aquilo me deixou febril. Saí atordoado do gabinete e parecia não haver ar que bastasse nas ruas de Hamburgo para que eu me recuperasse. Tomei então a direção das margens do Elba, para o lado em que a barca a vapor faz a ligação da cidade com a estrada de ferro.

Estava mesmo convencido de tudo o que acabava de descobrir? Não me deixara influenciar pelo professor Lidenbrock? Devia levar a sério a sua decisão de ir ao centro do maciço terrestre? O que eu acabava de ouvir eram especulações insensatas de um louco ou deduções científicas de um gênio? Onde, naquilo tudo, terminava a verdade e começava o equívoco?

Perambulei entre mil hipóteses contraditórias, sem conseguir me agarrar a nenhuma.

Na hora, é verdade, eu me sentira totalmente convencido, mas o entusiasmo começava a fraquejar. Melhor mesmo seria partir logo, sem pensar muito. Realmente, naquele momento, coragem para fazer as malas era o que não me faltava.

Mas confesso que pouco depois toda essa intrepidez ruiu. Meus nervos relaxaram e dos profundos abismos da Terra voltei à superfície.

— É absurdo! — exclamei. — Não faz o menor sentido! Não se pode seriamente propor algo assim a um jovem que tenha os pés no chão. Nada disso existe. Dormi mal, foi apenas um sonho ruim.

Pensando, eu havia acompanhado as margens do Elba, contornando a cidade. Depois de passar pelo porto, chegara ao caminho de Altona. Um pressentimento me guiava, um pressentimento que se justificava, pois logo em seguida vi minha querida Graüben, que valentemente voltava a Hamburgo com seus pezinhos ligeiros.

— Graüben! — gritei de longe.

Ela parou um tanto assustada, imagino, ouvindo chamarem o seu nome numa estrada. Com dez passos cheguei até ela.

— Axel! Que bom que veio me encontrar no caminho!

Mas, ao me olhar melhor, não se iludiu por muito tempo, percebendo minha aparência inquieta, transtornada.

— O que houve? — quis saber, dando-me a mão.

— O que houve, Graüben…

Em dois segundos, com três frases, a minha linda virlandesa estava a par de tudo. Por alguns instantes se manteve em silêncio. Seu coração batia tão forte quanto o meu? Não sei, mas a mão não tremia. Demos uma centena de passos sem falar.

— Axel! — disse ela, finalmente.

— Graüben, querida!

— Será uma bela viagem.

Dei um pulo ouvindo isso.

— Com certeza, Axel, uma viagem digna do sobrinho de alguém com tanto saber. É bom para um homem se destacar por um grande feito!

— Como, Graüben? Não quer que eu impeça semelhante expedição?

— Não, Axel querido. E com prazer os acompanharia, se em algo assim uma pobre moça não fosse apenas atrapalhar.

— Verdade?

— Verdade.

Ah, mulheres, maduras ou jovens, são sempre incompreensíveis os corações femininos! Quando não se mostram como o mais tímido dos seres, são os mais valentes! A razão nada pode contra vocês. Aquela criança me incentivava a partir na expedição! E não teria medo de participar! Encorajava a mim, a quem, no entanto, amava!

Estava desconcertado e, confesso, envergonhado.

— Graüben — tentei ainda —, veremos se amanhã vai continuar dizendo o mesmo.

— Amanhã, querido Axel, repetirei o que disse hoje.

De mãos dadas, mas em profundo silêncio, continuamos nosso caminho. Sentia-me arrasado com as emoções daquele dia.

"Na verdade", pensei, "as calendas de julho ainda estão longe e até lá muita coisa pode acontecer que cure o meu tio dessa extravagância de viajar para dentro da Terra."

A noite já havia caído quando chegamos à casa da Königstrasse. Esperava encontrar tranquilo o lar, meu tio já deitado como era seu hábito e Marthe dando uma última espanada na sala de jantar.

Mas não contara com a impaciência do professor. Encontrei-o aos gritos, nervoso no meio de uma tropa de carregadores que deixavam mercadorias do lado de fora. A velha empregada não sabia mais o que fazer.

— Até que enfim, Axel! Um pouco mais de pressa, infeliz! — agitou-se ele assim que me viu. — E a sua mala que nem está feita, meus papéis ainda em desordem, meu saco de viagem cuja chave não encontro e as polainas que encomendei e não chegam!

Fiquei pasmo. Sem voz para dizer alguma coisa. Foi com dificuldade que consegui articular:

— Estamos partindo?

— Claro que sim, infeliz, que inventa de ir passear em vez de estar aqui!

— Estamos partindo? — repeti com um fiapo de voz.

— Isso mesmo, depois de amanhã, logo às primeiras horas do dia.

Não pude continuar ouvindo e fugi para o meu quartinho.

Não restava mais dúvida alguma, meu tio havia passado a tarde encomendando objetos e utensílios necessários para a viagem. A entrada da casa estava entulhada de escadas de corda, cordas com nós, archotes, cantis, ganchos de ferro, picaretas, bastões com ponta de ferro, enxadas; carga para no mínimo dez homens.

Passei uma noite horrível. No dia seguinte, ouvi me chamarem cedo. Estava decidido a não abrir a porta. Mas como resistir à meiguice da voz que dizia "Axel, querido"?

Saí do quarto. Achava que minha prostração, palidez e olhos vermelhos por causa da insônia iam surtir algum efeito em Graüben e mudar suas ideias.

Ah, meu querido! ela disse. Vejo que está melhor e que a noite o acalmou.

— Acalmou?

Corri ao espelho e, é verdade, minha aparência não estava tão ruim quanto imaginava. Era bastante incrível.

— Axel — voltou a dizer Graüben —, tive uma boa conversa com meu tutor. É um valoroso cientista, homem de grande coragem, e lembre-se de que é o mesmo sangue que corre nas suas veias. Ele me falou dos projetos e esperanças que o animam, do porquê e do como alcançar tais objetivos. E os alcançará, não tenho a menor dúvida. Ah, meu querido Axel! Que bonito é se dedicar assim à ciência! Quanta glória haverá de cobrir o professor Lidenbrock, com sobras suficientes para o seu companheiro de empreitada. Quando voltar, Axel, você será um homem, em pé de igualdade com ele, livre para falar, agir, livre, enfim, para...

Ruborizando, não terminou a frase. Aquelas palavras me reanimaram. Mesmo assim, eu não queria ainda acreditar que partíamos. Levei-a até o gabinete do professor.

— Tio — dirigi-me a ele —, é mesmo certo, então, que partimos?

— Como? Ainda tem dúvida?

— Nenhuma — apressei-me a dizer para não contrariá-lo. — Mas gostaria de perguntar por que tanta pressa.

— Por causa do tempo, ora! O tempo corre com irreparável rapidez!

— Estamos somente em 26 de maio, e até fins de junho...

— Ignorante! Acha então ser tão fácil assim chegar à Islândia? Se não tivesse saído como um louco e me houvesse acompanhado ao escritório da Liffender e Cia., saberia que de Copenhague a Reykjavik há um único navio por mês, sempre no dia 22.[37]

37. O nome da companhia de navegação é fictício, mas um vapor dinamarquês, o *Arcturus*, de fato fazia essa viagem, partindo no dia 22 de cada mês.

— E qual o problema?

— O problema é que se esperarmos até 22 de junho chegaremos tarde demais para ver a sombra do Scartaris acariciar a cratera do Sneffels! Precisamos então chegar a Copenhague o quanto antes, para conseguir um meio de transporte. Vá preparar sua bagagem!

Não havia mais o que fazer. Subi para o meu quarto. Graüben me acompanhou. Encarregou-se de arrumar numa maleta os objetos necessários. Parecia tratar aquilo como se fosse uma viagem a Lübeck ou Helgoland.[38] Suas mãozinhas iam e vinham sem se precipitar. Conversava com calma e desfiava os motivos mais razoáveis para a expedição. Era encantadora e me fazia sentir uma raiva enorme dela. Cheguei algumas vezes a me irritar, mas ela ignorava, seguindo metodicamente com sua tranquila tarefa.

Com a última correia da mala afivelada, desci ao térreo.

O dia inteiro tivemos a visita de fabricantes de instrumentos de física, de armas, de aparelhos elétricos. Nossa boa Marthe não entendia nada.

— Será que o patrão enlouqueceu? — ela perguntou para mim.

Fiz um sinal afirmativo com a cabeça.

— E vai levá-lo com ele?

Mesma afirmação.

— Para onde?

Indiquei com o dedo o centro da Terra.

— O porão? — espantou-se a velha empregada.

— Não, mais fundo!

A tarde chegou ao fim. Eu perdia a noção do tempo.

— Até amanhã de manhã — despediu-se de mim meu tio. — Saímos às 6h em ponto.

Às 22h caí na cama como uma massa inerte.

Durante a noite meu terror voltou.

Eu atravessava abismos! Na verdade delirava. Sentia a mão vigorosa do professor me travar, me arrastar, me afundar! Caía em insondáveis despenhadeiros, com a velocidade crescente dos corpos soltos no espaço. Minha vida se reduzia a uma interminável queda.

Acordei às 5h, arrasado de cansaço e ansiedade. Desci à sala de jantar. Meu tio estava à mesa. Devorava o que tinha à frente. Olhei para ele com pavor. Mas Graüben estava presente. Não falei nada. Nem nada consegui comer.

Às 5h30, ouviu-se o barulho de rodas na rua. Um carro bem grande chegava para nos levar à estação ferroviária de Altona. Rapidamente ficou lotado, com a quantidade de volumes que meu tio levava.

— E a sua mala? — ele me perguntou.

38. Lübeck fica a menos de setenta quilômetros de Hamburgo; Helgoland é uma pequena ilha alemã no mar do Norte.

Da porta de entrada da casa, Graüben e Marthe nos acenaram um último adeus.

— Está pronta — respondi com dificuldade.

— Vá logo pegá-la, ou vamos acabar perdendo o trem!

Era inútil lutar contra o destino. Subi ao meu quarto e, deixando a mala escorregar pelos degraus da escada, segui-a.

Naquele momento meu tio solenemente passava a Graüben "as rédeas" da casa. Minha bela virlandesa mantinha a calma de sempre. Beijou seu tutor, mas não pôde impedir uma lágrima ao encostar em minha face seus lábios de mel.

— Graüben! — suspirei.

— Vá, meu querido Axel, vá — ela me disse. — A noiva que deixa será sua mulher quando voltar.

Estreitei-a nos braços e depois me acomodei no carro. Da porta de entrada da casa, ela e Marthe nos acenaram um último adeus. Em seguida os cavalos, incitados pelos assovios do cocheiro, se lançaram a galope no caminho para Altona.

8

Altona, quase um subúrbio de Hamburgo,[39] é o ponto de partida da estrada de ferro de Kiel, que nos conduziria ao litoral de Belt. Em menos de vinte minutos entraríamos no território do Holstein.[40]

Às 6h30 o carro parou diante da estação, as inúmeras caixas do meu tio, com seu volumoso material de viagem, foram descarregadas, transportadas, pesadas, etiquetadas e recarregadas no vagão de bagagens. Às 7h estávamos sentados na mesma cabine, frente a frente. O vapor apitou, a locomotiva se pôs em movimento e lá fomos nós.

Estava já resignado? Ainda não. Mas o ar agradável da manhã, os detalhes da estrada rapidamente renovados pela velocidade da máquina me distraíam da preocupação maior.

Já o professor, era evidente que os seus pensamentos iam mais rápido que aquele trem, lento demais para a sua impaciência. Estávamos sozinhos no vagão, mas não falávamos. Ele vistoriava os bolsos e o saco de viagem com minuciosa atenção. É claro que peça alguma necessária faltaria para a execução do projeto.

Entre outras coisas, uma folha de papel cuidadosamente dobrada tinha o timbre da chancelaria dinamarquesa com a assinatura do sr. Christensen, cônsul em Hamburgo e amigo do professor. Devíamos com isso facilmente obter recomendações, em Copenhague, junto ao governador da Islândia.[41]

Entrevi também, cuidadosamente guardado na dobradura mais secreta da carteira de notas, o precioso documento. Amaldiçoei-o do fundo do coração e voltei a observar a paisagem, uma vasta sucessão de planícies pouco inte-

39. Hoje em dia Altona é de fato incorporada como bairro à cidade, assim como a Virlândia.

40. O Holstein é uma região bem ao norte da Alemanha, e Kiel a sua capital. Fehmarn Belt é um estreito entre a Alemanha e a Dinamarca.

41. Na época a Islândia era território dinamarquês. A partir de 1874 começou a ganhar certa independência, que só se tornou definitiva em 1918, primeiro com um regime monárquico, ainda ligado à Coroa dinamarquesa, e depois republicano, no final da Segunda Guerra Mundial.

ressantes, monótonas, alagadas e bastante férteis — terreno muito propício à *railway*[42] e às linhas retas que as estradas de ferro tanto apreciam.

Mas tal monotonia nem chegou a me cansar, porque três horas depois de partir o trem já parava em Kiel, a dois passos do mar.

Como nossa bagagem estava registrada para seguir até Copenhague, não precisamos nos preocupar com ela. Mesmo assim o professor não deixou de acompanhá-la com olhar atento, enquanto era embarcada no navio a vapor, até desaparecer no fundo do porão.

Em sua precipitação, meu tio havia calculado mal os horários de correspondência entre o trem e o navio e tivemos um dia inteiro de espera. O vapor *Ellenora* só partiria à noite. Daí uma febril agitação de nove horas, durante as quais o irascível viajante mandou aos diabos as companhias de transporte marítimo e ferroviário, assim como o governo, que tolerava semelhantes abusos. E ainda por cima precisei estar presente quando resolveu procurar o capitão do *Ellenora* para falar sobre o assunto, exigindo que ordenasse o imediato aquecimento da máquina. O comandante mandou-o às favas.

Mas em Kiel, como em qualquer outro lugar, o tempo acaba passando. De tanto caminhar pelas margens verdejantes da baía no fundo da qual se ergue a pequena cidade, de perambular pelos densos bosques que lhe dão a aparência de um ninho numa braçada de ramos, de admirar as residências todas providas de uma pequena sauna; de tanto, enfim, correr e praguejar, chegamos às 22h.

Os turbilhões de fumaça do *Ellenora* se espalhavam no céu, o convés trepidava sob a agitação da caldeira. Estávamos finalmente a bordo e éramos donos de dois leitos em beliche na única cabine do navio.

Às 22h15 as amarras foram soltas e o *steamer* rapidamente ganhou as escuras águas do Grande Belt.[43]

Era uma noite escura, com boa brisa e mar agitado. Algumas luzes do litoral apareciam nas trevas. Mais tarde, não sei precisar onde, um farol brilhou intermitente acima das águas. São as únicas lembranças que guardei daquela primeira travessia.

Às 7h aportamos em Korsor, cidadezinha na costa ocidental da Zelândia. Desembarcamos e saltamos para outro trem, que nos levou por campos tão planos quanto os do Holstein.

Foram mais três horas até chegar à capital da Dinamarca. Meu tio não havia pregado o olho a noite inteira, mas acho que tentava empurrar o vagão com os pés, de tanta pressa que tinha.

42. Em inglês no original. As ferrovias eram então principalmente inglesas, em plena época da chamada *railwaymania*.

43. É o estreito que separa as duas maiores ilhas dinamarquesas, Zelândia (onde se situa a capital, Copenhague) e Fiônia. Desde 1998, o Grande Belt é atravessado por um conjunto misto rodoviário e ferroviário, de dezoito quilômetros, composto de um túnel e duas pontes.

De repente, avistou um braço de mar.

— O Sund![44] — ele exclamou.

Havia à nossa esquerda uma ampla construção parecendo um hospital.

— É um asilo de loucos — explicou um passageiro sentado perto de nós.

Pensei comigo mesmo: "Num lugar desses é que provavelmente terminaremos nossos dias! E esse aí, por maior que seja, ainda é pequeno para toda a loucura do professor Lidenbrock!"

Às 10h finalmente pisamos em Copenhague. A bagagem foi colocada num carro e levada conosco para o hotel Phoenix, na Bredgade.[45] Levamos cerca de meia hora até lá, pois a estação se situa fora da cidade. Depois de sumária toalete, meu tio me arrastou com ele. O porteiro do hotel falava alemão e inglês, mas o professor, como bom poliglota, fez perguntas em correto dinamarquês e igualmente em correto dinamarquês nosso personagem lhe indicou o caminho para o Museu de Antiguidades do Norte.[46]

O diretor desse curioso estabelecimento, no qual se empilham maravilhas que nos permitem reconstituir a história do país com suas velhas armas de pedra, seus vasos de estanho e suas joias, era um homem de ciência, o professor Thomson,[47] amigo do cônsul de Hamburgo.

Meu tio entregou-lhe a calorosa carta de recomendação do cônsul. Em geral os cientistas recebem bastante mal os colegas, mas não foi o caso, bem pelo contrário. O sr. Thomson, muito prestativo, foi extremamente cordial com o professor Lidenbrock e até mesmo com o seu sobrinho. Nem é preciso dizer que mantivemos o segredo diante do excelente diretor do museu. Éramos apenas dois amadores desinteressados, querendo visitar a Islândia.

O sr. Thomson se colocou totalmente à nossa disposição e fomos juntos ao cais em busca de uma embarcação com partida marcada.

Minha esperança era a absoluta falta de transporte, o que não aconteceu. Uma pequena escuna dinamarquesa, *Valkiria*, singraria rumo a Reykjavik em 2 de junho e o comandante, capitão Bjarne, se encontrava a bordo. Seu futuro passageiro quase lhe esmagou as mãos de tão animado. O bravo marujo estranhou um pouco tal efusividade. Achava simplíssimo ir à Islândia, pois era esse o seu trabalho. Meu tio, porém, considerou sublime tudo aquilo e o digno

---

44. Sund é como correntemente é chamado o estreito entre a Dinamarca e a Suécia. Tanto em dinamarquês quanto em sueco significa simplesmente "estreito".

45. Luxuoso hotel ainda existente no número 37 da Bredgade, no centro da cidade.

46. Fundado em 1807 e tendo publicado já no ano seguinte seu primeiro guia ilustrado, o Oldnordisk Museum ganhou importância nas décadas seguintes e deu origem ao Nationalmuseet (Museu Nacional) de Copenhague.

47. O arqueólogo Christian Jürgensen Thomsen (1788-1865) era um apaixonado numismata e foi o primeiro conservador do Oldnordisk Museum. Deve-se a ele a distribuição da pré-história em três eras: da pedra, do bronze e do ferro.

oficial aproveitou tanto entusiasmo para cobrar de nós o dobro do preço da passagem em seu veleiro. Mas isso era o de menos.

— Estejam a bordo na terça-feira pela manhã, às 7h — disse o capitão Bjarne, depois de embolsar uma respeitável quantia em dinheiro vivo.

Agradecemos ao sr. Thomson toda a sua atenção e voltamos ao hotel Phoenix.

— Tudo está indo muito, muito bem! — repetia meu tio. — Que feliz coincidência ter encontrado esse barco prestes a partir! Vamos então comer e visitar a cidade.

Fomos a Kongens Nytorv, uma praça irregular, com dois inocentes canhões apontados que não assustam ninguém. Bem perto, no número 5, havia um "restaurante francês" de um cozinheiro chamado Vincent, onde comemos suficientemente pelo módico preço de quatro marcos por pessoa.[48]

Com uma alegria de criança perambulei de um lado para outro da cidade, arrastando comigo meu tio. Ele, diga-se, nada viu do insignificante palácio do rei, nem da bonita ponte do século XVII que cruza o canal à frente do museu, nem do imenso cenotáfio de Thorvaldsen, ornamentado com horríveis pinturas murais e guardando em seu interior as obras desse escultor,[49] nem do castelo *bonbonnière* de Rosenborg,[50] dentro de um bonito parque, nem do admirável edifício renascentista da Bolsa, com um campanário formado pelas caudas entrelaçadas de quatro dragões de bronze, nem dos grandes moinhos das muralhas, cujas pás se inflam como as velas de um navio ao vento do alto-mar.

Que passeios deliciosos não teríamos feito, minha querida virlandesa e eu, pela área do porto, onde navios de convés duplo e fragatas tranquilamente repousavam sob suas coberturas vermelhas nas margens verdejantes do estreito, à sombra das árvores entre as quais se esconde a fortaleza, com canhões que apontam suas bocarras escuras através da ramagem de sabugueiros e salgueiros.

Infelizmente, porém, a querida Graüben estava longe de mim! E podia eu esperar revê-la ainda, um dia?

Meu tio, em contrapartida, mesmo nada vendo desses lugares cheios de encanto, se interessou muito por um campanário na ilha de Amak, que forma o bairro sudoeste de Copenhague.

---

48. Cerca de 2,75 francos. (Nota do autor) [Na França, por volta de 1880/1890, meio quilo de pão custava quinze centavos, e por dez centavos podia-se comprar um litro de leite ou de vinho de mesa.]

49. Trata-se do museu Thorvaldsen, reunindo obras do escultor dinamarquês Bertel Thorvaldsen. As "horríveis pinturas murais" retratam episódios da vida do artista e são de autoria do pintor Jørgen Sonne.

50. É chamado *bonbonnière* ("caixa de bombons") o estilo exageradamente rebuscado, de qualquer época que seja a obra. O castelo Rosenborg foi construído basicamente no séc. XVII, em estilo renascentista holandês. Transformado em museu, conserva joias e coleções da Coroa dinamarquesa.

Quis que tomássemos essa direção. Subimos a bordo de uma pequena embarcação a vapor que fazia a travessia dos canais e, em poucos instantes, atracamos no cais de Dock-Yard.

Após percorrermos algumas ruas estreitas em que condenados às galés, vestidos com calças metade amarelas e metade cinza, trabalhavam sob a vigilância de guardas, chegamos diante da Vor-Frelsers-Kirk. É uma igreja que nada tem de extraordinário, mas o campanário bastante alto havia chamado a atenção do professor pela seguinte razão: a partir da plataforma, uma escada externa sobe ao redor da flecha, numa espiral ao ar livre.

— Vamos lá em cima — disse meu tio.

— Vai nos causar vertigem! — retruquei.

— Por isso mesmo, é para nos habituarmos.

— Mas...

— Vamos logo, não temos tempo a perder.

Tive que obedecer. O zelador, que morava do outro lado da rua, nos deu a chave e começamos a subir.

Meu tio ia na frente com passos ágeis e eu o seguia com muito medo, pois fico tonto com lamentável facilidade. Não tenho a tranquilidade das águias nem o controle dos nervos.

Enquanto subimos pela escada interna, tudo foi bem, mas ao final de cento e cinquenta degraus o ar me bateu em pleno rosto, tínhamos chegado à tal plataforma do campanário. Era onde começava a escada aérea, protegida por frágil corrimão e com degraus cada vez mais estreitos que pareciam subir ao infinito.

— Não vou conseguir! — gritei.

— Por acaso é um poltrão? Suba! — respondeu o professor sem pena de mim.

Fui obrigado a segui-lo, me agarrando onde fosse possível. O ar livre me aturdia, o campanário parecia oscilar ao vento, minhas pernas tremiam, em pouco tempo estaria subindo de joelhos e depois me arrastando. Fechei os olhos, tudo balançava.

Com meu tio me puxando pela gola, cheguei ao final da escada.

— Olhe — disse ele —, olhe bem! São *aulas de abismo* para você!

Abri os olhos, vi as casas achatadas como se tivessem sido esmagadas por um desabamento, e cobertas ainda pela névoa enfumaçada. Acima da minha cabeça corriam nuvens esgarçadas que, por ilusão de óptica, pareciam imóveis, enquanto o campanário, a cúpula e eu éramos arrastados em fantástica velocidade. Distante, de um lado se estendiam os campos verdejantes e de outro cintilava o mar sob o feixe de raios solares. O Sund ia até a ponta de Helsingor, com algumas velas brancas, iguais às asas das gaivotas, e nas brumas a leste ondulava, ligeiramente embaçado, o litoral da Suécia. Toda essa imensidão tremulava à minha frente.

Mas era preciso me pôr de pé, me endireitar e olhar. Essa primeira aula de vertigem durou uma hora. Quando finalmente tive permissão para descer e pisar o chão firme das ruas, estava todo doído.

— Amanhã recomeçamos — avisou o meu professor.

De fato, por cinco dias voltamos ao exercício vertiginoso e, querendo ou não, fiz evidentes progressos na arte "das altas contemplações".

9

CHEGOU O DIA de partir. Na véspera o atencioso sr. Thomson nos dera prementes cartas de recomendação para o conde Trampe, governador da Islândia, e para os srs. Pietursson e Finsen, coadjutor do bispo e prefeito de Reykjavik, respectivamente.[51] Agradecido, meu tio deu-lhe os mais efusivos apertos de mão.

No dia 2, às 6h, nossa preciosa bagagem estava abrigada a bordo do *Valkiria*. O capitão nos conduziu a cabines bem apertadas e dispostas sob uma espécie de tombadilho.

— Temos bons ventos? — perguntou meu tio.

— Excelentes — respondeu o capitão Bjarne. — Um vento de sudeste. Vamos sair do Sund de velas enfunadas.

Pouco tempo depois a escuna com mezena, vela quadrangular, gávea e joanete aparelhou e partiu a todo pano pelo estreito. Em uma hora a capital da Dinamarca já parecia mergulhar em águas distantes e o *Valkiria* passava rente às costas de Helsingor. No estado de nervos em que me encontrava, estava prestes a ver o fantasma de Hamlet vagando no terraço lendário.[52]

"Maravilhoso louco", pensei, "certamente aprovaria esta viagem! Talvez até quisesse nos acompanhar ao centro do globo, procurando solução para a eterna dúvida que o consumia!"[53]

Mas nada surgiu nas antigas muralhas. O castelo, aliás, é bem mais recente que o heroico príncipe da Dinamarca e serve hoje em dia como suntuosa gua-

51. A informação vem do já citado *Voyages dans les mers du Nord* (ver nota 30). Jørgen Ditlev, o conde Trampe (1807-68), foi governador de 1850 a 1860. Søren Hilmar Steindor Finsen (1824-86), então prefeito de Reykjavik, foi governador de 1865 a 1883. O coadjutor Pietursson é também citado em *Colonial Church Chronicle and Missionary Journal* (1868), mas sem maiores referências.

52. Na cidade de Helsingor ergue-se o castelo de Kronborg, parte da inspiração de Shakespeare para criar *Hamlet* (onde a construção tem o nome de Elsinore). No terraço do castelo o príncipe Hamlet encontra o fantasma do seu pai, que lhe conta ter sido assassinado e pede vingança.

53. Uma evidente alusão a "Ser ou não ser?", a passagem mais conhecida de *Hamlet* (Ato III, Cena 1).

rita para o porteiro do estreito de Sund, por onde passam anualmente quinze mil navios de todas as bandeiras.[54]

Rapidamente o castelo de Kronborg desapareceu nas brumas, assim como a torre de Helsinborg, erguida na margem sueca,[55] e a escuna adernou ligeiramente sob as brisas do Kattegat.[56]

O *Valkiria* era um veleiro ágil, mas com embarcações a vela nunca se sabe bem o que pode acontecer. Levava a Reykjavik carvão, utensílios domésticos, cerâmicas, roupas de lã e uma carga de trigo. Cinco tripulantes, todos dinamarqueses, bastavam para as manobras.

— Qual a duração da travessia? — perguntou meu tio ao capitão.

— Uns dez dias — ele respondeu —, se não tivermos que enfrentar ventos de noroeste nas Faroe.[57]

— Mas normalmente não acontecem atrasos muito consideráveis?

— Nunca, professor Lidenbrock. Esteja tranquilo, vamos chegar.

Ao anoitecer, a escuna dobrou o cabo Skagen, na ponta norte da Dinamarca, atravessou durante a noite o Skagerrak,[58] superou a extremidade da Noruega pelo cabo Lindness e ganhou o mar do Norte.

Dois dias depois, avistamos as costas da Escócia à altura de Peterhead e o *Valkiria* tomou o rumo das ilhas Faroe, passando entre as Órcades e as Shetland.

Logo em seguida nossa escuna foi batida pelas ondas do Atlântico, precisando manobrar contra o vento do norte, e só com dificuldade atingiu as Faroe. No dia 8, o capitão nos mostrou Myganness, a ilha mais oriental do arquipélago,[59] e a partir daí tomou em linha reta o rumo do cabo Portland, já na costa meridional da Islândia.

A travessia não apresentou nenhum incidente mais notável e aguentei bastante bem as provações marítimas. Já meu tio, para sua grande infelicidade e constrangimento, não parou de enjoar.

Não conseguiu então se informar com o capitão Bjarne sobre a questão do Sneffels, sobre os meios de comunicação e transporte. Precisou deixar tudo isso para a chegada, ficando o tempo todo deitado na cabine, com divisórias

54. O castelo ocupa um ponto estratégico, em que o estreito tem apenas quatro quilômetros de largura, e por isso tinha essa função de vigilância. O castelo data do final do séc.XVI, e o "heroico príncipe da Dinamarca", com período de existência não precisado na peça de Shakespeare, é citado em lendas do séc.XII.

55. A torre, do séc.XII, foi o que restou da fortaleza de Helsingborg, destruída em 1448.

56. Estreito bem mais amplo que o Sund, ainda entre a Dinamarca e a Suécia, e que vai dar no mar aberto.

57. Arquipélago no Atlântico Norte, entre a Escócia e a Islândia.

58. Grande estreito que separa a Dinamarca da Noruega e da Suécia.

59. Na verdade a mais ocidental.

que estalavam ao ritmo dos fortes balanços. Diga-se, ele até que, de certa forma, fez por merecer.

No dia 11 cruzamos o cabo Portland. O tempo estava limpo e permitiu que avistássemos o Myrdals Yocul, que o domina. O cabo é formado por esse morro grande, e de encostas íngremes, isolado na praia.

O *Valkiria* se manteve a razoável distância da costa, percorrendo-a a oeste, em meio a enormes grupos de baleias e tubarões. Finalmente surgiu um imenso rochedo perfurado, que o mar atravessava com fúria. As ilhotas de Westman pareciam brotar do oceano como uma semeadura de rochas numa planície líquida. A partir desse ponto a escuna ganhou o largo para passar a boa distância do cabo Reykjaness, que fecha o ângulo ocidental da Islândia.

Bem agitado, o mar não deixava que meu tio subisse ao convés para admirar aquele litoral recortado e batido por ventos do sudoeste.

Quarenta e oito horas depois, saindo de uma tempestade que nos forçou a uma fuga com o velame recolhido, pudemos distinguir a leste a baliza do pontal de Skagen, com recifes perigosos que por boa distância se sucedem submersos. Um prático islandês subiu a bordo e três horas depois o *Valkiria* atracava em Reykjavik, na baía de Faxa.

O professor finalmente deixou a cabine, um tanto pálido e abatido, mas sempre entusiasmado, com o olhar cheio de satisfação.

A população da cidade, singularmente curiosa com a chegada de um navio que provavelmente trazia carga que interessava a todos, se aglomerava no cais.

Meu tio tinha pressa de deixar sua prisão flutuante, para não dizer hospital. Mas antes de desembarcar levou-me até a proa e dali apontou, na parte setentrional da baía, para uma alta montanha de duas pontas, um duplo cone coberto de neves eternas.

— O Sneffels! — exclamou. — O Sneffels!

Em seguida, com um gesto, me pediu que guardasse absoluto sigilo e desceu ao bote que nos aguardava. Eu o acompanhei e pouco depois pisávamos no solo da Islândia.

Primeiro chamou atenção um homem de boa aparência, com traje de general. Mas era um simples magistrado, o governador da ilha, o barão Trampe[60] em pessoa. O professor foi até ele e entregou as cartas trazidas de Copenhague. Travou-se entre os dois uma rápida conversa em dinamarquês, da qual, por razões óbvias, fui excluído. Mas desse primeiro encontro resultou o seguinte: o barão Trampe se colocava ao inteiro dispor do professor Lidenbrock.

O visitante foi da mesma forma bem recebido pelo prefeito, sr. Finsen, não menos marcial que o governador na maneira de se vestir, mas de igual temperamento, tranquilo e atencioso. Apenas ao coadjutor, reverendo Pietursson,

60. No início do capítulo o personagem se situava mais alto na hierarquia nobiliárquica: era conde.

tivemos que provisoriamente abrir mão de sermos apresentados, pois fazia uma visita episcopal ao norte da diocese. Uma pessoa, entretanto, encantadora e cuja ajuda se revelou preciosa foi o sr. Fridriksson, professor de ciências naturais na escola de Reykjavik. Esse modesto estudioso falava apenas islandês e latim, oferecendo-me seus préstimos na língua de Horácio.[61] Logo senti que nos entenderíamos bem. De fato, foi a única pessoa com quem pude conversar durante toda a minha estadia na Islândia.

Dos três cômodos que tinha em casa, o excelente homem colocou dois à nossa disposição e em pouco tempo estávamos lá instalados com nossas bagagens, cujo volume causou certa estranheza aos habitantes de Reykjavik.

— Viu só, Axel? — alegrou-se meu tio. — As coisas estão indo e o mais difícil já superamos.

— Como assim o mais difícil? — espantei-me.

— Exatamente, agora só nos resta descer!

— Visto dessa maneira, tem toda razão, mas, afinal, depois de descer, vamos precisar subir, não?

— Isso não me preocupa tanto! Bom! Não temos tempo a perder. Vou à biblioteca. Talvez encontre algum manuscrito de Saknussemm que adorarei consultar.

— Já que é assim, enquanto isso vou visitar a cidade. Não quer também conhecê-la um pouco?

— Hum... não me interessa tanto. O curioso nessa terra islandesa não é o que está em cima, mas embaixo.

Saí e caminhei ao acaso.

Seria coisa bem difícil me perder nas duas únicas ruas de Reykjavik e não fui obrigado a perguntar nenhuma vez a direção, algo que, em linguagem gestual, nos expõe a possíveis desentendimentos.

A cidade se estende entre duas colinas, em terreno baixo e alagadiço. Um imenso deslizamento de lavas cobre uma das encostas e desce em suaves declives na direção do mar. O outro flanco se prolonga até a ampla baía de Faxa, limitada ao norte pela enorme geleira do Sneffels e em cujo ancoradouro se encontrava naquele momento, solitário, o *Valkiria*. Era comum que embarcações da guarda pesqueira, tanto inglesa quanto francesa, se mantivessem ancoradas ao largo, mas estavam em serviço nas costas orientais da ilha.

A mais comprida das duas ruas de Reykjavik corre paralela ao litoral e é onde moram mercadores e negociantes, em pequenas casas de madeira, feitas com toras horizontais vermelhas. A outra rua, mais a oeste, segue até um pequeno lago, com as moradias do bispo e de outros personagens que não lidam com o comércio.

61. Quintus Horatius Flaccus (65-8 a.C.) é considerado um dos maiores poetas latinos. É autor de *Sátiras*, *Odes* e *Epístolas*.

Não demorei muito a percorrer essas vias desoladas e tristes. Às vezes percebia-se um trechinho de grama descolorida, como se fosse um tapete velho de lã, desgastado pelo uso. Ou também alguns vestígios de horta, em que os raros legumes — batatas, repolhos e alfaces — poderiam facilmente figurar numa mesa liliputiana.[62] Alguns goiveiros esmirrados tentavam também buscar um pouquinho de sol.

Mais ou menos na metade da rua não comercial, descobri o cemitério público, cercado por muros de terra e no qual não faltava lugar disponível. Com mais alguns passos, cheguei à casa do governador, uma choupana em comparação com a prefeitura de Hamburgo, mas verdadeiro palácio perto das cabanas da população islandesa.

Entre o pequeno lago e a cidade, erguia-se a igreja, construída à maneira protestante e em pedras calcinadas que os vulcões forneciam em quantidade. Com toda evidência as telhas vermelhas do telhado eram bastante vulneráveis à violência dos fortes ventos de oeste, para prejuízo dos fiéis.

Num ponto mais alto, perto dali, percebi a escola nacional, na qual, como soube mais tarde por nosso anfitrião, se lecionava hebraico, inglês, francês e dinamarquês, quatro línguas das quais eu, vergonhosamente, tudo ignoro. Seria o último dos quarenta alunos daquele pequeno estabelecimento de ensino, sem merecer uma cama num dormitório que é estreito como um armário, onde os mais sensíveis sufocariam logo na primeira noite.

Em três horas eu havia visitado não só a cidade, mas também os arredores. O aspecto geral era singularmente triste. Sem árvores nem vegetação, por assim dizer. Em toda parte, as arestas agudas das rochas vulcânicas. As cabanas dos islandeses são feitas de terra e turfa, com paredes inclinadas para dentro. Parecem telhados estendidos no chão. Só que esses telhados formam campos relativamente férteis, pois graças ao calor da habitação a relva cresce neles bem à vontade, e precisa ser podada com cuidado na época da ceifa para que os animais domésticos não venham pastar em cima das casas verdejantes.

Encontrei poucos moradores durante o passeio. Voltando da rua comercial, vi a maior parte da população ocupada em secar, salgar e encaixotar bacalhau, que é o principal artigo de exportação. Os homens parecem robustos, mas pesadões, louros como os alemães, com olhar pensativo, se sentindo um tanto fora da humanidade, pobres exilados perdidos naquela terra de gelo em que a natureza devia tê-los feito nascer esquimós, já que os condenava a viver nos limites do círculo polar! Em vão tentei surpreender algum sorriso num rosto qualquer. Às vezes eles até riem, por uma espécie de contração involuntária dos músculos, mas nunca sorriem.

62. Referência ao país imaginário Lilliput, em *As viagens de Gulliver* (1726), de Jonathan Swift, em que os habitantes mediam menos de um palmo de altura.

Em três horas eu havia visitado não só a cidade, mas também os arredores.

Todos vestiam uma espécie de casaco grosseiro de lã preta, conhecida nos países escandinavos como *vadmel*, um chapéu de abas largas, calças com debruns vermelhos e um pedaço de couro dobrado servindo de sapato.

As mulheres, de fisionomia triste e resignada, bonitas, mas sem qualquer brilho, usavam corpete e saia de *vadmel* escura. As solteiras tinham nos cabelos trançados em coroa uma pequena touca de tricô marrom e as casadas cobriam a cabeça com um lenço colorido, preso no alto por uma armação branca.

Depois desse bom passeio, quando entrei na casa do sr. Fridriksson, meu tio já se encontrava na companhia do anfitrião.

10

O JANTAR ESTAVA PRONTO e foi devorado com avidez pelo professor Lidenbrock. A dieta forçada a bordo havia transformado o seu estômago num abismo profundo. A refeição, mais dinamarquesa do que islandesa, nada tinha de especial, mas nosso anfitrião, mais islandês do que dinamarquês, me lembrou os heróis da antiga hospitalidade.[63] Fazia com que nos sentíssemos mais em casa do que ele próprio.

A conversa se desenvolveu na língua local, que meu tio misturava com um pouco de alemão e o sr. Fridriksson com um pouco de latim, para que eu pudesse compreender. Abordaram-se questões científicas, como convém a estudiosos, mas o professor Lidenbrock manteve a mais restrita reserva, me recomendando com os olhos, a cada frase, manter em segredo nossos projetos vindouros.

O sr. Fridriksson quis saber do meu tio quais resultados obtivera na biblioteca.

— Biblioteca? — ele exclamou. — Um amontoado de livros desconexos, em prateleiras quase desérticas.

— Como?! — espantou-se o sr. Fridriksson. — São oito mil volumes, muitos deles preciosos e raros. Obras em antiga língua escandinava que Copenhague nos envia a cada ano.

— Onde foi que viu esses oito mil volumes? Pelas minhas contas…

— Ora, sr. Lidenbrock! Eles circulam pelo país. As pessoas apreciam o estudo em nossa velha ilha de gelo! Não há fazendeiro nem pescador que não saiba ler e que não leia. Achamos que os livros, em vez de mofar trancafiados atrás de uma grade de ferro, distantes dos olhares interessados, foram feitos para o manuseio dos leitores. De forma que esses volumes seguem de mão em mão, folheados, lidos e relidos. Frequentemente voltam às suas seções após um ano de ausência.

— Enquanto isso — disse meu tio já meio sem graça —, os estrangeiros…

63. Na tradição grega antiga, a hospitalidade com relação a qualquer "estrangeiro" que visitasse a casa era um dever do anfitrião para com os deuses. Anfitrião era o marido da mãe de Hércules, seduzida por Zeus em história bastante escabrosa. A partir disso a palavra passou a significar "aquele que recebe em casa".

— O que fazer? Os estrangeiros têm suas bibliotecas próprias, nos seus países. O principal é que nossos camponeses se instruam. Como disse, o amor pelo estudo está no sangue islandês. Por exemplo, fundamos em 1816 uma Sociedade Literária que funciona muito bem. Pesquisadores estrangeiros se orgulham de fazer parte dela, que publica livros voltados à educação dos nossos compatriotas e presta reais serviços ao país. Se o professor Lidenbrock aceitar se tornar membro correspondente, muito nos honrará.

Meu tio, que já pertencia aos quadros de uma centena de sociedades científicas, aceitou de bom grado, sensibilizando profundamente o sr. Fridriksson.

— Mas diga então quais livros esperava encontrar em nossa biblioteca e quem sabe poderei me informar a respeito.

Olhei para o meu tio, que hesitava. A resposta envolvia muito diretamente os seus projetos. Mas, depois de pensar bem, decidiu-se:

— Gostaria de saber se entre os livros antigos, sr. Fridriksson, constam os de Arne Saknussemm.

— Arne Saknussemm! — espantou-se o professor de Reykjavik. — Refere-se ao erudito do século XVI, grande naturalista, grande químico e grande viajante?

— Ele mesmo, precisamente.

— Uma das glórias da literatura e das ciências islandesas?

— Com certeza.

— Ilustre entre seus pares?

— Concordo.

— Cuja audácia se igualava à genialidade?

— Vejo que o conhece bem.

Meu tio estava no sétimo céu, ouvindo o seu herói ser descrito daquela maneira. Devorava com os olhos o sr. Fridriksson.

— E então? — perguntou. — As suas obras?

— Ah, as suas obras não temos!

— Como!? Na Islândia?

— Não existem na Islândia nem em parte alguma.

— E por que não?

— Porque Arne Saknussemm foi perseguido por heresia e em 1573 suas obras foram queimadas em Copenhague por um carrasco.

— Perfeito! Ótimo! — entusiasmou-se meu tio, para grande surpresa do professor de ciências naturais.

— Como? — estranhou ele.

— Assim tudo se explica! Tudo se junta, tudo fica claro e entendo por que Saknussemm, colocado no Índex[64] e forçado a ocultar suas descobertas geniais, precisou enterrar num incompreensível criptograma o segredo…

64. Rol dos livros proibidos pela Igreja católica através dos tribunais da Inquisição, muito atuante sobretudo no período entre os sécs.XV e XVII.

— Qual segredo? — interessou-se logo o sr. Fridriksson.

— Um segredo que... do qual... — balbuciou meu tio.

— Teria algum documento particular? — continuou nosso anfitrião.

— Não. Era simples suposição.

— Bom — aceitou o sr. Fridriksson que, percebendo o embaraço do hóspede, teve a elegância de não insistir —, espero que não deixe nossa ilha sem examinar suas riquezas mineralógicas.

— É claro que não — respondeu meu tio. — Mas chego um tanto atrasado. Cientistas já não estiveram aqui?

— É verdade, professor. Os srs. Olafsen e Povelsen, enviados pelo rei, os estudos de Troil, a missão científica de Gaimard e Robert, a bordo da corveta francesa *La Recherche*[65] e, mais recentes, as observações dos cientistas que vieram a bordo da corveta *La Reine Hortense* contribuíram muito para que conheçamos melhor a Islândia. Mas, acredite, ainda resta muito a ser feito.[66]

— Acha mesmo? — perguntou meu tio querendo parecer ingênuo e tentando moderar o brilho dos olhos.

— Sem dúvida! Há uma quantidade de montanhas, geleiras e vulcões a ser estudada e que é pouco conhecida. Nem precisa ir muito longe, basta ver o monte que se ergue no horizonte, o Sneffels.

— Ah! — disfarçou meu tio. — O Sneffels.

— Exatamente. Um vulcão dos mais curiosos e cuja cratera raramente é visitada.

— Extinto?

— Há pelo menos quinhentos anos.

— Muito bem! — disse meu tio, que cruzava e descruzava freneticamente as pernas para não dar um pulo. — Vou começar então meus estudos geológicos por esse Seffe... Fessel... como se chama mesmo?

— Sneffels — ajudou o excelente sr. Fridriksson.

65. *La Recherche* foi enviada em 1835 pelo almirante Duperré, em busca de vestígios de uma expedição perdida, chefiada pelo sr. de Blosseville no *La Lilloise*, da qual nunca se teve notícias. (Nota do autor) [Guy-Victor Duperré era na época o ministro francês da Marinha. *La Lilloise*, navio de dois mastros armado com oito canhões, partira em 1833 para os mares da Islândia e da Groelândia para dar assistência a pescadores franceses.]

66. A mando da Coroa dinamarquesa, os naturalistas Eggert Olafsen (1726-68) e Bjarni Povelsen (1719-79) fizeram observações, que publicaram em livro, sobre os costumes da população, a fauna e a geografia islandesas. O sueco Uno von Troil (1746-1803), arcebispo de Upsala, participou de uma expedição científica à Islândia em 1772, aos 26 anos de idade, tendo publicado o livro *Cartas sobre a Islândia*. Joseph-Paul Gaimard (1796-1858) era o chefe científico a bordo do *La Recherche*. Louis Eugène Robert (1806-79) foi médico, geólogo e escritor. A corveta *La Reine Hortense* fez uma viagem aos mares do norte em 1856, com uma equipe de cientistas encabeçada pelo príncipe Napoleão, primo do então imperador Napoleão III, da qual participou Charles-Edmond Chojecki (ver nota 30).

Essa parte da conversa tinha se passado em latim e pude então segui-la, mal conseguindo me manter sério diante do meu tio, que controlava a euforia a transbordar por todos os poros. Tentando dar a impressão de inocência, ele mais parecia um diabo velho fazendo caretas.

— Suas palavras realmente me decidiram, vamos tentar escalar esse seu Sneffels e, quem sabe, inclusive estudar a sua cratera!

— É pena — respondeu o sr. Fridriksson — que o trabalho não permite que me ausente nesse momento, pois bem que os acompanharia. Seria um prazer, do qual tiraria grande proveito.

— De forma alguma, nem pense nisso! — rapidamente cortou meu tio. — Não queremos incomodar ninguém, sr. Fridriksson. Agradeço do fundo do coração. A presença de um conhecedor do seu quilate seria extremamente útil, mas os deveres da sua profissão…

Prefiro acreditar que nosso anfitrião, na boa-fé da sua alma islandesa, não percebia toda a malícia embutida nas palavras do meu tio.

— Acho ótimo que comece por esse vulcão, sr. Lidenbrock. Será brindado com vasta colheita de observações curiosas. Mas, diga, como pretende chegar à península do Sneffels?

— Pelo mar, atravessando a baía. É o caminho mais rápido.

— Certamente, mas impraticável.

— Por quê?

— Não temos um único bote em Reykjavik.

— Diacho!

— Terá que ir por terra, acompanhando o litoral. Será mais longo, mas bem mais interessante.

— Bom. Vou tratar de conseguir um guia.

— Coincidentemente, posso propor um.

— Um homem seguro, inteligente?

— Com certeza. E inclusive mora na península. É caçador de êider, muito capaz. O senhor estará muito bem servido e ele fala dinamarquês perfeitamente.

— Quando posso encontrá-lo?

— Amanhã mesmo, se quiser.

— Por que não hoje?

— Ele só chega amanhã.

— Que seja, então — resignou-se meu tio.

Essa importante conversa terminou pouco depois, com calorosos agradecimentos do professor alemão ao professor islandês. Meu tio, naquele jantar, obteve decisivas informações relativas a Saknussemm e que explicavam o mistério com que ele protegeu o documento. Além de confirmar que nosso anfitrião não nos acompanharia na expedição e que já no dia seguinte teria um guia à disposição.

II

À NOITE dei um rápido passeio pela orla de Reykjavik. Voltei cedo, me deitei na minha cama de sólidas tábuas e caí num sono profundo.

Ao acordar, ouvi meu tio falando às soltas na sala ao lado. Rapidamente me levantei e corri até lá.

Ele conversava em dinamarquês com um sujeito grande e forte, que parecia ter um vigor descomunal. Encravados numa cabeça grande e de cândida expressão, os olhos azuis me pareceram inteligentes e dados a devaneios. Os cabelos desciam até os ombros atléticos e passariam por ruivos até mesmo na Inglaterra. Os movimentos eram ágeis, mas ele pouco movia os braços, como alguém que ignora ou simplesmente despreza a linguagem dos gestos. Tudo nele demonstrava um temperamento de perfeita calma; não indolente, apenas tranquilo. Podia-se adivinhar ser um homem que nunca pede um favor, que trabalha a seu modo, sem admitir que alguém no mundo possa questionar ou perturbar a sua maneira de ser.

Percebi as nuances daquela personalidade pela maneira como ouvia o falatório entusiasmado do seu interlocutor. Braços cruzados, imóvel no meio dos gestos espaçosos do meu tio. Negando, a cabeça ia da esquerda à direita, e afirmando, de cima para baixo, sempre num movimento tão breve que os cabelos compridos mal saíam do lugar. Era a economia gestual levada ao cúmulo da avareza.

De fato, observando-o, jamais eu poderia adivinhar que tivesse a caça como profissão. Ele certamente não devia assustar os animais, mas como chegava até eles?

Tudo se explicou quando o sr. Fridriksson me disse que o tranquilo personagem era "caçador de êider", pássaro cuja plumagem representa a maior riqueza da ilha. Por causa dessa plumagem ele é conhecido como êider-edredom e a sua caça não exige grande movimentação.

Nos primeiros dias do verão, a êider fêmea, uma bonita ave, constrói seu ninho entre os rochedos dos fiordes[67] que recortam todo o litoral. Terminado o ninho, ela o atapeta com a delicada plumagem que arranca do próprio ventre.

67. Nome dado aos golfos estreitos, nos países escandinavos. (Nota do autor)

O caçador, ou melhor, o comerciante de penas chega e rouba o ninho. A fêmea é obrigada a recomeçar sua tarefa até não lhe restar mais plumagem. Quando se vê completamente depenada, vem a vez do macho. E como as penas mais duras e grosseiras deste último não têm valor comercial, o caçador não se dá ao trabalho de roubar o leito da sua ninhada e o ninho pode ser concluído. A fêmea põe seus ovos, os filhotes nascem e, no ano seguinte, recomeça a colheita do edredom.

Acrescente-se que como o êider não escolhe rochedos escarpados para os seus ninhos, dando preferência às pedras fáceis e horizontais que vão se perder mar adentro, nosso caçador islandês executava sua atividade sem grande agitação. Era como um fazendeiro que não precisasse semear nem ceifar a produção, apenas colhê-la.

Esse personagem grave, fleumático e silencioso se chamava Hans Bjelke e viera por recomendação do sr. Fridriksson. Era o nosso futuro guia. Suas maneiras contrastavam singularmente com as do meu tio.

No entanto, os dois se entenderam com facilidade. Nem um nem outro dava muita atenção aos custos, estando um disposto a aceitar o que oferecessem e o outro disposto a pagar o que pedissem. Nunca foi mais fácil concluir uma negociação.

Combinou-se então que Hans nos levaria até o vilarejo de Stapi, no lado meridional da península do Sneffels, junto à base do vulcão. Seriam cerca de quarenta e quatro quilômetros por terra, viagem a ser feita em dois dias, na opinião de meu tio.

Mas, quando soube que a referência local era outra,[68] ele precisou rever seus cálculos e prever, dada a dificuldade dos caminhos, sete ou oito dias de caminhada.

Quatro cavalos deveriam ser postos à sua disposição, dois para carregar a ele e a mim, e os outros dois para a bagagem. Hans, como estava acostumado, iria a pé. Conhecia perfeitamente aquela parte do litoral e prometeu tomar o caminho mais curto.

O compromisso com meu tio não expirava em Stapi e o guia se manteria às suas ordens o tempo que fosse necessário para nossas excursões científicas, ao preço de três rixdales[69] por semana. Ficou expressamente estabelecido que essa soma seria paga ao fim das tardes de sábado, condição *sine qua non* da contratação.

68. No original, "milhas" *versus* "milhas dinamarquesas de 24 mil pés": a distância a ser percorrida pelos exploradores era, então, de mais de 160 quilômetros. Para a conversão, consideramos milhas dinamarquesas apenas para o trajeto até o vulcão (as "22 milhas"). Ver também nota 32.

69. Dezesseis francos e 98 centavos. (Nota do autor) [O rixdale era uma antiga moeda de prata que circulou na Holanda e nos países nórdicos a partir do séc.XVI.]

Esse personagem grave, fleumático e silencioso se chamava Hans Bjelke e era o nosso futuro guia.

Fixou-se a partida em 16 de junho. Meu tio quis dar um adiantamento do soldo, mas o caçador com uma só palavra recusou.

— *Efter* — disse ele.

— Depois — traduziu meu tio, para minha edificação.

Concluído o trato, Hans se retirou bruscamente.

— Que indivíduo interessante — elogiou meu tio. — Não imagina o formidável papel que o destino lhe reserva.

— Ele deve então nos acompanhar até…

— Exatamente, Axel, até o centro da Terra.

Tínhamos ainda quarenta e oito horas até a partida. Infelizmente gastei-as em preparativos. Toda a nossa inteligência precisou se aplicar em dispor cada objeto da maneira mais eficaz, com os instrumentos de um lado, as armas de outro, ferramentas aqui, víveres ali. Eram, ao todo, quatro fardos.

Entre os instrumentos havia:

1) Um termômetro centígrado Eigel,[70] graduado até cento e cinquenta graus, o que me parecia excessivo ou insuficiente. Excessivo caso o calor ambiente subisse até esse ponto, o que nos cozinharia, e insuficiente se fosse para medir a temperatura das fontes ou de qualquer outra matéria em fusão;

2) Um manômetro de ar comprimido, disposto de maneira a indicar pressões superiores às da atmosfera ao nível do mar. De fato, um barômetro comum não serviria, pois a pressão atmosférica devia aumentar proporcionalmente à nossa descida sob a superfície terrestre;

3) Um cronômetro fabricado por Boissonnas filho, de Genebra, perfeitamente ajustado pelo meridiano de Hamburgo;[71]

4) Duas bússolas de inclinação e declinação;[72]

5) Uma luneta noturna;

6) Dois aparelhos de Ruhmkorff que, por meio de corrente elétrica, fornecem uma luz portátil, segura e de fácil manejo.[73]

As armas eram duas carabinas Purdey Moore e Cia e dois revólveres Colt.[74] Para que as armas? Não teríamos que enfrentar selvagens nem animais ferozes,

70. Trata-se do fabricante, sem que sejam encontradas referências.

71. Provavelmente Henri-Antoine Boissonas (1833-89), suíço de uma linhagem de relojoeiros que se voltou para a fotografia em 1864, fundando um grande ateliê em Genebra. O meridiano de Hamburgo, de onde parte a expedição, é o mesmo de Berlim, que em geral serve de referência, a 13°24' a leste de Greenwich.

72. Também chamada inclinômetro, a primeira bússola é destinada a medir a inclinação magnética de um lugar, ou seja, o ângulo que uma agulha magnética de eixo horizontal movendo-se no plano meridiano magnético desse lugar faz com a horizontal; a bússola de declinação assinala a diferença entre o norte magnético terreno e o norte geográfico determinado pelo eixo de rotação do planeta.

73. O aparelho de Ruhmkorff consiste em uma pilha ativada graças ao bicromato de potássio, que não tem cheiro algum. Uma bobina de indução põe a eletricidade produzida pela pilha em comunicação com uma lanterna de feitio especial. Dentro dessa lanterna temos uma serpentina de vidro a vácuo que guarda apenas um resíduo de gás carbônico ou de azoto. Quando o aparelho funciona, esse gás se torna luminoso, produzindo uma luz branca e contínua. A pilha e a bobina são transportadas numa sacola de couro que o viajante carrega a tiracolo. Fora dessa sacola, a lanterna clareia suficientemente obscuridades profundas e permite que se avance sem risco de explosão entre gases inflamáveis, sem se apagar nem em profundezas aquáticas. A grande descoberta de Ruhmkorff, que é um competente e hábil físico, foi uma bobina de indução capaz de produzir eletricidade em alta-tensão. Ele recebeu em 1864 o prêmio quinquenal de 50 mil francos com que a França recompensa a mais engenhosa aplicação da eletricidade. (Nota do autor) [Heinrich Daniel Ruhmkorff (1803-77), inventor alemão radicado em Paris, onde abriu um ateliê em 1855.]

74. Não existe a companhia Purdey Moore, sendo uma provável confusão envolvendo os fabricantes de armas James Purdey e William Moore, ambos britânicos, mas um estabelecido em Edimburgo e o outro em Londres. Já os revólveres são do conhecido fabricante americano Samuel Colt.

imagino. Mas meu tio parecia fazer tanta questão daquele arsenal quanto dos instrumentos, e mais ainda de uma notável quantidade de nitrocelulose[75] resistente à umidade, com força expansiva bem superior à da pólvora comum.

Entre as ferramentas contavam-se duas picaretas, duas enxadas, uma escada de corda de seda, três bastões com ponta de ferro, um machado, um martelo, uma dúzia de cunhas e escápulas de ferro, assim como compridas cordas com nós para servir de escada. Tudo isso não deixava de gerar um bom volume, pois a corda media noventa metros de comprimento.

E havia ainda as provisões. Nem ocupavam tanto espaço, mas nos tranquilizavam, com concentrados de carne e biscoitos secos que assegurariam a alimentação por seis meses. De líquido levávamos apenas genebra e nada de água, mas tínhamos cantis e meu tio contava com as fontes para mantê-los cheios. As objeções que levantei quanto à qualidade e à temperatura dessas fontes, ou inclusive a ausência delas, não foram levadas em consideração.

Para completar o catálogo exato dos nossos artigos de viagem, eu citaria uma farmácia portátil contendo tesouras de pontas rombudas, talas para fraturas, tiras de tecido cru, fitas e compressas, esparadrapo e uma espátula para sangria: coisas bem assustadoras. Acrescente-se ainda uma série de frascos com dextrina, álcool vulnerário, acetato de chumbo líquido, éter, vinagre e amoníaco, drogas de utilização nada tranquilizadora. Para terminar, o material necessário para os aparelhos de Ruhmkorff.

Meu tio cuidou de não esquecer uma provisão de tabaco, de pólvora para caça e iscas, assim como um cinturão de couro que ele levava no corpo, com suficiente quantidade de dinheiro em moedas de ouro, prata e em papel. Bons calçados, impermeabilizados com piche e resina plástica, ao todo seis pares, no pacote das ferramentas.

— Tão bem-vestidos, calçados e aparamentados, não tem por que não irmos longe — declarou ele.

O dia 14 foi totalmente gasto na arrumação desses diferentes objetos. À noite jantamos na casa do barão Trampe, na companhia do prefeito de Reykjavik e do dr. Hyaltalin, o grande médico do país.[76] O sr. Fridriksson não foi convidado e eu soube mais tarde que o governador e ele estavam em desacordo em certa questão administrativa e por isso se evitavam. Pior para mim, que não pude entender uma palavra sequer do que foi dito naquele jantar semioficial. Apenas notei ser meu tio quem mais falava.

No dia seguinte, 15, terminamos os preparativos. Nosso anfitrião proporcionou enorme prazer ao professor dando-lhe um mapa da Islândia incomparavel-

75. Composto explosivo, também conhecido como fulmialgodão, fabricado mediante o tratamento de fibras vegetais com ácido nítrico.

76. Oddur Jónsson Hjaltalín, médico-chefe da Islândia, de quem o jornal francês *Le Monde* publicou o opúsculo *Mémoire sur les aurores polaires* (1864).

mente melhor que o que tínhamos — o de Olaf Nikolas Olsen, em redução de 1/480.000, publicado pela Sociedade Literária Islandesa a partir das pesquisas geodésicas de Scheel Frisac e levantamento topográfico de Björn Gunnlaugsson.[77] Era realmente um precioso documento para um mineralogista.

A última noite se passou num bom bate-papo com o sr. Fridriksson, por quem eu tinha grande simpatia. Em seguida o sono foi bastante agitado, pelo menos para mim.

Às 5h, os relinchos de quatro cavalos, que se impacientavam junto à janela, me acordaram. Vesti-me às pressas e fui à rua, onde Hans terminava de carregar toda a bagagem praticamente sem se mover, por assim dizer. No entanto trabalhava com uma eficácia incomum. Meu tio gerava mais barulho do que resultado e o guia parecia pouco se preocupar com suas recomendações.

Tudo estava pronto às 6h e o sr. Fridriksson nos apertou as mãos. Meu tio agradeceu em islandês, do fundo do coração, pela acolhida hospitaleira. Da minha parte, apelei para o meu melhor latim tentando uma saudação cordial e nos pusemos em sela. Como derradeira despedida nosso anfitrião me endereçou esse verso que Virgílio parecia ter feito para nós, viajantes inseguros com relação ao caminho a percorrer:

Et quacumque viam dederit fortuna sequamur.[78]

77. Trata-se do primeiro mapa completo da Islândia, publicado a partir de levantamento conduzido pelo cartógrafo e matemático islandês Björn Gunnlaugsson entre 1831 e 1843, supervisionado por Olaf Nikolas Olsen, cartógrafo e militar dinamarquês. Scheel Frisac são na verdade duas pessoas distintas, ambos militares noruegueses: Hans Jacob von Scheel (1779-1851) e Hans Frisak (1773-1834).

78. Em latim no original: "Não importa qual caminho a Fortuna aponte, sigamos." Trata-se de citação da *Eneida*, de Virgílio, Livro X, verso 49 (com ligeira modificação — *sequamur* em vez de *sequatur* — pois no original o narrador se refere ao herói Eneias, na terceira pessoa).

12

O TEMPO ESTAVA NUBLADO, mas firme, quando partimos. Sem ameaças de calor estafante nem chuvas desastrosas. O ideal para turistas.

O prazer de cavalgar numa região desconhecida me deixou de bom humor naquele início de aventura, totalmente entregue à alegria excursionista, feita de expectativas e liberdade. Começava a gostar daquilo tudo.

"Na verdade", pensava, "que risco corro? Viajar por uma região das mais interessantes! Escalar uma formidável montanha! Na pior das hipóteses descer ao fundo de uma cratera extinta? É evidente que o tal Saknussemm não fez mais do que isso. Uma galeria levando ao centro do globo? Pura imaginação, total impossibilidade! Assim sendo, aproveitemos o que pode haver de bom nessa expedição, ao máximo, sem meios-termos!"

Mal acabava de me convencer disso e já deixávamos Reykjavik.

Hans ia à frente, com passadas rápidas, iguais e contínuas. Os dois cavalos com nossas bagagens seguiam atrás, sem que fosse necessário guiá-los. Meu tio e eu fechávamos a marcha e realmente sem fazer feio em nossas pequenas mas vigorosas montarias.

A Islândia é uma das grandes ilhas da Europa. Estende-se por dois mil e oitocentos quilômetros, com apenas sessenta mil habitantes.[79] Os geógrafos dividem-na em quatro setores e atravessaríamos mais ou menos na diagonal o quadrante do sudoeste, chamado Sudvestr Fjordùngr.

Ao deixar Reykjavik, Hans imediatamente tomou o litoral. Atravessamos magras pastagens que a muito custo se mantinham verdes, o amarelado se destacando nitidamente. A leste, brumas esmaeciam no horizonte os cimos rugosos das massas traquíticas.[80] Num ou noutro ponto, placas de neve concentravam a claridade difusa, que brilhava então na vertente de montanhas afastadas, com certos picos mais abruptos atravessando nuvens cinzentas e ressurgindo acima dos vapores movediços, como recifes que emergissem em pleno céu.

79. A Islândia tem uma área de 103 mil quilômetros quadrados e, em 2014, uma população de 325 mil habitantes.

80. O traquito é uma rocha magmática constituída basicamente de feldspatos e minerais escuros.

Muitas vezes essas cadeias rochosas áridas lançavam uma ponta na direção do mar, cortando o campo, mas sempre deixavam uma passagem suficiente para a travessia. Nossos cavalos, aliás, escolhiam por instinto os lugares propícios sem nunca diminuir a marcha. Com isso meu tio perdia o pretexto para instigar o seu animal com a voz ou o chicote. Não tinha com que se impacientar e eu não podia deixar de achar graça, vendo-o tão grande no seu cavalinho. Com as pernas compridas quase tocando o chão, me fazia pensar num centauro de seis patas.

— Bom animal! Bom animal! — ele repetia. — Você vai ver, Axel, animal nenhum é superior em inteligência ao cavalo islandês. Neve, tempestade, caminhos impraticáveis, rochedos, geleiras, nada o detém. É valente, sóbrio, seguro. Nunca um passo em falso, nunca uma reação. Que um rio ou um fiorde se apresente e precisemos atravessá-lo, e não deixará de se apresentar, você o verá sem a menor hesitação se lançar à água como um anfíbio e ganhar a margem oposta! Nada de pressioná-los, é só deixar que sigam e percorreremos, bem montados, nossos quarenta quilômetros diários.

— Nós, sem dúvida — concordei —, mas e o guia?

— Não me preocupo com ele. Homens assim andam sem nem se dar conta, e o nosso amigo, em particular, se movimenta tão pouco que nem deve se cansar. Aliás, se for preciso empresto a ele o meu cavalo. Em pouco tempo vou ter câimbras, se não me mexer um pouco. Os braços estão bem, mas tenho que pensar nas pernas.

Seguíamos em bom ritmo. A região já se tornava quase desértica. Num ponto ou noutro via-se uma propriedade isolada, algum *boër*[81] solitário, feito de madeira, terra, pedaços de lava, que surgia à beira do caminho como um mendigo. Eram barracões em mau estado, parecendo implorar a caridade do viajante e, é verdade, por pouco não lhes deixávamos alguma esmola. Naquela região, faltavam estradas ou trilhas e a vegetação, por mais lenta que se desenvolvesse, rapidamente encobria os passos dos raros transeuntes.

E aquele trecho que atravessávamos, no entanto, a dois passos da capital, era uma das áreas mais povoadas e cultivadas da Islândia. Como seriam então as outras regiões, mais desertas que aquele deserto? Com quase quatro quilômetros já percorridos, não tínhamos visto sequer um camponês à porta do seu casebre, ou algum pastor arisco, pastoreando animais menos ariscos do que ele próprio. Viam-se apenas algumas vacas e carneiros abandonados à própria sorte. Como seriam então as regiões convulsionadas, sacudidas por fenômenos eruptivos, surgidas de explosões vulcânicas e traumas subterrâneos?

Acabaríamos por conhecê-las mais tarde, mas vi, consultando o mapa de Olsen, que as evitávamos, seguindo ao longo do sinuoso litoral. De fato, o

81. Casa de camponês islandês. (Nota do autor)

grande movimento plutônico se concentrara sobretudo mais para o interior da ilha. Lá, as camadas horizontais de rochas superpostas, chamadas *trapps*[82] em língua escandinava, as faixas traquíticas, as erupções de basalto, de tufos e demais conglomerados vulcânicos, as torrentes de lava e de pórfiro em fusão se juntavam para criar uma paisagem de sobrenatural horror. Eu não tinha ainda a menor ideia do espetáculo que nos aguardava na península do Sneffels, onde tais estragos da impetuosa natureza formaram um extraordinário caos.

Duas horas depois de termos deixado Reykjavik chegamos ao burgo de Gufunes, qualificado como *aoalkirkja*, ou "igreja principal". Nada tinha de excepcional. Apenas algumas casas. Na Alemanha, seria no máximo uma aldeia.

Hans fez ali uma parada de meia hora, compartilhou do nosso lanche frugal, respondeu com sim ou não às perguntas de meu tio sobre o tipo de caminho que percorreríamos e, quando indagado sobre o lugar em que contava passar a noite, apenas pronunciou:

— Gardär.

Consultei o mapa para saber o que seria e descobri uma localidade com esse nome à beira do Hvalfjörd,[83] a cerca de trinta quilômetros de Reykjavik. Mostrei a meu tio.

— Trinta quilômetros somente! — ele se surpreendeu. — Trinta quilômetros dos cento e sessenta a serem feitos! Parece mais um alegre passeio!

Ele quis então dizer ainda alguma coisa ao guia que, sem dar atenção, retomou o caminho à frente dos cavalos.

Três horas depois, sempre seguindo rente às relvas descoloridas das pastagens, foi preciso contornar o Kollafjörd, fazendo um desvio mais fácil e menos demorado que a travessia desse golfo. Logo entraríamos num *pingstaoer* — local de jurisdição comunal — chamado Ejulberg e cujo campanário teria soado meio-dia se as igrejas islandesas fossem ricas a ponto de ter um relógio. Mas elas seguem o exemplo dos seus paroquianos, que não têm instrumentos para marcar as horas e passam muito bem sem eles.

Os cavalos fizeram uma pausa para beber água e em seguida, tomando uma faixa de terra entre uma cadeia de colinas e o mar, nos levaram de uma só arrancada à *aoalkirkja* de Brantär e, sete quilômetros mais adiante, à Saurböer *annexia*, igreja anexa, aldeia situada na margem meridional do Hvalfjörd.

Eram quatro horas da tarde e havíamos percorrido quase trinta quilômetros.[84]

82. Em geologia, *trapp* designa uma grande quantidade de basalto em áreas acima de 2 mil metros cúbicos. No Brasil é conhecido o derrame de *trapp* que cobre áreas ocidentais do estado de São Paulo e se prolonga até o Rio Grande do Sul, dando origem às férteis "terras roxas".

83. Literalmente, "fiorde das baleias". Desde 1998 pode ser atravessado por um túnel de 5,7 quilômetros de comprimento.

84. Oito léguas. (Nota do autor)

No ponto em que estávamos, o fiorde tinha, no mínimo, uns três quilômetros e meio de largura. Ondas quebravam barulhentas em rochedos pontudos, com o golfo se abrindo entre paredões de pedra, numa espécie de escarpa pontiaguda de novecentos metros de altura e extraordinária pelas camadas marrons que separavam planos avermelhados de tufo. Por mais inteligentes que fossem nossos cavalos, eu não via com bons olhos a travessia de um verdadeiro braço de mar montado em um quadrúpede.

— Se forem mesmo inteligentes — eu disse —, não vão querer avançar. Em todo caso, vou me adiantar e ser inteligente por eles.

Mas meu tio não quis esperar. Com as duas esporas, fez o cavalo correr para a margem. O animal farejou o último movimento das ondas e estacou. O cavaleiro, que tinha o seu instinto próprio, quis forçá-lo a prosseguir. Nova recusa do animal, que sacudiu a cabeça. Seguiram-se palavrões e chicotadas, mas também coices por parte do equino, com o cavaleiro já perdendo os estribos. O cavalinho, enfim, dobrando as patas, se retirou de sob as pernas do professor, deixando-o plantado em cima de duas pedras da margem como o Colosso de Rodes.[85]

— Ah, bicho maldito! — praguejou o cavaleiro, subitamente transformado em pedestre e humilhado como um oficial de cavalaria rebaixado a soldado de infantaria.

— *Färja* — disse o guia, tocando no seu ombro.

— Como? Uma balsa?

— *Der* — respondeu Hans, apontando para uma jangada.

— Claro! — exclamei. — Uma balsa.

— Devia ter dito! Pois vamos lá!

— *Tidvatten* — continuou o guia.

— O que ele disse?

— Está dizendo “maré” — explicou meu tio, traduzindo a palavra dinamarquesa.

— Provavelmente temos que esperar a maré.

— *Förbida*? — perguntou meu tio.

— *Ja* — respondeu Hans.

Meu tio bateu com o pé, irritado, enquanto os cavalos se dirigiam para a balsa.

Entendi perfeitamente por que esperar, seguindo o movimento da maré, para que o mar chegasse à sua altura máxima. Nesse momento ele se acalma,

85. Estátua de trinta metros de altura, construída entre 292 e 280 a.C., na entrada do porto grego de Rodes. Representava o deus-Sol, Hélio, que tinha um pé em cada margem do canal, de forma que todos os navios que chegavam ou partiam passavam sob a estátua. Era uma das Sete Maravilhas do mundo antigo e foi destruída por um terremoto.

com o fluxo e o refluxo deixando de ter uma ação sensível, e com isso a balsa não correria o risco de ser levada para o fundo do golfo nem para o oceano aberto.

O tal momento favorável só chegou às 18h. Meu tio, eu, o guia, dois barqueiros e os quatro cavalos subimos a bordo de uma espécie de barcaça chata, bastante frágil. Habituado com as barcas a vapor do Elba, achei os remos dos marujos uma pobre engenhoca mecânica. Foi preciso mais de uma hora para atravessar o fiorde, mas isso acabou sendo feito sem maiores acidentes.

Meia hora depois, chegamos à *aoalkirkja* de Gardär.

13

Deveria estar escuro, mas no paralelo 65 a claridade noturna das regiões polares não me surpreendia. Na Islândia, nos meses de junho e julho, o sol não se põe.

Mas a temperatura cai. Eu sentia frio e, mais ainda, fome. Vi então com alegria um *böer* hospitaleiramente nos abrir a porta.

Era a casa de um camponês, porém em matéria de acolhimento valia a de um rei. O dono da casa veio nos apertar a mão ao chegarmos e, sem reservas, fez sinal para que o seguíssemos.

Com efeito, era o caso de segui-lo, pois seria impossível de outra forma. Uma passagem comprida, estreita e escura, dava acesso, naquela moradia de toras grosseiramente cortadas, a cada um dos quatro cômodos: cozinha, ateliê de tecelagem, a *badstofa,* ou dormitório da família, e o quarto de hóspedes, que era o cômodo mais confortável da casa. Meu tio não deixou de bater três ou quatro vezes com a cabeça em saliências do teto, pois não se havia imaginado alguém com a sua altura ao construir a casa.

Fomos levados ao nosso cômodo: grande, com chão de terra batida e iluminado por uma janela cujos vidros, de membrana de carneiro, eram bem pouco transparentes. As camas se resumiam a forragem seca jogada em cima de dois catres de madeira pintados de vermelho e ornados com sentenças islandesas. Eu não esperava tanto conforto, mas, diga-se, reinava na casa um forte cheiro de peixe seco, de carne macerada e de leite azedo que me deixava bem pouco à vontade.

Depois de nos desfazermos da parafernália de viagem, ouvimos a voz do dono da casa nos chamando à cozinha, único aposento em que se acendia fogo, mesmo sob os rigores do inverno.

Meu tio rapidamente atendeu ao amigável apelo e tratei de segui-lo.

A lareira da cozinha era de modelo antigo, com apenas uma pedra à guisa de fogareiro e um buraco no teto, por onde escapava a fumaça, e ficava no meio do cômodo. Ele servia também de sala de jantar.

Quando entramos, o anfitrião, como se não nos tivesse visto ainda, nos cumprimentou com a palavra *saellvertu*, que significa "seja feliz", e nos beijou as bochechas.

Depois dele a esposa pronunciou a mesma palavra e repetiu o mesmo cerimonial. Em seguida, marido e mulher, com a mão direita à altura do coração, se inclinaram profundamente.

Acrescento logo que a islandesa em questão era mãe de dezenove filhos e todos, grandes e pequenos, formigavam por ali em meio aos rolos de fumaça com que a lareira enchia o aposento. A cada instante podia-se ver uma cabecinha alourada e melancólica surgindo na bruma. Era uma fieira de anjinhos mal lavados.

Meu tio e eu demos boa acolhida à "ninhada", mas com isso logo tivemos três ou quatro pirralhos subindo por nossos ombros e outros no colo ou nos passando entre as pernas. Os que falavam diziam *saellvertu* em todos os tons imagináveis. E os que não falavam, em vez disso, gritavam a plenos pulmões.

A balbúrdia foi interrompida pelo anúncio do jantar. Nesse momento chegou o caçador, que acabara de providenciar a alimentação dos cavalos, ou seja, da maneira mais econômica, os havia soltado campo afora. Os pobres animais teriam que se contentar com o musgo escasso dos rochedos e algumas algas pouco nutrientes, mas no dia seguinte não deixariam de vir por conta própria retomar o trabalho da véspera.

— *Saellvertu* — disse Hans.

Em seguida, tranquila e automaticamente, sem que um beijo se diferenciasse do outro, ele beijou o marido, a mulher e as dezenove crianças.

Terminada a cerimônia, pusemo-nos à mesa, vinte e quatro ao todo, o que quer dizer uns por cima dos outros, no sentido literal da expressão. Os que tiveram sorte se viram com somente dois fedelhos no colo.

Mas fez-se silêncio naquele pequeno universo quando chegou a sopa, e a natural taciturnidade islandesa — inclusive entre as crianças — voltou a imperar. O anfitrião serviu a todos um caldo de líquen bastante saboroso e depois uma enorme porção de peixe seco, nadando em manteiga há vinte anos rançosa, ou seja, pelo gosto gastronômico islandês, bem melhor do que manteiga fresca. Serviu-se junto o *skyr*, uma espécie de coalhada perfumada com bagas de genebra e biscoitos. Para terminar, foi servido soro de leite misturado com água, bebida por eles denominada *blanda*. Se o estranho jantar foi bom ou não é algo que não sei dizer. Eu estava com fome e, na sobremesa, devorei um denso mingau de trigo-sarraceno até a última colherada.

Terminada a refeição, as crianças desapareceram e os adultos se puseram ao redor da lareira onde queimavam turfa, urze, estrume de vaca e espinhas de peixe seco. Feita essa "reserva de calor", os diversos grupos foram para os seus respectivos quartos. A anfitriã se ofereceu para nos ajudar a retirar, seguindo o costume, nossas meias e calças, mas diante da nossa cordial recusa não insistiu e pude finalmente me enfiar no meu leito de forragem.

Às 5h do dia seguinte já nos despedíamos do camponês islandês. Meu tio teve muita dificuldade de fazê-lo aceitar uma merecida remuneração e Hans deu o sinal de partida.

A cem passos de Gardär, o aspecto do terreno começou a mudar. O chão ficou mais lamacento, dificultando a marcha. À direita, a série de montanhas se estendia indefinidamente como um imenso sistema de fortificações naturais e seguimos a contraencosta, mas frequentemente algum riacho se apresentava, sendo preciso procurar o vau para atravessarmos sem molhar a bagagem.

O deserto se aprofundava cada vez mais, porém às vezes uma sombra humana parecia se esgueirar ao longe. Se os desvios do caminho, no entanto, inopinadamente nos aproximavam de um desses espectros, uma brusca aversão me invadia, diante de uma cabeçorra inchada de pele brilhosa, sem cabelos e com feridas repugnantes que apareciam sob os miseráveis trapos esfarrapados.

A infeliz criatura não se aproximava para estender a mão disforme. Em vez disso se retirava, mas não suficientemente rápido para que Hans não a saudasse com o *saellvertu* de praxe.

— *Spetelsk* — ele explicou.

— Um leproso! — repetiu meu tio.

A simples palavra já era suficiente para produzir um efeito repulsivo. A terrível doença é bastante comum na Islândia, numa forma não contagiosa, mas hereditária. Por isso inclusive o casamento era proibido àqueles pobres coitados.

E os estranhos vultos em nada alegravam a paisagem que ia se tornando profundamente triste, com os últimos tufos de relva desaparecendo sob os nossos pés. Árvore alguma, se não contarmos uns amontoados de bétulas raquíticas que de mato não passavam. Animal também nenhum, a não ser alguns cavalos soltos nas desoladas vastidões, pois seus donos não tinham como alimentá-los. Às vezes um falcão planava entre as nuvens cinzentas e rapidamente fugia batendo asas para as regiões mais ao sul. Deixei-me contagiar pela melancolia de toda aquela natureza agreste, pensando no meu país natal.

Logo foi preciso cruzar vários pequenos fiordes sem importância e, finalmente, um verdadeiro golfo. A maré estava em seu ponto neutro e pudemos atravessar sem delongas, para chegar à aldeia de Alftanes, a sete quilômetros de lá.

No fim do dia, depois de passarmos a vau dois rios em que se viam muitas trutas e lúcios, o Alfa e o Heta, fomos forçados a pernoitar num barraco abandonado, digno de ser mal-assombrado por todos os duendes da mitologia escandinava.[86] Com certeza os fantasmas do frio moravam ali e fizeram das suas durante a noite inteira.

86. Os duendes são seres frequentes na mitologia escandinava. Moram debaixo da terra ou dentro de pedras e são em geral muito habilidosos, sobretudo como ferreiros, além de espirituosos e traquinas.

O dia seguinte não apresentou nenhum incidente digno de nota. Sempre o mesmo chão lamacento, a mesma uniformidade, o mesmo aspecto triste. Ao entardecer, havíamos percorrido a metade da distância total e dormimos na *annexia* de Krösolbt.

No dia 19 de junho, por mais ou menos sete quilômetros, um terreno de lava se estendeu a nossos pés. Chamam, na região, *hraun* a esse tipo de solo. Enrugada na superfície, a lava ganhava forma de fios, ora esticados, ora enrolados em si mesmos. Houvera um imenso deslizamento pelas montanhas próximas de vulcões agora extintos e a paisagem atestava ainda aquela antiga violência. Alguma fumaça vinda de mananciais escaldantes, entretanto, ainda despontava num ou noutro ponto.

Não tínhamos tempo para observar tais fenômenos, precisávamos caminhar. Pouco depois o solo lamacento ressurgiu sob as patas dos nossos animais, entrecortado por pequenos lagos. Seguíamos na direção oeste, pois havíamos contornado a grande baía de Faxa, e o duplo cimo branco do Sneffels se erguia nas nuvens a menos de quarenta quilômetros.

Os cavalos marchavam bem, as dificuldades do solo não os atrapalhavam. Eu, no entanto, começava a me sentir bem cansado. Meu tio se mantinha firme e empertigado como no primeiro dia. Eu não podia deixar de admirá-lo, como também ao caçador, para quem a expedição parecia não ser mais do que um simples passeio.

No sábado 20 de junho, às 18h, alcançamos Büdir, burgo situado ao norte do litoral, e o guia pediu o pagamento combinado. Meu tio cumpriu o trato. Foi a própria família de Hans, quer dizer, seus tios e primos, que nos ofereceu hospitalidade. Fomos bem recebidos e, não fosse abusar da generosidade daquelas boas pessoas, eu teria permanecido ali de bom grado para me recuperar um pouco do cansaço da viagem. Mas nem pensar, meu tio nada tinha a recuperar e, no dia seguinte, tivemos que de novo montar em nossos bravos cavalinhos.

O solo se ressentia da proximidade da montanha, cujas raízes de granito emergiam da terra como se fossem as de um velho carvalho. Contornamos a imensa base do vulcão. O professor não o perdia de vista e, gesticulando, parecia desafiá-lo e dizer: "É esse o gigante que vou amestrar!" Finalmente, após mais vinte e quatro horas de marcha, os cavalos pararam por conta própria à porta do presbitério de Stapi.

14

Stapi é uma localidade formada por uns trinta casebres, erguida em plena lava, sob os raios do sol refletidos pelo vulcão. Estende-se no fundo de um pequeno fiorde incrustado numa muralha basáltica, causando um efeito dos mais singulares.

Sabe-se que o basalto é uma rocha escura, de origem ígnea, que adquire formas regulares, surpreendentes pela maneira como se dispõem. Nela a natureza age geometricamente e trabalha à maneira do homem, como se manejasse o esquadro, o compasso e o prumo. Se em todo lugar a força natural cria arte a partir de grandes massas elevadas desordenadamente, com picos de contornos mal delineados, pirâmides imperfeitas, bizarras sucessões de linhas, em Stapi, para dar exemplo de regularidade e precedendo os arquitetos das primeiras épocas, ela estabeleceu uma ordem severa que nem os esplendores da Babilônia ou as maravilhas da Grécia puderam superar.

Eu já ouvira falar da Calçada dos Gigantes, na Irlanda, e da gruta de Fingal, numa das ilhas Hébridas, mas nunca tinha realmente visto o espetáculo de uma substrução basáltica.[87]

E em Stapi o fenômeno se apresentava em toda a sua beleza.

A muralha do fiorde, como ao longo do litoral da península, se compunha de uma fileira de colunas verticais de nove metros de altura. Essas pilastras retas e de perfeitas proporções sustentavam uma arquivolta feita de vigas horizontais, formando uma cobertura em semiabóbada acima do mar. Com alguns intervalos e sob esse implúvio natural, viam-se surpreendentes aberturas ogivais de admirável traçado, através das quais espumavam com violência as ondas do mar. Alguns tocos de basalto, arrancados pela fúria do oceano e caídos no chão, faziam lembrar restos de um templo antigo, ruínas eternamente rejuvenescidas que os séculos não corroíam.

87. Resultado de uma erupção vulcânica ocorrida há cerca de 60 milhões de anos, a Calçada dos Gigantes é assim chamada por suas 40 mil colunas de basalto darem a impressão de uma pavimentação feita com pedras gigantescas. A gruta de Fingal é uma caverna marinha com estrutura mineral semelhante à da Calçada, e é famosa por produzir ecos espantosos a partir do choque das ondas.

Faziam lembrar restos de um templo antigo, ruínas eternamente rejuvenescidas que os séculos não corroíam.

Era a última etapa da nossa viagem terrestre. Hans nos havia guiado com inteligência e era tranquilizador pensar que continuaria conosco.

Chegando diante da casa do pároco, uma simples cabana baixa que não era mais bonita nem mais confortável que as demais, vi um homem ferrando um cavalo, de martelo na mão e avental de couro na cintura.

— *Saellvertu* — disse para ele o caçador.

— *God dag* — respondeu o ferreiro em perfeito dinamarquês.

— *Kyrkoherde* — disse Hans, virando-se para o meu tio, que procurou me explicar:

— O pároco! Veja só, Axel, aparentemente esse homem é o pároco!

O guia punha o *kyrkoherde* a par da situação e este, suspendendo o que fazia, deu uma espécie de grito, provavelmente como o que os tropeiros usam lidando com cavalos, e logo uma enorme bruxa saiu da cabana. Se não medisse uns dois metros de altura, não estava longe disso.

Tive medo que viesse nos oferecer o beijo islandês, mas não foi o caso e, na verdade, com visível má vontade ela nos conduziu ao interior da casa.

O quarto de hóspedes me pareceu ser o pior da moradia, estreito, sujo e infecto. Mas não havia escolha, o pároco não parecia cultuar a hospitalidade antiga. Longe disso. Antes do final do dia vi que ele podia ser ferreiro, pescador, caçador ou carpinteiro, mas de forma alguma ministro do Senhor. É verdade que estávamos num dia de semana, talvez fosse menos grosseiro aos domingos.

Não quero falar mal desses pobres sacerdotes que, afinal, levam vida bem miserável. Recebem do governo dinamarquês uma ajuda de custo ridícula, ao que se acrescenta um quarto do dízimo da paróquia, o que não chega à soma anual de sessenta marcos de hoje.[88] Donde a necessidade de precisarem ainda trabalhar para viver. Mas de tanto pescar, caçar e ferrar cavalos, acaba-se adquirindo as maneiras, o tom e os costumes de caçadores, pescadores e outras pessoas um tanto rudes. Naquela mesma noite me dei conta também de que nosso anfitrião não tinha a sobriedade entre as suas virtudes.

Rapidamente meu tio percebeu com qual tipo de homem tratávamos. Em vez de um bravo e digno religioso, tínhamos um camponês pesadão e bruto. Resolveu então começar o quanto antes a grande expedição e deixar aquela paróquia pouco hospitaleira. Sem se importar com o cansaço, preferiu ir passar uns dias na montanha.

Os preparativos para a partida começaram então já na manhã seguinte à chegada em Stapi. Hans contratou os serviços de três islandeses que substituiriam os cavalos fazendo o transporte da bagagem, mas que voltariam assim que chegássemos ao fundo da cratera, deixando-nos entregues à nossa própria sorte. Esse ponto ficou plenamente esclarecido.

Meu tio teve que contar ao caçador, nesse momento, sua intenção de prosseguir com a expedição até as últimas possibilidades do vulcão.

Hans se limitou a inclinar a cabeça. Fazer isso ou outra coisa, enfiar-se nas entranhas da ilha ou percorrê-la de cabo a rabo, não fazia a menor diferença para ele. Eu, porém, que me desligara um pouco do que me esperava, distraído pelos incidentes da viagem, voltei a sentir a expectativa ainda mais forte. O que fazer? Se fosse para tentar resistir ao professor Lidenbrock, deveria ter me decidido em Hamburgo e não ali, ao pé do Sneffels.

Uma ideia, sobretudo, me incomodava, particularmente assustadora e que abalaria os nervos de pessoas até menos sensíveis do que eu.

"Bom", eu dizia para mim mesmo, "vamos subir o Sneffels. Ótimo. Outros já o fizeram e não morreram. Mas não é só isso. Se houver uma trilha que des-

88. Pela moeda de Hamburgo, cerca de noventa francos franceses. (Nota do autor) [Ver uma conversão aproximativa na nota 48.]

ça às entranhas da Terra, se o infeliz Saknussemm não tiver mentido, vamos nos perder no meio das galerias subterrâneas do vulcão. Quem nos garante que o Sneffels esteja extinto? Quem pode provar que uma erupção não esteja se preparando? Só pelo fato de estar adormecido desde 1229 o monstro não pode despertar? E se isso ocorrer, o que será de nós?"

Eram coisas que deviam ser pensadas e eu então não deixava de fazê-lo. Não conseguia dormir sem ter pesadelos com erupções e o papel de escória nesse espetáculo me parecia realmente brutal.

Afinal não aguentei mais e resolvi submeter o caso a meu tio, da maneira mais delicada possível, é claro, sob a forma de uma hipótese perfeitamente quimérica.

Fui procurá-lo. Expus todos os meus temores e recuei para que pudesse explodir à vontade.

— Já pensei nisso — ele respondeu simplesmente.

O que significavam essas palavras? Ouviria então a voz da razão? Pensava suspender o projeto? Era bom demais para ser verdade.

Após alguns instantes de silêncio, durante os quais não me atrevi a dizer o que fosse, ele continuou:

— Já pensei nisso. Desde que chegamos a Stapi me preocupo com a grave questão que você acaba de colocar, pois não se deve agir com imprudência.

— Nunca — concordei veemente.

— Há seiscentos anos o Sneffels está calado, mas pode falar. Alguns fenômenos perfeitamente conhecidos, entretanto, sempre precedem as erupções. Por isso interroguei os moradores da região, observei o solo e posso afirmar, Axel, que não haverá erupção.

Diante de tanta certeza fiquei pasmo e nada pude acrescentar.

— Não acredita em mim? — perguntou meu tio. — Pois então me acompanhe.

Mecanicamente obedeci. Saindo do presbitério, o professor tomou um caminho reto que se afastava do mar por uma abertura na muralha basáltica. Muito rapidamente nos vimos em pleno campo, se é que se pode assim chamar aquele amontoado imenso de dejeções vulcânicas. De fato, o que se via em volta parecia ter sido arrasado por uma enxurrada de pedras enormes, de *trapp*, basalto, granito e todo tipo de rocha piroxênica.

Uma fumacinha subia num ou noutro ponto, vapores brancos chamados *reykir* pelos islandeses, vindos de fontes térmicas e indicando, pela violência, a atividade vulcânica do solo, o que parecia justificar meus receios. Por isso caí das nuvens quando meu tio declarou:

— Está vendo toda essa fumaça, Axel? É uma prova de que nada temos a temer com relação à fúria do vulcão.

— Está brincando!? — reagi.

— Guarde bem o que digo — retomou o professor. — Havendo perigo de erupção, essas fumacinhas ficam duas vezes mais fortes e desaparecem completamente durante o fenômeno, pois os fluidos elásticos, sem contar mais com a tensão necessária, tomam o caminho das crateras, em vez de escapar pelas fendas do globo. Como esses vapores se mantêm em seu estado habitual, sem aumento de energia, e se acrescentarmos a essa observação que o vento e a chuva não foram substituídos por uma atmosfera pesada e calma, podemos afirmar que não ocorrerá erupção tão cedo.

— Mas...

— Basta. Quando a ciência se pronuncia, deve-se ouvi-la.

Voltei à aldeia com o rabo entre as pernas, derrotado pelos argumentos científicos do meu tio. Mas restava ainda uma esperança, pois uma vez dentro da cratera talvez fosse impossível descer mais profundamente, por falta de galeria; e isso quisessem ou não todos os Saknussemm do mundo.

Passei a noite em pleno pesadelo, no meio de um vulcão e nas profundezas da Terra, me sentindo ser lançado no espaço planetário sob forma de rocha eruptiva.

No dia seguinte, 23 de junho, Hans nos esperava com os companheiros e a carga de víveres, ferramentas e instrumentos. Dois bastões com ponta de ferro, dois fuzis e duas cartucheiras estavam separados para meu tio e eu. Hans, como homem precavido, havia acrescentado à bagagem um odre cheio que, somado aos nossos cantis, nos garantia água para oito dias.

Eram 9h. O pároco e sua enorme megera esperavam diante da porta. Queriam provavelmente nos dar o adeus derradeiro do anfitrião ao viajante. Mas a despedida ganhou uma forma inesperada, constando da conta apresentada até mesmo o ar da morada pastoral — infecto, insisto em dizer. O digno casal nos espoliava como um albergueiro suíço, cobrando um preço altíssimo pela péssima hospitalidade.

Meu tio pagou sem pestanejar. Como alguém que parte para o centro da Terra e não se preocupa em regatear uns rixdales a mais ou a menos.

Feito isso, Hans deu o sinal de partida e pouco depois já deixávamos Stapi para trás.

15

O Sneffels tem uma altura de mil e quinhentos metros. Seu cone duplo termina uma faixa traquítica que se desgarra do sistema orográfico da ilha. De onde estávamos, não se distinguiam os dois picos a se erguerem contra o fundo acinzentado do céu. Tudo que eu via era uma enorme calota de neve cobrindo a cabeça do gigante.

Avançávamos em fila, com o caçador à frente, seguindo por trilhas tão estreitas que duas pessoas não podiam caminhar lado a lado. Qualquer tipo de conversa se tornava então praticamente impossível.

Para além da muralha basáltica do fiorde de Stapi, primeiro se apresentou um solo de turfa relvada e fibrosa, resto da antiga vegetação pantanosa da península. O volume desse combustível ainda inexplorado existente ali bastaria para aquecer por um século toda a população da Islândia. Essa imensa reserva, medida a partir do fundo de certos barrancos, chegava às vezes a vinte metros de altura, apresentando sucessivas camadas de detritos carbonizados, separadas por folhas de tufo poroso.

Como bom sobrinho do professor Lidenbrock, e apesar das minhas preocupações particulares, eu observava com interesse as curiosidades mineralógicas que se apresentavam naquele enorme gabinete de história natural. Ao mesmo tempo, refazia mentalmente toda a história geológica da Islândia.

A curiosíssima ilha havia evidentemente emergido do fundo das águas em época relativamente moderna. Talvez inclusive ainda continuasse nessa movimentação, de modo imperceptível. Sendo assim, só se poderia atribuir a sua origem à ação do fogo subterrâneo. E, nesse caso, a teoria de Humphry Davy, o documento de Saknussemm e as pretensões do meu tio se desfariam em pó. Tal possibilidade me levou a examinar mais atentamente a natureza do solo e rapidamente percebi a sucessão de fenômenos que comandaram a sua formação.

Sem qualquer terreno sedimentar, a Islândia se compõe unicamente de tufo vulcânico, ou seja, um aglomerado de pedras e rochas de textura porosa. Antes da existência dos vulcões, o que havia era um maciço basáltico que lentamente se ergueu acima das águas, empurrado pelas forças centrais. O fogo interno não havia ainda irrompido à superfície.

Mais tarde, porém, uma ampla fenda se abriu diagonalmente do sudoeste ao nordeste da ilha, e por ela pouco a pouco escorreu toda a massa traquítica.

O fenômeno, então, ocorria sem violência, pois a vazão era enorme e as matérias fundidas, lançadas das entranhas do globo, tranquilamente se espalharam em vastos lençóis ou camadas onduladas. À época surgiram os feldspatos, os sienitos e os pórfiros.

Graças, entretanto, a esse vazamento, a espessura da ilha aumentou consideravelmente e, a partir disso, sua força de resistência. Pode-se imaginar a quantidade de fluidos elásticos que se armazenou em seu interior, já que não havia mais saídas livres após o resfriamento da crosta traquítica. Chegou um momento então em que a potência mecânica desses gases foi de tal ordem que eles convulsionaram a pesada cobertura e altas chaminés se abriram. Foi como o vulcão empurrou para o alto a crosta e subitamente abriu uma cratera no topo.

Fenômenos eruptivos então deram continuidade aos fenômenos vulcânicos. Pelas aberturas assim formadas primeiro escaparam as dejeções basálticas, das quais a planície que naquele momento atravessávamos oferecia um dos seus maravilhosos exemplos. Caminhávamos sobre essas pesadas rochas cinza escuro que o esfriamento havia moldado como prismas de base hexagonal. Adiante se via um grande número de cones achatados, que anteriormente foram bocas ignívomas.

Esgotada a erupção basáltica, o vulcão, com força ampliada por causa das crateras extintas, deu passagem às lavas e àqueles tufos de cinzas e escórias, cujos longos deslizamentos eu podia reconhecer espalhados pelas encostas como uma densa cabeleira.

Foi esta a sucessão de fenômenos que constituiu a Islândia, todos se originando na ação do fogo interior. Era loucura então supor que essa massa interna não continuasse em estado de permanente incandescência líquida. E mais louca ainda a pretensão de chegar ao centro do globo!

Tudo isso me reconfortava quanto ao desenlace da nossa aventura, mesmo que avançando ao assalto do Sneffels.

O caminho foi se tornando cada vez mais difícil. Subíamos, pedaços soltos de rochas se deslocavam e exigiam de nós todo o cuidado para evitar quedas perigosas.

Hans seguia tranquilamente, como se pisasse em terreno firme. Às vezes desaparecia por trás dos grandes blocos rochosos e momentaneamente o perdíamos de vista. Quando isso acontecia, com um assobio agudo ele nos indicava qual direção tomar. Com frequência também parava, recolhia algumas lascas de rocha e as dispunha de maneira que pudessem ser reconhecidas, formando assim indicações que serviriam de orientação para a volta. Boa precaução, que os acontecimentos vindouros tornaram inútil.

Três esfalfantes horas de caminhada tinham nos levado apenas à base da montanha. Hans fez sinal de parada e um almoço frugal foi repartido entre todos. Meu tio engolia porções duplas para acabar mais depressa. Só que, como a parada alimentar era também de descanso, ele precisou esperar a decisão do guia, que deu sinal de partida apenas uma hora depois. Os três islandeses, tão taciturnos quanto o companheiro caçador, não deram um pio e comeram sobriamente.

Começamos a subir as encostas do Sneffels. O enevoado cume, por uma ilusão de óptica frequente nas alturas, me parecia bem próximo e, no entanto, quantas demoradas horas foram necessárias para alcançá-lo! E, sobretudo, quanto cansaço! Pedras que nenhuma terra nem relva firmavam despencavam sob nossos pés, indo se perder na planície com a velocidade de uma avalanche.

Às vezes os flancos do monte formavam com o horizonte um ângulo de mais de 36°, tornando impossível a escalada e nos obrigando a contornar essas partes íngremes, não sem dificuldade. Nessas ocasiões, nos ajudávamos mutuamente, com o reforço dos nossos bastões.

Devo dizer que meu tio se mantinha perto de mim ao máximo e sem nunca me perder de vista, e em várias ocasiões me deu sólido apoio com o braço. Ele provavelmente tem um senso inato de equilíbrio, pois nunca pisava em falso. Os islandeses, por sua vez, apesar do peso que transportavam, subiam com a agilidade de montanheses.

Vendo a altura do Sneffels, parecia impossível atingir o topo por onde seguíamos, se o ângulo de inclinação das encostas não diminuísse. Felizmente, após uma hora de cansativo esforço, no meio do vasto tapete de neve estendido no dorso do vulcão, uma espécie de escadaria se apresentou de surpresa e simplificou nossa subida. Uma daquelas torrentes de pedras lançadas pelas erupções, que em islandês se chamam *stiná*, a havia formado. Se a torrente em questão não tivesse sido bloqueada pela disposição das encostas da montanha, teria se precipitado no mar, formando novas ilhas.

Tal como estava, foi muito útil. O aclive se acentuava, mas os degraus de pedra faziam com que subíssemos com facilidade e tão rapidamente que, tendo ficado certo momento para trás enquanto os companheiros continuavam a subir, rapidamente os vi à distância reduzidos a uma escala microscópica.

Às 19h tínhamos galgado os dois mil degraus da escadaria e dominávamos uma protuberância da montanha, uma espécie de patamar em que se apoiava o cone da cratera, propriamente dito.

O mar se estendia a mil metros abaixo de nós. Tínhamos ultrapassado o limite das neves eternas, que não é tão alto na Islândia, por conta da constante umidade do clima. O frio era intenso, com o vento soprando forte. Eu estava exausto. O professor notou que minhas pernas já se recusavam a me dar apoio seguro e, apesar da sua impaciência, resolveu pedir uma parada. Fez um sinal ao caçador, que sacudiu a cabeça dizendo:

— *Ofvanför.*

— Parece que teremos que subir um pouco mais — explicou meu tio, que em seguida perguntou a Hans por quê.

— *Mistour* — respondeu o guia.

— *Ja, mistour* — repetiu um dos islandeses, assustado.

— O que significa isso? — perguntei, preocupado.

— Veja — disse meu tio.

Olhei na direção da planície. Uma imensa coluna de pedra-pomes pulverizada, areia e poeira se erguia em redemoinho e o vento a empurrava para o flanco do Sneffels em que estávamos. A cortina opaca aberta diante do sol produzia uma grande sombra projetada contra a montanha. Se aquele redemoinho se inclinasse, inevitavelmente nos envolveria no turbilhão. O fenômeno, que é bastante comum quando o vento sopra sobre as geleiras, tem o nome de *mistour* em língua islandesa.

— *Hastigt, hastigt* — gritou nosso guia.

Mesmo sem saber dinamarquês, entendi que era preciso segui-lo o mais rápido possível. Hans começou a contornar o cone da cratera, mas obliquamente, de maneira a facilitar a marcha. Em pouco tempo o turbilhão atingiu a montanha, que tremeu com o choque. As pedras soltas arrebatadas pelo redemoinho voaram como numa erupção. Felizmente já estávamos na vertente oposta e protegidos do perigo. Sem a precaução do guia, nossos corpos teriam sido dilacerados e reduzidos a pó, e lançados longe, como se algum meteoro desconhecido os tivesse atingido.

Com isso, Hans não achou prudente passar a noite nas encostas do cone. Continuamos nossa ascensão em zigue-zague e os quinhentos metros que faltavam ganhar nos custaram quase cinco horas. Desvios, vieses e retornos encompridaram o caminho em pelo menos doze quilômetros. Eu não aguentava mais, estava morrendo de frio e de fome. O ar, já um tanto rarefeito, não bastava às necessidades dos meus pulmões.

Às 23h, em plena escuridão, finalmente atingimos o pico do Sneffels. Antes de ir me abrigar no interior da cratera, tive tempo de observar o sol da meia-noite[89] no ponto mais baixo da sua trajetória, projetando seus pálidos raios sobre a ilha adormecida a meus pés.

89. O sol da meia-noite ocorre em junho/julho no hemisfério Norte e dezembro/janeiro no Sul, nas latitudes acima dos círculos polares Ártico e Antártico. É assim chamado pelo fato de o sol não se pôr.

16

Uma refeição foi rapidamente devorada e o pequeno grupo se acomodou como pôde. Cama dura, abrigo frágil, situação bem desconfortável, a mil e quinhentos metros do nível do mar e, no entanto, meu sono foi incrivelmente tranquilo naquela noite, uma das melhores que eu passava nos últimos tempos. Nem sonhar sonhei.

No dia seguinte acordamos semicongelados, sob uma brisa cortante e raios de um belo sol. Deixei minha cama de granito e fui apreciar o belo espetáculo que se descortinava diante de mim.

Estava no alto de um dos dois picos do Sneffels, o mais ao sul. Minha visão se estendia sobre a maior parte da ilha. O efeito óptico característico das grandes alturas realçava o litoral, enquanto as partes centrais pareciam afundar. Era como se um daqueles mapas em relevo de Helbesmer[90] se desdobrasse a meus pés. Vales profundos se entrecruzavam em todos os sentidos, precipícios se abriam como poços, lagos se transformavam em poças e rios, em córregos. À minha direita se sucediam inumeráveis geleiras e picos múltiplos, alguns empenachados com tênues fumaças. As ondulações daquelas montanhas infinitas, que a camada de neve parecia tornar espumantes, me davam a impressão de um mar encapelado. Virando-me a oeste, era o oceano que se estendia em sua majestosa vastidão, como uma continuidade daqueles cumes encrespados. Meus olhos mal conseguiam discernir onde terminava a terra e onde começava a água.

Estava então mergulhado nesse êxtase prestigioso dos altos cimos, e sem vertigem, pois me acostumara enfim às sublimes contemplações. Meu olhar embevecido percorria a transparente irradiação dos raios solares, eu esquecia quem eu era, onde estava e me sentia vivendo a vida de elfos e sílfides, imaginários habitantes da mitologia escandinava. Embriagava-me com a volúpia das alturas, sem pensar nos abismos em que o destino logo me mergulharia. Mas fui trazido de volta à realidade pela chegada do professor e de Hans, que tinham vindo me encontrar no alto do pico.

Meu tio, virando-se para oeste, indicou com a mão um discreto vapor, uma bruma, uma aparência de terra que sobressaía na linha das águas.

90. Não foram encontradas referências. Talvez alusão a Francis Egerton (1800-57), conde de Ellesmere, presidente da Royal Geographical Society.

— A Groenlândia — disse ele.

— A Groenlândia? — espantei-me.

— Exatamente. Não estamos nem a cento e quarenta quilômetros e, nos períodos de degelo, ursos polares chegam até a Islândia, transportados por blocos de gelo do norte. Mas isso pouco importa. Estamos no topo do Sneffels. Aqui estão os dois picos, um ao sul e outro ao norte. Hans nos dirá o nome que os islandeses dão a este em que nos encontramos agora.

Feita a pergunta, o caçador respondeu:

— Scartaris.

Meu tio me lançou um olhar triunfante.

— À cratera! — gritou.

A cratera do Sneffels era como um cone invertido cuja abertura poderia medir cerca de dois quilômetros de diâmetro. Calculei sua profundidade em mais ou menos seiscentos metros. Tentem imaginar o estado de semelhante recipiente quando cheio de estrondos e chamas. O fundo do funil não teria mais do que cento e cinquenta metros de circunferência, de forma que suas vertentes, bastante suaves, permitiam que se chegasse com facilidade à parte inferior. Involuntariamente comparei a cratera com a boca larga de um imenso bacamarte e achei a comparação assustadora.

"Descer por um bacamarte", pensei, "estando ele, quem sabe, carregado e podendo disparar ao menor choque é programa de doido."

Mas não tinha como recuar. Hans, com total indiferença, tomou a frente da tropa. Fui atrás sem nada dizer.

Para facilitar a descida, o guia foi percorrendo, no interior do cone, elipses bem alongadas. Era preciso caminhar entre rochas eruptivas e algumas, abaladas em seus encaixes, se precipitavam quicando até o fundo do abismo. A queda produzia reverberações de ecos de estranha sonoridade.

Certas partes do cone formavam geleiras internas. Quando isso acontecia Hans avançava com extrema precaução, sondando o piso com a ponta de ferro do seu bastão para descobrir rachaduras. Em algumas passagens mais duvidosas tornou-se necessário nos unirmos por uma corda comprida para que, se um de nós inopinadamente tropeçasse, fosse sustentado pelos outros. Era perfeitamente prudente tal solidariedade, mas não deixava de apresentar riscos.

No entanto, apesar das dificuldades da descida por encostas que o guia não conhecia, o trajeto se fez sem acidentes, exceto a queda de um rolo de corda que escapou das mãos de um dos islandeses e tomou o caminho mais curto para o fundo do abismo.

Ao meio-dia tínhamos chegado. Erguendo a cabeça, pude ver o orifício superior do cone, no qual se enquadrava um pedaço de céu de circunferência singularmente reduzida, mas quase perfeita. Somente num ponto se destacava o pico do Scartaris, perdendo-se na imensidão.

No fundo da cratera se abriam três chaminés, pelas quais, quando das erupções do Sneffels, o núcleo central expulsava lavas e vapores. Cada uma delas media mais ou menos trinta metros de diâmetro. Estavam ali escancaradas abaixo de nós. Nem tive coragem de olhar. Já o professor Lidenbrock rapidamente examinou a disposição que apresentavam, ofegante, correndo de um lado para outro, gesticulando e dizendo coisas incompreensíveis. Hans e seus companheiros, sentados em cima de pedaços de lava, apenas observavam, certamente achando que era louco.

De repente meu tio deu um grito. Achei que tinha tropeçado e caído num dos três abismos. Engano meu. Estava parado, com braços e pernas abertos, diante de um rochedo de granito assentado no centro da cratera, como se fosse um enorme pedestal erguido para a estátua de Plutão.[91] Parecia estupefato, mas o estupor logo deu lugar a uma frenética alegria.

— Axel! Axel! — gritava. — Venha! Corra!

Corri. Nem Hans nem os islandeses se moveram.

— Olhe! — disse o professor.

Compartilhando seu espanto e até mesmo a alegria, li na face ocidental do bloco, em caracteres rúnicos, um tanto desgastados pelo tempo, aquele nome mil vezes maldito:

— Arne Saknussemm! — berrou o meu tio. — Ainda tem alguma dúvida?

Não respondi e apenas voltei cabisbaixo a meu banco de lava. A evidência era arrasadora.

Ignoro quanto tempo permaneci mergulhado em meus pensamentos. Tudo que sei é que erguendo a cabeça vi meu tio e Hans sozinhos no fundo da cratera. Os islandeses tinham sido dispensados e já desciam as encostas externas do Sneffels, regressando a Stapi.

Hans dormia tranquilamente ao pé de um rochedo, num leito improvisado sobre lava escorrida. Meu tio girava no fundo da cratera como um animal selvagem preso no fosso de uma armadilha. Eu não tinha vontade nem coragem para me levantar e, seguindo o exemplo do guia, deixei-me levar por uma resignação dolorosa e calma, julgando ouvir ruídos ou sentir tremores nas encostas da montanha.

Foi como se passou aquela primeira noite no fundo da cratera.

No dia seguinte um céu cinzento, carregado de nuvens e pesado se abateu sobre o alto do cone. Nem foi tanto pela pouca claridade em nosso abismo e sim pela irritação do meu tio que percebi.

91. Plutão é um epíteto para Hades, o deus grego do mundo subterrâneo, cuja ira era exacerbada quando seu nome era mencionado.

– Arne Saknussemm! – berrou o meu tio. – Ainda tem alguma dúvida?

Entendi o motivo e um resto de esperança voltou a me animar. Vou dizer por quê.

Dos três caminhos abertos sob nossos pés, Saknussemm havia percorrido apenas um deles. E este, segundo o sábio islandês, poderia ser reconhecido pela particularidade apontada no criptograma, de que a sombra do Scartaris viria acariciar suas beiradas nos últimos dias do mês de junho.

Podia-se, de fato, considerar o pico agudo como o pino de um imenso relógio de sol, cuja sombra em determinado dia marcaria o caminho para o centro do globo.

Ora, sem sol, nada de sombra e nem, consequentemente, indicação. Estávamos em 25 de junho, e caso o céu ficasse encoberto por mais seis dias a observação teria que ser adiada para o próximo ano.

Nem tento descrever a irritação desesperada do professor Lidenbrock. O dia se passou sem que a mínima sombra se encompridasse no fundo da cratera. Hans não se movia do seu lugar, mas provavelmente se perguntava o que esperávamos, se é que se perguntava alguma coisa! Meu tio não se dirigiu a mim nenhuma vez. Seus olhares, invariavelmente voltados para o céu, se perdiam na sua coloração cinza e brumosa.

Nada também no dia 26, quando uma chuva misturada com neve caiu o dia inteiro. Hans construiu uma cabana com pedaços de lava. Dava-me certo prazer acompanhar com os olhos as milhares de cascatas que se formaram nas paredes do cone, onde cada pedra ampliava o ensurdecedor murmúrio.

Meu tio não se continha mais. Era de irritar até o mais paciente dos homens, pois, realmente, ele se sentia como quem nada, nada e morre afogado na praia.

Mas às grandes misérias a Providência sempre mistura grandes alegrias e, no caso, reservara ao professor Lidenbrock uma satisfação à altura dos seus malfadados percalços.

No dia seguinte o céu esteve ainda encoberto, mas no domingo, 28 de junho, antepenúltimo dia do mês, com a mudança de lua veio a mudança de tempo. O sol derramou generosamente os seus raios cratera adentro. Cada montículo, cada rochedo, cada pedra, cada aspereza teve participação no benfazejo banho de luz, projetando de imediato a sua sombra no chão. A do Scartaris se impôs entre todas, como um pontudo estilete que imperceptivelmente se movia com o astro radioso.

E meu tio se movia junto.

Ao meio-dia, em seu período mais curto, a sombra suavemente tocou a beirada da chaminé central.

— É esta! — gritou o professor. — É esta! Rumo ao centro da Terra! — acrescentou em dinamarquês.

Olhei para Hans.

— *Forüt!* — disse tranquilamente o guia.

— Em frente! — concordou meu tio.

Eram 13h13.

17

A VERDADEIRA VIAGEM começava. Até então o cansaço havia sido maior do que as dificuldades, mas estas passariam agora a literalmente brotar sob nossos pés.

Eu não havia nem mesmo espiado o insondável poço em que ia me enfiar. Mas chegara a hora. Ainda podia abraçar a aventura ou desistir dela. Mas tive vergonha de recuar na presença do caçador. Hans a aceitava com tanta tranquilidade, tanta indiferença, tão perfeito alheamento com relação ao perigo que fiquei sem graça de me mostrar menos corajoso. Se estivesse sozinho, teria dado início a uma série de argumentos consistentes, mas me calei. Minhas lembranças voaram até a minha querida virlandesa e me aproximei da chaminé central.

Já disse que ela media trinta metros de diâmetro ou noventa metros de circunferência. Do alto de uma rocha me debrucei e olhei. Fiquei com os cabelos em pé. A sensação de vazio tomou conta de mim. Percebi que o centro de gravidade se deslocou em meu interior e a vertigem me subiu à cabeça como uma embriaguez. Nada mais capcioso do que a atração do vazio. Eu ia cair. Uma mão me reteve. Era Hans. Realmente não tinham sido suficientes as "aulas de abismo" na Frelsers-Kirk de Copenhague.

Por menos que tivesse observado a profundidade do poço, rapidamente me dei conta da sua conformação. Quase verticais, as paredes apresentavam numerosas saliências que certamente facilitariam a descida. Não faltavam então degraus, porém isso não bastava. Uma corda amarrada no orifício daria conta de nos sustentar, mas como soltá-la, quando chegássemos lá embaixo?

Meu tio empregou um meio bem simples para driblar a dificuldade. Desenrolou uma corda de cento e vinte metros de comprimento e da espessura de um polegar; primeiro deixou cair a metade dela, em seguida passou-a ao redor de um bloco de lava bem protuberante e lançou a outra metade na chaminé. Cada um de nós poderia então descer mantendo nas mãos as duas metades da corda, que assim não se soltaria. Sessenta metros abaixo, seria fácil recuperá-la, largando uma ponta e puxando a outra. Em seguida recomeçaríamos o exercício *ad infinitum*.

— Agora — disse meu tio depois de terminar os preparativos — vamos cuidar da bagagem. Será dividida em três pacotes e cada um de nós amarrará um nas costas. Refiro-me apenas aos objetos frágeis.

O audacioso professor, com toda evidência, não nos incluía nessa última categoria. Em seguida distribuiu as tarefas:

— Hans se encarregará das ferramentas e de uma parte dos víveres. Você, Axel, de mais um terço dos víveres e das armas. Levo o restante dos víveres e os instrumentos delicados.

— Mas e as roupas e esse monte de cordas e escadas, quem vai descê-las?

— Descerão por conta própria.

— Como assim? — perguntei.

— Já vai ver.

Meu tio gostava dos métodos extravagantes e não hesitava em usá-los. Por ordem sua, Hans reuniu num só volume os objetos não frágeis e esse pacote, bem amarrado, foi simplesmente jogado precipício abaixo.

Ouvi o som característico que o deslocamento das camadas de ar produz. Debruçado no abismo, meu tio seguia satisfeito a descida da bagagem e só se aprumou depois de perdê-la de vista.

— Muito bem — disse. — Agora nós.

Pergunto a qualquer pessoa de boa-fé se seria possível ouvir algo assim sem estremecer!

O professor prendeu nas costas o pacote com os instrumentos. Hans pegou o das ferramentas e eu o das armas. A descida começou na seguinte ordem: Hans, meu tio e eu. E decorreu em total silêncio, perturbado apenas pelos pedaços de rocha que desmoronavam no abismo.

Fui escorregando, por assim dizer, apertando com toda força a dupla corda com uma das mãos, enquanto com a outra me escorava ajudado pelo bastão com ponta de ferro. O medo de faltar um ponto de apoio era a minha ideia fixa. E aquela corda me parecia bem frágil para aguentar o peso de três pessoas. Procurava então depender dela o menos possível, realizando milagres de equilíbrio nas saliências de lava em que meu pé tentava se agarrar como se fosse uma mão.

Quando um desses degraus escorregadios se esfarinhava com o peso de Hans, ouvia-se a sua voz tranquila:

— *Gif akt!*

— Cuidado! — repetia meu tio.

Após meia hora de descida, tínhamos chegado à superfície de uma rocha solidamente incrustada na parede da chaminé.

Hans puxou a corda por uma das pontas; a outra se soltou no ar. Depois que ela passou pelo rochedo lá de cima, caiu, arrastando consigo pedaços de pedra e de lava como se fossem uma chuva de granizo, bem perigosa.

Debruçado na nossa estreita plataforma, observei que o fundo do buraco continuava invisível.

Recomeçamos a manobra com a corda e meia hora depois tínhamos conquistado nova profundidade de sessenta metros.

A descida decorreu em total silêncio, perturbado apenas pelos pedaços de rocha que desmoronavam no abismo.

Não sei se o mais entusiasmado dos geólogos teria tentado estudar a natureza dos terrenos em volta durante uma descida como aquela. No que me concerne, não estava minimamente interessado. Que fossem pliocenos, miocenos, eocenos, cretáceos, jurássicos, triásicos, permianos, carboníferos, devonianos, silurianos ou primitivos. Mas provavelmente o professor os examinava e tomava nota, pois numa das paradas me disse:

— Quanto mais avanço, mais tenho confiança. A disposição desses terrenos vulcânicos dá total razão à teoria de Davy. Estamos em pleno solo primordial, solo em que se deu a operação química dos metais inflamados em contato com o ar e a água. Rejeito inteiramente a hipótese de um calor central. De qualquer forma, logo confirmaremos isso.

Era sempre a mesma conclusão. Compreende-se então que pouco me interessasse discutir. Meu silêncio foi visto como assentimento e voltamos à descida.

Ao final de três horas, eu continuava sem divisar o fundo da chaminé. Erguendo a cabeça, no entanto, podia notar que sua abertura de entrada se reduzia sensivelmente. As paredes, dada a ligeira inclinação, tendiam a se aproximar e pouco a pouco ia ficando mais escuro.

Mas continuávamos a descer. Eu tinha a impressão de que as pedras desprendidas das paredes desciam com repercussão mais seca, chegando mais depressa ao fundo do abismo.

Como vinha contabilizando com cuidado nossas manobras com a corda, podia ter uma ideia precisa da profundidade alcançada e do tempo gasto.

Tínhamos repetido quatorze vezes a manobra, que durava meia hora. Um total de sete horas, mais quatorze quartos de hora de descanso, ou seja, três horas e meia. Ao todo, dez horas e meia. Como tínhamos partido às 13h, seriam agora 23h.

Já no referente à profundidade, as quatorze manobras com a corda de sessenta metros somavam oitocentos e cinquenta metros.

Nesse momento ouviu-se a voz de Hans:

— *Halt!*

Imediatamente parei, para não bater com os pés na cabeça do meu tio.

— Chegamos — disse este último.

— Onde? — perguntei, descendo até o lado dele.

— Ao fundo da chaminé perpendicular.

— Não há outra saída?

— Vejo uma espécie de corredor ali, quebrando para a direita. Examinaremos amanhã. Vamos antes comer alguma coisa e depois dormir.

A escuridão não era total. Abrimos o saco de provisões, nos alimentamos e nos esticamos da melhor maneira possível num leito de pedra e cacos de lava.

Quando, deitado de costas, abri os olhos, vi um ponto brilhante na extremidade daquele longo tubo de novecentos metros, transformado em gigantesca luneta. Era uma estrela sem qualquer cintilação e que, pelos meus cálculos, devia ser Beta, da Ursa Menor.

Depois caí num sono profundo.

18

Às 8h, um raio de sol nos acordou. As mil facetas de lava das paredes o recolhiam ao passar, espalhando-o como uma chuva de fagulhas.

A claridade era forte o bastante para que distinguíssemos os objetos em volta.

— Bom dia, Axel! O que me diz? — exclamou meu tio esfregando as mãos. — Alguma vez passou uma noite mais tranquila em nossa casa da Königstrasse? Sem barulho de charretes nem gritos de feirantes ou discussão de barqueiros!

— É verdade, estamos bem tranquilos no fundo desse poço. Mas é justamente essa calma que assusta.

— Ora, ora! Se for se assustar desde já, como vai ser mais tarde? Não penetramos nem uma polegada ainda nas entranhas da Terra.

— O que está querendo dizer?

— Quero dizer que apenas atingimos o chão da ilha! Esse longo tubo vertical vindo da cratera do Sneffels nos trouxe mais ou menos ao nível do mar.

— Tem certeza?

— Absoluta. Consulte o barômetro.

De fato, o mercúrio, depois de ter pouco a pouco subido no instrumento à medida que descíamos, se estabilizara na marca de vinte e nove polegadas.

— Está vendo — continuou o professor —, temos somente a pressão de uma atmosfera. Estou ansioso para que o manômetro substitua esse barômetro.[92]

O instrumento efetivamente se tornaria inútil assim que o peso do ar superasse a sua pressão, calculada ao nível do mar.

— O aumento constante da pressão não vai se tornar insuportável?

— Não. Desceremos lentamente e os nossos pulmões vão se habituar a respirar numa atmosfera mais comprimida. Os aeronautas[93] sofrem falta de ar quando sobem às camadas superiores, mas nós talvez tenhamos até ar demais.

92. O barômetro mede a pressão atmosférica exclusivamente e o manômetro, a pressão exercida pelos fluidos em geral.

93. O primeiro grande sucesso literário de Jules Verne foi *Cinco semanas em um balão*. Curiosamente, na verdade ele nunca havia voado e a maior parte das suas informações vinha do amigo Félix Nadar, famoso fotógrafo e apaixonado por balonismo.

Melhor assim. Não percamos tempo. Onde está o pacote que desceu antes de nós pelo interior da montanha?

Lembrei-me de que o havíamos procurado em vão na noite anterior. Meu tio perguntou a Hans, que, depois de tudo vasculhar com seus olhos de caçador, respondeu:

— *Der huppe!*

— Lá em cima.

De fato, o pacote estava preso numa ponta de rochedo trinta metros acima da nossa cabeça. Ágil como um gato, imediatamente o islandês escalou a parede e em poucos minutos o pacote se juntou a nós.

— Agora vamos comer — disse meu tio. — E comer como quem provavelmente terá uma longa jornada pela frente.

Alguns goles de água com genebra acompanharam o biscoito e a carne-seca.

Terminada a refeição, meu tio sacou do bolso uma caderneta reservada às observações. Averiguou sucessivamente seus diversos instrumentos e anotou os seguintes dados:

Segunda-feira, 1º de julho
Cronômetro: 8h17 da manhã
Barômetro: 29 p. 7 l
Termômetro: 6°
Direção: L-S-L

Indicada pela bússola, a última observação se aplicava à galeria escura.

— Agora, Axel — exclamou o professor com entusiasmo —, vamos realmente mergulhar nas entranhas do globo. É este o momento exato em que começa a nossa viagem.

Dito isso, ele pegou numa das mãos o aparelho de Ruhmkorff que tinha pendurado no pescoço. Com a outra, ligou a corrente elétrica à serpentina da lanterna e uma viva claridade dissipou as trevas da galeria.

Hans carregava o segundo aparelho, também aceso. Essa engenhosa aplicação da eletricidade nos permitiria avançar por um bom tempo, criando um dia artificial, mesmo no meio dos gases mais inflamáveis.

— Em frente! — comandou meu tio.

Cada qual pegou a sua trouxa. Hans se encarregou de ir empurrando à frente o pacote de cordas e roupas e entramos na galeria, eu por último.

No momento de me enfiar no corredor escuro, ergui a cabeça e olhei pela derradeira vez, através do imenso tubo, o céu da Islândia, "que eu provavelmente nunca mais veria".[94]

94. As aspas no original parecem querer apenas realçar o aspecto estereotipado da expressão.

A lava, na última erupção de 1229, tinha aberto um caminho por aquele túnel e atapetava o interior com uma cobertura espessa e brilhosa, que refletia a luz elétrica centuplicando a sua intensidade.

A dificuldade do caminho consistia em não descer rápido demais a inclinação de cerca de 45°. Felizmente alguma erosão e algumas intumescências serviam de degraus e tínhamos apenas que descer, deixando nossas bagagens escorregarem presas por uma corda comprida.

O que era degrau para os nossos pés se apresentava como estalactite nas outras paredes. A lava, porosa em determinados lugares, criava pequenos bulbos; cristais de quartzo opaco, ornados por límpidas gotas e suspensos na abóbada como lustres, pareciam se acender à nossa passagem. Era como se os espíritos do abismo iluminassem o seu palácio para receber os visitantes da superfície.

— É magnífico! — exclamei sem querer. — Que espetáculo, tio! Veja só essas nuances da lava que vão do vermelho-escuro até o amarelo vivo, com graduações imperceptíveis! E esses cristais que parecem globos de luz?

— Ah! Até que enfim, Axel! — respondeu meu tio. — Afinal está gostando, meu rapaz! Terá deslumbres ainda maiores, tenho certeza. Em frente! Em frente!

Seria mais correto ter dito "continuemos escorregando", pois seguimos sem nos cansar por descidas bem pronunciadas. Era o *facilis descensus Averni* de Virgílio.[95] A bússola, que eu consultava com frequência, indicava direção sudeste com imperturbável rigor. Aquele derramamento de lava não desviava para um lado nem para outro, seguindo com a inflexibilidade da linha reta.

O calor, no entanto, não aumentava de maneira sensível, o que dava razão às teorias de Davy e, mais de uma vez, consultei com surpresa o termômetro. Duas horas depois de partirmos ele marcava apenas 10°, ou seja, um aumento de 4°, o que me fazia pensar que nossa descida era mais horizontal do que vertical. E para saber exatamente a profundidade a que estávamos, nada mais fácil: o professor media com precisão os ângulos de desvio e de inclinação do percurso, mas guardava para si o resultado das observações.

À noite, por volta das 20h, ele deu o sinal de parar. Hans imediatamente se sentou. As lâmpadas foram presas em saliências da lava. Estávamos numa espécie de caverna em que não faltava ar. Pelo contrário. Sopros de vento chegavam até nós. O que os produzia? A qual agitação atmosférica atribuir sua origem? Era uma questão que eu não tentava resolver naquele momento, pois a fome e o cansaço me deixavam incapaz de raciocinar. Uma descida

95. No Livro VI, verso 126 da *Eneida*, o herói desce ao Inferno e a sibila lhe diz: "É fácil descer ao Averno" (sendo o Averno o lago perto da cidade de Nápoles onde Eneias descobre a fonte do rio Estige, que dá acesso ao Inferno). No verso seguinte, porém, a sibila acrescenta: "Mas voltar ... exige muito maior esforço."

de sete horas seguidas não se faz sem grande gasto de energia. Sentia-me exausto. Foi com muito prazer, então, que ouvi o comando de "Alto!". Hans espalhou algumas provisões em cima de um bloco de lava e cada um de nós comeu com apetite. Uma coisa entretanto me preocupava: nossa reserva de água já estava pela metade. Meu tio contava restaurá-la em fontes subterrâneas, mas até ali não aparecera nenhuma. Não pude deixar de chamar sua atenção para isso.

— Essa ausência de fontes o surpreende? — ele perguntou.

— Com certeza! Melhor dizendo, me preocupa. Temos água para apenas mais cinco dias.

— Fique tranquilo, Axel, garanto que encontraremos água e mais do que queremos.

— Quando?

— Assim que deixarmos esse invólucro de lava. Como poderiam brotar fontes através destas paredes?

— Mas pode ser que isto persista até grandes profundidades. Tenho a impressão de não termos avançado muito, verticalmente.

— Por que acha isso?

— Se estivéssemos mais no interior da crosta terrestre, o calor seria maior.

— No seu sistema teórico — respondeu meu tio. — O que indica o termômetro?

— Mal chegou a 15°. São apenas nove a mais, desde que partimos.

— E que conclusão tira disso?

— A seguinte: segundo as observações mais precisas, o aumento da temperatura no interior do globo é de um grau a cada trinta metros. Mas certas condições locais podem modificar esses números. Por exemplo, em Yakutsk, na Sibéria, observou-se que o aumento de um grau se dava já a onze metros. A diferença depende, com toda evidência, da condutibilidade das rochas. Acrescentaria ainda que nas proximidades de um vulcão extinto, com uma camada de gnaisse a atravessar, observou-se que a elevação da temperatura era de um grau a cada trinta e oito metros. Se ficarmos com essa última hipótese, que é a mais favorável, podemos calcular.

— Pois calcule, jovem.

— Muito simples — respondi, anotando os números no meu caderninho. — Nove vezes trinta e oito metros e temos trezentos e quarenta e dois metros de profundidade.

— Nada mais exato.

— Mas...

— Mas... pelas minhas observações, estamos três mil metros abaixo do nível do mar.

— Acha mesmo possível?

— Sim, ou não podemos mais confiar nos números!

Os cálculos do professor estavam certos, já havíamos ultrapassado em mil e oitocentos metros as maiores profundidades já atingidas pelo homem, nas minas de Kitzbühel, no Tirol, e de Kuttenbergue, na Boêmia.[96]

A temperatura, que deveria ser de 81° ali onde estávamos, era de apenas 15°. O que dava matéria a muita reflexão.

96. Na República Tcheca, a cidade de Kutná Hora (em alemão, Kuttenberg) é famosa por suas minas de prata, hoje esgotadas, mas que na Idade Média garantiam um terço da produção europeia e chegavam a uma profundidade de 450 metros.

19

No dia seguinte, terça-feira 30 de junho, às 6h retomamos a descida.

Seguimos o tempo todo a galeria de lava, verdadeira rampa natural, suave como os planos inclinados que ainda hoje às vezes substituem as escadas em casas antigas. Isso até 12h17, instante preciso em que alcançamos Hans, que acabava de parar.

— Ah! — exclamou meu tio. — Chegamos à extremidade da chaminé.

Olhei ao redor, estávamos no meio de uma encruzilhada de dois caminhos sombrios e estreitos. Qual deveríamos tomar? Era difícil saber.

Meu tio, porém, não querendo que o guia e eu achássemos que hesitava, apontou para o túnel mais a leste, que prontamente tomamos.

Na verdade, qualquer dúvida diante da dupla possibilidade se prolongaria indefinidamente, pois nenhum indício podia determinar uma escolha. Tínhamos que nos deixar levar pelo total acaso.

Essa nova galeria apresentava um declive pouco acentuado e era de constituição bem desigual. Às vezes nos deparávamos com uma sucessão de arcos como os da nave lateral de uma catedral gótica. Artistas da Idade Média poderiam estudar ali todas as formas dessa arquitetura religiosa inspirada na ogiva. Dois quilômetros mais adiante, tínhamos que curvar a cabeça para não esbarrar em arcos rebaixados de estilo romano, com fortes pilastras chumbadas na massa e arqueando sob o caimento das abóbadas. Em certos pontos, essa disposição cedia vez a substruções baixas que pareciam obra de castores, e tínhamos que avançar agachados por passagens apertadas.

O calor se mantinha suportável. Eu não podia deixar de pensar em sua intensidade quando as lavas vomitadas pelo Sneffels se precipitaram por esse canal agora tão calmo. Imaginava as torrentes de fogo se dobrando nos ângulos da galeria e o acúmulo de vapores superaquecidos naquele estreito espaço!

"Espero que o velho vulcão não venha agora se animar com nenhuma recaída tardia", pensei.

Eram reflexões que, é claro, eu guardava para mim, pois meu tio Lidenbrock não as entenderia. Sua ideia fixa era a de seguir em frente. Andava, escorregava, podia até despencar, mas sempre com a mesma convicção. E isso, apesar de tudo, era admirável.

Às vezes nos deparávamos com uma sucessão de arcos como os da nave lateral de uma catedral gótica.

Às 18h, depois de uma caminhada pouco exaustiva, tínhamos conquistado quatro quilômetros ao sul, mas apenas quinhentos metros em profundidade.

O professor deu sinal para o descanso. Comemos sem falar muito e dormimos sem pensar demais.

O previsto para passar a noite era bem simples: uma coberta de viagem em que nos enroláriamos — e era esta a nossa cama. Não precisávamos nos preocupar com o frio nem com visitas inoportunas. Os viajantes que atravessam desertos africanos ou florestas do Novo Mundo são obrigados a se revezar na vigília durante as horas de sono. Mas ali tínhamos solidão absoluta e completa segurança, sem precisar temer selvagens ou animais ferozes, nem nada mais que fosse mal-intencionado.

No dia seguinte levantamos lépidos e fagueiros. Retomamos a estrada. Como na véspera, percorríamos um caminho de lava, sendo impossível reconhecer a natureza dos terrenos atravessados. O túnel, em vez de mergulhar nas entranhas do globo, se mantinha cada vez mais plano. Tive a impressão inclusive de subir em direção à superfície. Essa tendência se tornou tão clara por volta das 10h e, com isso, tão cansativa, que fui obrigado a moderar nosso ritmo.

— O que está havendo, Axel? — impacientou-se o professor.

— Muito simples, não estou aguentando — respondi.

— Como? Três horas de passeio, num caminho tão fácil!

— Fácil pode até ser, mas bem cansativo.

— Está exagerando! Só o que temos que fazer é descer!

— Subir, sinto muito!

— Subir... — zombou meu tio.

— Tenho certeza. Há meia hora as inclinações mudaram. A permanecerem assim provavelmente voltaremos à superfície da Islândia.

O professor balançou a cabeça sem querer dar o braço a torcer. Tentei retomar o assunto. Ele não respondeu e deu o sinal de partida. Vi muito bem que o seu silêncio era de puro mau humor.

Peguei de volta o meu fardo e com coragem segui Hans, que ia à frente do meu tio. Esforcei-me para não ficar muito para trás, preocupado em não perder de vista os companheiros. Tremia de medo só de pensar em estar sozinho nas profundezas daquele labirinto.

O caminho ascendente ia ficando mais difícil e meu consolo era pensar que com isso estava me reaproximando da superfície. Era uma esperança. A cada passo isso se confirmava e eu me alegrava achando que afinal um dia voltaria a ver minha querida Graüben.

Ao meio-dia, houve uma mudança de aspecto nas paredes da galeria. Notei pela diminuição do reflexo da luz elétrica. Ao revestimento de lava sucedia a rocha viva. O maciço se compunha de camadas inclinadas, chegando muitas vezes a uma disposição vertical. Estávamos em plena época de transição, em pleno período siluriano.[97]

— É evidente que os sedimentos das águas formaram esses xistos, calcários e arenitos na segunda era da Terra! — exclamei. — Estamos virando de costas para o maciço granítico! É como se, partindo de Hamburgo, tomássemos o caminho de Hanover para ir a Lübeck.

Observações desse tipo eu deveria guardar para mim. Mas a vocação geológica foi mais forte do que a prudência e o tio Lidenbrock me ouviu.

— O que está dizendo?

97. Assim chamado por serem muito extensos na Inglaterra os terrenos desse período, em áreas antigamente povoadas por celtas silurianos. (Nota do autor)

— Não vê? — continuei, apontando para a sucessão variada de arenitos, calcários e os primeiros indícios de terrenos ricos em ardósia.

— E o que tem isso?

— Chegamos ao período em que surgiram as primeiras plantas e os primeiros animais!

— Acha mesmo?

— É só olhar. Examine, observe!

Fiz com que o professor passeasse sua lanterna pelas paredes da galeria. Esperava alguma reação da sua parte. Em vez disso, manteve-se mudo e continuou o caminho.

Havia entendido ou não o que eu dissera? Seria por amor-próprio de tio e de cientista que não reconhecia o erro de ter escolhido aquele túnel ou apenas queria examinar até o fim o trecho em que estávamos? Era evidente que tínhamos deixado o caminho das lavas e que esse outro não nos conduziria à fornalha do Sneffels.

Mas eu me perguntava se não estava dando importância demais àquela modificação dos terrenos. Não estaria enganado? Realmente atravessávamos as tais camadas de rochas superpostas ao maciço granítico?

"Se eu estiver certo", pensei, "posso encontrar algum vestígio de planta primitiva e ele será obrigado a aceitar a evidência. Vou procurar."

Nem dei cem passos e surgiram provas incontestáveis. Não podia ser de outra forma, pois na época siluriana os mares continham mais de mil e quinhentas espécies vegetais e animais. Meus pés, habituados ao piso duro das lavas, tocaram de repente um pó feito de restos de plantas e conchas. Nas paredes havia evidentes traços de fucos e licopódios. O professor Lidenbrock não podia deixar de ter visto, mas fechava os olhos, imagino, e mantinha passadas iguais.

Aquela teimosia ultrapassava qualquer limite. Não aguentei mais, peguei uma concha perfeitamente conservada, que pertencera a algum animal mais ou menos parecido com o nosso atual tatuzinho, alcancei meu tio e disse:

— Veja!

— Estou vendo, é a concha de um crustáceo da ordem extinta dos trilobites. Só isso.

— E não tira conclusões disso?

— As mesmas que você? Perfeitamente. Deixamos a camada de granito e o trajeto das lavas. É possível que eu tenha me enganado, mas só terei certeza disso chegando à extremidade dessa galeria.

— Tem toda razão de agir assim, tio. Estaria totalmente de acordo se não nos ameaçasse um perigo cada vez maior.

— Qual?

— Ficar sem água.

— Ora, Axel, racionaremos um pouco!

20

E FOI PRECISO mesmo racionar. Nossa provisão não duraria mais três dias. Isto se evidenciou à noite, no momento da refeição. E com a desagradável perspectiva de parcas esperanças de encontrarmos alguma nascente naqueles terrenos da época de transição.

Durante o dia seguinte inteiro a galeria exibiu seus intermináveis arcos, à medida que avançávamos. Andamos quase sem falar. O mutismo de Hans nos contagiava.

O caminho não subia mais, pelo menos de maneira perceptível. Às vezes parecia até descer. Mas isso provavelmente não tranquilizava o professor, pois, além de pouco acentuada a inclinação, a natureza das camadas não se alterava e o período de transição cada vez mais se afirmava.

A luz elétrica fazia faiscarem esplendidamente os xistos, o calcário e os velhíssimos arenitos vermelhos das paredes. Poderíamos até achar que estávamos num corte de solo aberto em pleno Devonshire, origem do nome desse tipo de terreno.[98] Magníficos espécimes de mármore revestiam as muralhas, indo do cinza-ágata com veios brancos caprichosamente realçados ao escarlate e amarelo com placas vermelhas, além de amostras de escuros mármores raiados, mais adiante, em que o calcário se enfatizava com nuances vivas.

Na maior parte dessas pedras viam-se marcas de animais primitivos. Em comparação, entretanto, com as amostras do dia anterior, a Criação fizera evidentes progressos. No lugar dos trilobites rudimentares viam-se vestígios de uma ordem mais perfeita, com peixes ganoides, por exemplo, e ainda sauropterígios a permitir que o paleontologista comprovasse a aparição das primeiras formas répteis. Os mares devonianos eram habitados por grande número de animais dessa espécie, cujos restos, aos milhares, ficaram impressos nas rochas de nova formação.

Era evidente que subíamos a escala da vida animal, escala em que o homem ocupa o topo. Mas ao professor Lidenbrock isso não parecia interessar.

98. Referência às escavações que se faziam na região de Devon, na Inglaterra, a partir das pesquisas apresentadas em 1839 pelo geólogo britânico Adam Sedgwick, e que acabaram dando seu nome à era geológica devoniana.

Havia para ele apenas duas alternativas: um poço vertical surgir à frente, permitindo retomar a descida, ou algum obstáculo nos impedir de continuar. O fim do dia veio sem que nada disso acontecesse.

Na sexta-feira, após uma noite em que a sede começou a me torturar, nosso pequeno grupo voltou a se enfiar pelos meandros da galeria.

Com dez horas de marcha, notei que a reverberação das nossas lâmpadas nas muralhas diminuía muito. O mármore, o xisto, o calcário e os arenitos em volta cediam vez a um revestimento escuro e opaco. Num momento em que o túnel se estreitou muito, apoiei-me numa parede.

Quando retirei a mão, vi que estava completamente negra. Olhei mais de perto. Estávamos no meio de uma jazida de hulha.

— Uma mina de carvão! — gritei.

— Uma mina sem mineiros — respondeu meu tio.

— É? Quem sabe?

— Eu sei — cortou o assunto o professor. — E tenho certeza de que esta galeria atravessando camadas de hulha não foi aberta pela mão do homem. Mas que seja ou não obra da natureza pouco importa. Está na hora do jantar, jantemos.

Hans cuidou dos preparativos. Pouco comi, mas bebi as gotas de água que constituíam minha ração. O odre do guia pela metade era tudo o que restava para a sede de três adultos.

Depois desse jantar, meus dois companheiros se esticaram em suas cobertas e encontraram no sono o remédio para o cansaço. Eu, no entanto, não consegui dormir e contei as horas até o dia seguinte.

No sábado, às 6h, tornamos a partir. Vinte minutos depois, chegamos a uma vasta escavação. Fui obrigado a admitir que a mão humana não poderia ter aberto aquela hulheira, pois as abóbadas teriam sido escoradas. Elas realmente se sustentavam por um milagre de equilíbrio.

A espécie de caverna em que estávamos media trinta metros de largura por quarenta e cinco de altura. O terreno fora violentamente remexido por um forte abalo subterrâneo. A massa terrestre havia sido deslocada, forçada por poderosa pressão, deixando aquele amplo vazio em que habitantes da Terra penetravam pela primeira vez.

A história inteira do período carbonífero estava inscrita nas escuras paredes, e um geólogo podia facilmente seguir suas diversas fases. Leitos de carvão se separavam por estratos compactos de arenito ou de argila, parecendo esmagados pelas camadas superiores.

Naquela idade do mundo que precedeu a era secundária, a Terra se cobriu de abundante vegetação pela dupla ação de um calor tropical e uma permanente umidade. Isso criava uma atmosfera de vapores que envolvia o planeta inteiro, impedindo a penetração dos raios de sol.

Daí a conclusão de as altas temperaturas não se originarem nesse novo e externo centro gerador. Talvez inclusive o astro dos dias nem estivesse pronto para desempenhar o seu formidável papel. Os "climas" ainda não existiam e um calor tórrido se espalhava igualmente por toda a superfície do globo, do equador aos polos. De onde vinha? Do interior da Terra.

Contrariando as teorias do professor Lidenbrock, um violento incêndio ardia nas entranhas do planeta e sua ação repercutia até as últimas camadas da crosta terrestre. As plantas, sem contar com as benignas dádivas do sol, não geravam flores nem perfumes, mas suas raízes absorviam pujança nos solos escaldantes daqueles primeiros dias.

Havia poucas árvores, apenas plantas herbáceas, imensos relvados, fetos, licopódios, sigilariáceas, asterofilitas, famílias raras cujas espécies se contavam à época aos milhares.

E foi precisamente essa exuberante vegetação que deu origem à hulha. A crosta elástica do globo obedecia a movimentos da massa líquida por ela encoberta. Por isso as fendas e os inúmeros desmoronamentos. Arrastadas para o fundo das águas, as plantas pouco a pouco formaram consideráveis acúmulos.

Sobreveio depois a ação da química natural. Nas profundidades dos mares, as massas vegetais primeiro se transformaram em turfa e depois, graças à influência dos gases e sob o fogo da fermentação, passaram por completa mineralização.

Foi como se formaram essas imensas camadas de carvão que o consumo excessivo deve, infelizmente, esgotar em menos de três séculos, se os povos industrializados não se precaverem.

Eram essas as minhas reflexões enquanto considerava as riquezas carboníferas acumuladas naquela porção do maciço terrestre e que jamais viriam à luz. A exploração de minas tão remotas exigiria sacrifícios realmente imensos. E para que, afinal, se a hulha se espalha quase à superfície, por assim dizer, num grande número de regiões? Aquelas camadas que eu via intactas assim estariam quando soasse a última hora do mundo.

Mas continuávamos em frente e eu era o único ali a esquecer a extensão do caminho para me perder em considerações geológicas. A temperatura permanecia praticamente a mesma de quando passamos por lavas e xistos. Apenas meu nariz acusou um cheiro bem acentuado de protocarboneto de hidrogênio.[99] Imediatamente reconheci na galeria a presença de boa quantidade desse perigoso gás que os mineiros chamam grisu, e cuja explosão tantas vezes já causou terríveis catástrofes.

Felizmente eram os engenhosos aparelhos de Ruhmkorff que nos iluminavam. Se por infelicidade explorássemos aquela galeria com uma tocha na mão, uma tremenda explosão já teria dado fim à viagem e eliminado os viajantes.

---

99. Gás explosivo, produzido pela decomposição do carvão mineral, com um inconfundível cheiro de ovo podre, muito perigoso para os mineiros até a invenção de Ruhmkorff (ver nota 73).

A travessia da hulheira durou até o fim da tarde. Meu tio mal controlava a impaciência provocada pela horizontalidade do caminho. A escuridão, sempre profunda a vinte passos de nós, impedia que estimássemos o comprimento da galeria — que eu começava a temer interminável. Foi quando, de repente, às 18h, um paredão se impôs de súbito à nossa frente. Tínhamos chegado ao fim de um beco sem saída.

— Melhor assim! — reagiu meu tio. — Pelo menos tenho um parâmetro. Não estamos no caminho de Saknussemm e tudo que nos resta é voltar atrás. Uma noite de descanso e em menos de três dias estaremos de volta à bifurcação das duas galerias.

— Ótimo! Se tivermos forças para isso! — não pude deixar de dizer.

— E por que não teríamos?

— Porque amanhã estaremos completamente sem água.

— Será que sem coragem também? — completou o professor olhando severamente para mim.

Não me atrevi a responder.

21

No dia seguinte, partimos bem cedo. Precisávamos nos apressar. Estávamos a cinco dias da encruzilhada.

Prefiro nem detalhar os sofrimentos da volta. Meu tio suportou-os com a raiva de quem não se sente mais tão superior a tudo; Hans, com a resignação de seu temperamento pacífico; e eu, confesso, gemendo e me desesperando, sem ânimo para me revoltar contra a sorte funesta.

Como previ, ficamos totalmente sem água no final do primeiro dia de caminhada. Nossa provisão líquida se reduziu então à genebra, mas o infernal licor queimava a garganta e eu não podia nem olhar para ele. Comecei a me sentir sufocado com a temperatura. O cansaço me paralisava. Mais de uma vez estive prestes a cair de exaustão. Dávamos então uma parada e meu tio — que eu via já reagir com dificuldade ao extremo cansaço e às torturas da sede — ou o islandês procuravam me animar como podiam.

Na terça-feira, 8 de julho, rastejando, chegamos semimortos ao ponto de junção das duas galerias. Fiquei ali estendido como massa inerte no chão de lava. Eram 10h.

Apoiados na parede, Hans e meu tio tentaram comer alguns pedaços de biscoito. Longos gemidos escapavam dos meus lábios ressecados e caí num estado de profunda letargia.

No final de certo tempo, meu tio se aproximou e me ergueu nos braços:

— Pobre menino! — murmurou com um tom sinceramente condoído.

Fiquei tocado, pouco habituado que estava a qualquer demonstração de carinho por parte do severo professor. Peguei suas mãos trêmulas e ele aceitou o gesto, com os olhos rasos d'água.

Vi-o então pegar o cantil que carregava na cintura. Para minha grande surpresa, ele o aproximou de mim:

— Beba — disse.

Teria ouvido bem? Havia enlouquecido? Olhava para ele tonto e sem compreender bem.

— Beba — ele repetiu.

Erguendo o cantil, esvaziou-o na minha boca.

Que prazer infinito! Um gole de água molhou minha garganta que ardia, um único, mas bastou para trazer de volta a vida que se esvaía.

Um gole de água molhou minha garganta que ardia, um único, mas bastou para trazer de volta a vida que se esvaía.

Agradeci de mãos juntas.

— Era só um gole! — disse meu tio. — O último! Ouviu bem? O último! Preciosamente guardado no fundo do cantil. Vinte vezes, cem vezes tive que resistir ao desesperado desejo de beber! Mesmo assim, Axel, guardei para você.

— Tio! — foi tudo o que consegui murmurar, enquanto espessas lágrimas inundavam meus olhos.

— Exatamente, meu rapaz, sabia que quando chegasse a esse cruzamento você cairia semimorto e guardei as derradeiras gotas d'água para reanimá-lo.

— Obrigado, tio! Obrigado!

Por menos que a sede tivesse diminuído, eu no mínimo consegui recuperar alguma energia. A musculatura da garganta, até então contraída, se relaxou e a ardência dos lábios se abrandou. Já conseguia falar.

— É claro — eu disse — que só nos resta uma decisão a tomar. Sem água, temos que voltar atrás.

Meu tio evitava me encarar enquanto ouvia, de cabeça baixa e desviando o olhar.

— Temos que voltar — insisti —, retomar o caminho do Sneffels. Que Deus nos dê forças para chegar ao topo da cratera!

— Voltar! — exclamou meu tio, como se respondesse mais a si mesmo do que a mim.

— Sim, voltar, sem perder um minuto.

Houve um silêncio bastante longo.

— Quer dizer, Axel — continuou ele com um tom estranho —, que essas gotas d'água não lhe devolveram coragem e energia?

— Coragem, sim!

— Vejo-o abatido como antes e ainda com palavras de desespero.

Que tipo de homem era aquele e quais temeridades ainda passavam por sua cabeça?

— Não vá me dizer que…?

— Desistir da expedição no momento em que tudo aponta para o sucesso? Nunca!

— Temos então que aceitar a morte?

— Não, Axel, não! Vá você. Não quero que morra! Hans o acompanhará. Seguirei sozinho!

— Não posso deixá-lo aqui!

— Pode sim, repito! Comecei essa viagem e irei até o fim, não vou voltar. Pode ir, Axel, vá!

Ele foi se exaltando ao extremo. A voz, que por um instante se suavizara, voltou a ser dura e ameaçadora. Com trágica energia se debatia contra o impossível. Eu não podia abandoná-lo no fundo daquele abismo, mas, por outro lado, o instinto de sobrevivência me levava a querer partir.

O guia acompanhava toda essa cena com sua indiferença habitual. Mas entendia o que se passava entre os colegas de viagem. Nossos gestos indicavam perfeitamente que cada um tentava arrastar o outro para uma direção diferente, porém a ele parecia pouco interessar a questão, apesar de sua própria existência estar diretamente implicada nisso. Estava pronto para partir se lhe dessem o sinal, e pronto para ficar se fosse esta a vontade do chefe.

Quem me dera, naquele momento, poder me entender com ele! Minhas palavras, gemidos e súplicas acabariam por convencer aquela fria natureza. Os perigos dos quais ele nem parecia desconfiar eu o faria compreender e ver de perto. Juntos, quem sabe convenceríamos aquele professor cabeçudo. Se necessário fosse, o levaríamos à força ao alto do Sneffels!

Aproximei-me então de Hans. Segurei-lhe a mão. Ele não se moveu. Apontei para o caminho da cratera. Continuou imóvel. Minha expressão ofegante demonstrava todo o meu sofrimento. O guia balançou suavemente a cabeça, indicando meu tio, e disse com tranquilidade:

— *Master*.

— Chefe? — reagi. — Louco! De jeito nenhum! Não é o dono da sua vida! Precisamos ir embora! Carregá-lo conosco! Entende? Compreende?

Eu segurava Hans pelo braço. Queria obrigá-lo a se levantar, quase o agredia. Meu tio interveio:

— Calma, Axel. Nada vai conseguir assim do nosso imperturbável islandês. Ouça o que proponho.

Cruzei os braços, olhando-o bem de frente.

— A falta d'água é apenas um obstáculo para o cumprimento dos meus planos. Nessa galeria a leste, feita de lavas, xisto e hulha, não encontramos uma molécula líquida. É possível que tenhamos mais sorte seguindo o túnel a oeste.

Balancei a cabeça, com ar de completa incredulidade.

— Ouça-me até o fim — continuou o professor, forçando a voz. — Enquanto você esteve caído ali, inerte, averiguei a conformação dessa galeria. Ela mergulha diretamente nas entranhas do globo e em poucas horas nos levará ao maciço granítico, onde provavelmente encontraremos fontes abundantes. É o que dita a própria natureza da rocha e o instinto está de acordo com a lógica, dando apoio a essa convicção. Então ouça. Quando Colombo pediu três dias à sua tripulação para encontrar terras novas, os homens, doentes e apavorados, mesmo assim aceitaram o pedido e o Novo Mundo foi descoberto.[100] Eu, como Colombo dessas regiões subterrâneas, peço apenas um dia. Passado esse prazo, se não tivermos encontrado a água que nos falta, juro que voltamos à superfície.

Apesar da minha irritação, essas palavras me comoveram e mais ainda o esforço que meu tio fazia para falar daquela maneira.

— Que seja! — exclamei. — Façamos o que propõe e que Deus recompense essa sua energia sobre-humana. Tem apenas algumas horas para tentar a sorte. Vamos em frente!

---

100. Reza a tradição que Cristóvão Colombo, o descobridor das Américas e o primeiro a atravessar o oceano Atlântico, teria pedido três dias de paciência à tripulação por ele comandada, a qual dava indícios de se amotinar. Terminado esse prazo e à falta de novidades, regressariam à Europa. O fato ocorreu em 10 de outubro de 1492 e dois dias depois eles desembarcavam numa das ilhas (não se sabe ao certo qual) das atuais Bahamas, batizada como San Salvador. Estava descoberto o Novo Mundo.

22

Recomeçamos a descer, dessa vez pela nova galeria. Hans ia à frente, como de hábito. Nem demos cem passos e o professor, correndo a lanterna ao longo das muralhas, gritou:

— São terrenos primitivos! Estamos no caminho certo! Em frente! Em frente!

Quando a Terra pouco a pouco começou a esfriar, nos primeiros dias do mundo, a diminuição de seu volume produziu na crosta deslocamentos, rupturas, contrações e gretas. O corredor em que estávamos era uma fenda desse tipo, pela qual deslizara então o granito eruptivo. Seus mil desvios formavam um inextricável labirinto através do solo primordial.

À medida que descíamos, a sucessão de camadas compondo o terreno primitivo aparecia com mais clareza. A ciência geológica considera esse tipo de terreno a base da crosta mineral, tendo reconhecido que ele se compõe de três camadas diferentes de xisto, gnaisse e micaxisto, assentadas na rocha inabalável chamada granito.

Nunca mineralogistas haviam encontrado circunstâncias tão maravilhosas para estudar a natureza no próprio terreno. Tudo o que a sonda, a máquina ininteligente e brutal, não consegue revelar na superfície do globo, a respeito da sua textura interna, podíamos estudar com os olhos e tocar com as mãos.

Através da parcela dos xistos, coloridos com belas nuances de verde, serpenteavam veios metálicos de cobre e de magnésio, com traços de platina e ouro. Eram riquezas, pensei, ocultas nas entranhas do globo, das quais a avidez humana jamais se aproveitaria! São tesouros que as convulsões dos primeiros dias enterraram a tal profundidade que a enxada e a picareta não poderão arrancar do seu jazigo.

Aos xistos sucederam os gnaisses, de estrutura estratiforme, notáveis pela regularidade e paralelismo das suas folhas, em seguida os micaxistos, dispostos em grandes lâminas realçadas pelo cintilar da mica branca.

Refletida pelas pequeninas facetas da massa rochosa, a luz dos aparelhos ricocheteava seus jorros de fogo por todos os ângulos e eu me imaginava viajando no interior de um diamante oco, em que os raios se partiam em mil relâmpagos.

Por volta das seis da tarde, essa apoteose de luz diminuiu sensivelmente, a ponto de quase cessar. As paredes assumiram uma cor cristalizada, mas som-

Eu me imaginava viajando no interior de um diamante oco, em que os raios se partiam em mil relâmpagos.

bria. A mica se misturou mais estreitamente ao feldspato e ao quartzo para formar a rocha por excelência, a mais dura das pedras, que suporta sem ser esmagada os quatro andares de terrenos do globo. Estávamos emparedados na imensa prisão de granito.

20h. Nada de água. O sofrimento era terrível. Meu tio seguia em frente, sem querer parar, ouvidos atentos para surpreender os murmúrios de alguma fonte. Em vão!

Minhas pernas se recusavam a me carregar. Eu resistia às torturas para não obrigar meu tio a uma parada. Seria para ele desesperador, pois o dia terminava, o último que lhe restava.

Minhas forças finalmente se esgotaram. Dei um grito e caí:

— Ajudem! Estou morrendo!

Meu tio parou e voltou até onde eu estava. Olhou para mim e cruzou os braços. Essas surdas palavras escaparam dos seus lábios:

— É o fim de tudo!

Um assustador gesto de raiva foi o último a ocupar o meu campo de visão, e fechei os olhos.

Quando voltei a abri-los, meus dois companheiros estavam imóveis e enrolados nas cobertas. Dormiam? Não sei, mas eu mesmo não conseguiria mais pegar no sono. Sofria demais, sobretudo com o pensamento de não haver remédio para o mal que me afligia. As últimas palavras do meu tio soavam ainda nos meus ouvidos: "É o fim de tudo!" Naquele estado de fraqueza não se podia nem mesmo pensar em voltar à superfície do globo. Tínhamos seis quilômetros de crosta terrestre a atravessar!

Minha impressão era a de que toda essa massa pesava nos meus ombros. Esmagava-me e eu me exauria em violentos esforços para mudar de posição no leito de granito.

Algumas horas se passaram. Um silêncio profundo reinava ao redor, um silêncio sepulcral. Nada passava através daquelas muralhas, das quais a mais fina tinha dez quilômetros de espessura.

No meio do meu torpor, porém, julguei ouvir um ruído. Estava escuro no túnel. Olhei prestando mais atenção e me pareceu que Hans estava indo embora, com uma das lâmpadas na mão.

Por quê? Estava nos abandonando? Meu tio dormia. Tentei gritar. A voz não conseguiu abrir passagem entre os lábios ressecados. A escuridão era profunda e os últimos ruídos acabavam de desaparecer.

— Hans está indo embora! — gritei. — Hans! Hans!

Foram palavras gritadas dentro de mim mesmo. Não foram adiante. No entanto, após o primeiro momento de pânico, me envergonhei por desconfiar de alguém que até então em nada se mostrara suspeito. Não podia estar fugindo. Em vez de subir a galeria, ele descia. Más intenções o levariam para cima e não para baixo. Esse raciocínio me acalmou um pouco e voltei a outra ordem de ideias. Ao homem tranquilo que era Hans, somente um motivo grave arrancaria do repouso. Em busca de que partira? Teria ouvido no silêncio da noite algum murmúrio que não percebi?

23

Por uma hora meu cérebro delirante imaginou todo tipo de motivos para que o tranquilo caçador agisse daquela maneira. As ideias mais absurdas se atropelavam dentro de mim. Achei que estava enlouquecendo!

Mas finalmente ouvi passos voltando das profundezas do abismo. Era Hans que subia. Vaga claridade começou a avançar sobre as paredes, até desembocar na abertura do corredor. Hans apareceu.

Aproximou-se do meu tio, pôs a mão em seu ombro e o acordou devagar. Meu tio se levantou.

— O que houve?

— *Vatten* — respondeu o caçador.

É de se imaginar que sob o suplício de dores violentas a gente se torne poliglota. Eu que não sabia uma palavra de dinamarquês instintivamente compreendi o que dizia o nosso guia.

— Água! Água! — exclamei batendo as mãos e me sacudindo como um doido.

— Água? — repetiu meu tio. — *Hvar?* — ele perguntou ao islandês.

— *Nedat* — respondeu Hans.

Onde? Lá embaixo! Eu estava entendendo tudo. Peguei as mãos do caçador e apertei-as, enquanto ele me olhava, calmo.

Os preparativos da partida não foram demorados e em pouco tempo descíamos um corredor com inclinação de sessenta centímetros por dois metros. Uma hora depois, tínhamos caminhado mais ou menos dois quilômetros e descido seiscentos metros.

Nesse momento, já ouvíamos nitidamente um som inabitual a percorrer as laterais da muralha granítica, uma espécie de ronco surdo, como uma trovoada distante. Durante a primeira meia hora, sem encontrar a fonte anunciada, senti a angústia voltar. Meu tio então me explicou a origem daquela barulheira em tumulto.

— Hans não se enganou, o que estamos ouvindo é o rumor de uma torrente.

— Uma torrente? — espantei-me.

— Nenhuma dúvida, um rio subterrâneo circula ao nosso redor!

Apressamos o passo, empolgados e cheios de esperança. Eu nem sentia mais o cansaço. Só o barulho da água rumorejante já me refrescava. O som aumentou sensivelmente. A torrente, que por muito tempo se manteve acima de nós, corria agora na parede da esquerda, roncando e agitada. Várias vezes passei a mão na pedra, esperando encontrar traços de vazamento ou de umidade. Em vão.

Mais meia hora se passou e mais dois quilômetros foram percorridos.

Tornou-se evidente que o caçador, durante a sua ausência, não tinha ido mais adiante. Guiado pelo instinto característico dos montanheses, dos hidróscopos,[101] ele "sentira" a torrente por detrás do rochedo, mas de forma alguma havia visto o precioso líquido nem saciado a sede.

Logo inclusive descobrimos que, continuando em frente, nos afastávamos da torrente, cujo murmúrio claramente diminuía.

Demos meia-volta. Hans parou no ponto exato em que a enxurrada parecia mais próxima.

Sentei-me junto da parede, sentindo as águas correrem com extrema violência a pouquíssima distância de mim. Mas uma muralha de granito nos separava.

Sem conseguir pensar, sem me perguntar se não haveria algum meio para chegar à água, comecei a me desesperar.

Hans olhou para mim e tive a impressão de ver se esboçar um sorriso nos seus lábios.

Ele se levantou e pegou a lanterna. Fui atrás. Aproximou-se da muralha e fiquei olhando. Colou o ouvido na pedra seca, movendo-se lentamente, com todo cuidado. Compreendi que procurava o ponto exato em que a torrente mais fazia barulho. Encontrou-o na parede esquerda, noventa centímetros acima do chão.

Fiquei emocionado! Nem ousava adivinhar o que o caçador ia fazer! Mas fui obrigado a entender, aplaudir e agradecer ao vê-lo pegar a picareta para literalmente atacar a rocha.

— Estamos salvos! — exclamei.

— Isso mesmo — concordou meu tio alvoroçado. — Hans tem toda razão! É um verdadeiro caçador! Nunca teríamos pensado nisso!

Eu concordava plenamente. Uma ideia como aquela, por mais simples, não nos teria ocorrido. Nada mais perigoso, entretanto, do que abalar com a ferramenta aquele alicerce do globo. E se provocássemos um desmoronamento? Podíamos ser esmagados! E se a torrente, surgindo da rocha, nos arrastasse? Eram perigos nada improváveis, mas com sede tão intensa o medo do desabamento ou da inundação não nos impediu. Escavaríamos o leito do próprio oceano.

Hans se pôs ao trabalho como nem eu nem meu tio poderíamos. Com a impaciência descontrolando nossas mãos, a rocha teria voado aos pedaços,

101. Especialistas em localizar a presença de águas subterrâneas, para a abertura de poços, por exemplo.

atacada precipitadamente. O guia, pelo contrário, calmo e metódico, foi pouco a pouco desgastando a rocha com uma série de pequenos e repetidos golpes, fazendo uma abertura de meio pé de largura. Podia-se ouvir aumentar o barulho da torrente e eu já imaginava a água salvadora esguichando em mim.

Com um trabalho de pouco mais de uma hora a picareta já se afundava sessenta centímetros na muralha de granito. Eu me contorcia de impaciência! Indócil, meu tio queria empregar meios mais violentos. Foi difícil contê-lo, e ele já empunhava a outra picareta quando ouvimos um assobio. Um jato d'água partiu da muralha e foi bater no paredão oposto.

Quase que jogado ao chão pelo choque, Hans não pôde impedir um grito de dor. Compreendi o motivo ao mergulhar as mãos no jato, e também dei um berro. A fonte era escaldante.

— Água a cem graus! — gritei.

— É só esperar que esfrie — respondeu meu tio.

O corredor se enchia de vapor, enquanto um riacho se formava, indo se perder nas sinuosidades subterrâneas. Logo pudemos beber um primeiro gole.

Ah, que delícia! Que incomparável volúpia! Que água era aquela? De onde vinha? Não tinha a menor importância. Era água e, mesmo que ainda quente, devolvia ao coração a vida prestes a se despedir. Bebi sem parar, sem sequer sentir o gosto.

Somente depois de um minuto de prazer foi que exclamei:

— É água ferruginosa!

— Ótima para o estômago — emendou meu tio. — E de alta mineralização! É como se fôssemos a Spa ou Toeplitz![102]

— Ah, como é boa!

— Com certeza, uma água que brota oito quilômetros abaixo da superfície! Tem um gosto pronunciado que não chega a ser desagradável. Uma formidável fonte, essa que Hans encontrou para nós! Proponho então dar o seu nome a esse riacho salvador.

— Apoiado! — exclamei.

E o nome Hans-bach[103] foi imediatamente adotado.

Hans não demonstrou orgulho nenhum por isso. Depois de moderadamente se refrescar, acocorou-se num canto com a mesma calma de sempre.

— Mas agora é bom não desperdiçar essa água — lembrei.

— Qual o problema? — respondeu meu tio. — Provavelmente é uma fonte inesgotável.

102. Reputadas estações hidrominerais no séc.XIX, na Bélgica e nos Alpes austríacos, respectivamente.

103. Em alemão, riacho ou arroio Hans.

Ouvimos um assobio. Um jato d'água partiu da muralha e foi bater no paredão oposto.

— Pouco importa! Vamos encher o odre e os cantis e depois tentar fechar a abertura.

Meu conselho foi ouvido. Com lascas de granito e estopa, Hans tentou obstruir o buraco aberto na parede. Não era coisa fácil. Queimávamos as mãos sem nada conseguir, a pressão da água era forte demais e nossos esforços não deram em nada.

— Pela força do jato — concluí —, é evidente que os lençóis superiores de todo esse fluxo estão situados a grande altura.

— Não duvido. Essa coluna d'água tem provavelmente uma pressão de mil atmosferas — acrescentou meu tio —, se vier mesmo de uma altura de quase dez mil metros. Mas acabo de ter uma ideia.

— Diga.

— Por que insistir em fechar o buraco?

— Ora, porque…

Foi difícil encontrar um bom motivo.

— Quando nossos cantis se esvaziarem, temos certeza de poder enchê-los?

— Não, é claro.

— Pois deixemos então a água correr! Vai descer naturalmente e nos guiar, além de nos saciar a sede no caminho!

— Bem pensado! — exclamei. — Na companhia desse riacho, realmente não vejo como não terem bom resultado nossos planos.

— Ah, está vendo, garoto? — disse rindo o professor.

— E não só com os olhos!

— Mas vamos com calma! Comecemos por descansar algumas horas.

Eu já esquecia completamente que estávamos em plena noite. O cronômetro rapidamente me convenceu. Em pouco tempo, alimentados e satisfeitos o bastante, dormíamos profundamente.

24

No dia seguinte já havíamos esquecido as misérias passadas. Eu, para começar, me espantava de não ter mais sede e nem perguntava por quê. O riacho que corria murmurante a nossos pés se encarregava de responder.

Fizemos o desjejum e bebemos aquela excelente água ferruginosa. Eu me sentia todo contente e decidido a ir longe. Um homem persistente como meu tio, como não teria sucesso, acompanhado de um guia talentoso como Hans e um sobrinho "determinado" como eu? Eram as belas ideias que se infiltravam na minha cabeça! Se me falassem em voltar ao alto do Sneffels, eu recusaria indignado.

Felizmente, porém, só se pensava em descer.

— Vamos! — exclamei, despertando com meu entusiasmo os velhos ecos do globo.

A marcha foi retomada, na quinta-feira, às 8h. O corredor de granito dava voltas com sinuosos desvios, apresentava quebras inesperadas e confusão labiríntica, mas, grosso modo, a direção dominante era sempre sudeste. Meu tio não parava de consultar com todo cuidado a bússola, para verificar o caminho percorrido.

O corredor descia quase na horizontal, com cinco centímetros e meio de inclinação a cada dois metros, no máximo. O riacho nos acompanhava sem pressa, com seu rumorejar. Era como um diabrete amigo nos guiando Terra adentro, e com a mão eu afagava a morna náiade cujos cantos acompanhavam nossa caminhada. Com boa disposição, me divertia buscando comparações na mitologia.

Meu tio, enquanto isso, praguejava contra a horizontalidade do caminho, ele que era "o homem das verticais". A linha se prolongava indefinidamente e, em vez de mergulhar pelo raio terrestre, seguia pela hipotenusa, segundo sua expressão. Mas não havia escolha e, já que avançávamos em direção ao centro, por mais devagar que fosse, não devíamos reclamar.

As inclinações, aliás, de vez em quando se acentuavam, a náiade se punha a correr bramindo e nós descíamos mais profundamente com ela.

Resumindo, naquele dia e também no seguinte, percorremos um longo caminho na horizontal e um relativamente curto na vertical.

Pelas estimativas, no final da sexta-feira, 10 de julho, devíamos estar cento e vinte quilômetros a sudeste de Reykjavik e numa profundidade de dez quilômetros.

Foi quando se abriu diante de nós um poço bem assustador. Não para o meu tio, que bateu palmas, calculando o quanto era íngreme a descida.

— É um caminho que vai nos levar longe — ele se alegrou. — E facilmente, pois as saliências da rocha formam verdadeira escada!

Hans preparou as cordas de maneira a evitar qualquer acidente e começamos a descida. Nem vou dizer que fosse perigosa, pois já me habituara a esse tipo de exercício.

O poço era uma fenda estreita que se abrira no maciço, do tipo denominado "falha". Evidentemente fora produzida pela contração da estrutura terrestre na época do seu resfriamento. Se porventura serviu de passagem para o material eruptivo vomitado pelo Sneffels, não sei explicar como não ficou marca alguma. Descíamos por uma espécie de escada em caracol que parecia construída por mãos humanas.

Descíamos por uma espécie de escada em caracol que parecia construída por mãos humanas.

De quinze em quinze minutos era preciso parar para um descanso que nos evitava câimbras na panturrilha. Sentávamo-nos então numa das saliências de pedra, com as pernas balançando no vazio, e conversávamos comendo ou bebendo da água que corria.

Nem é preciso dizer que naquela falha o Hans-bach se tornara cascata, apesar do seu pouco volume, porém mais do que suficiente para matar a nossa sede. Fora dali, com declives menos acentuados, ele inevitavelmente voltava a seu curso tranquilo. Naquele momento, contudo, mais parecia meu digno tio, com suas impaciências e crises de raiva, enquanto nas inclinações suaves lembrava a placidez do nosso guia.

Seguimos as espirais da falha nos dias 11 e 12 de julho, penetrando mais quatro quilômetros na crosta terrestre e somando quase vinte quilômetros abaixo do nível do mar. No dia 13, entretanto, por volta do meio-dia, a falha tomou inclinação bem menos pronunciada, de cerca de 45°, na direção sudeste.

O caminho ficou bem fácil e perfeitamente monótono. E não teria como deixar de ser tedioso, sem qualquer variante na paisagem que nos surpreendesse.

Na quarta-feira, dia 15, finalmente estávamos a vinte e oito quilômetros sob a Terra e a mais ou menos duzentos quilômetros do Sneffels. Apesar de cansados, nossa saúde se mantinha boa e a farmácia portátil, ainda intacta.

De hora em hora meu tio registrava as indicações da bússola, do cronômetro, do manômetro e do termômetro, aquelas mesmas que em seguida publicou na narrativa científica da viagem. Podia então com toda facilidade se dar conta da nossa situação. Quando me disse que estávamos a uma distância horizontal de duzentos quilômetros do ponto de partida, não pude conter uma exclamação.

— O que há? — ele perguntou.

— Nada, só um pensamento que tive.

— Qual pensamento, meu jovem?

— Sendo exatos os seus cálculos, não estamos mais no subsolo da Islândia.

— Acha?

— É fácil confirmar.

Apliquei o compasso em cima do mapa, com aquelas medidas.

— Não me enganei — disse —, já passamos do cabo Portland e esses duzentos quilômetros a sudeste nos deixam em alto-mar.

— Sob alto-mar! — replicou meu tio esfregando as mãos.

— Isto quer dizer que o oceano está em cima das nossas cabeças!

— Nada mais normal, Axel! Não há minas de carvão em Newcastle que avançam por áreas submarinas?

O professor podia achar simples a situação, mas a ideia de andar sob a massa oceânica não deixou de me preocupar. No entanto, que fossem as planícies e montanhas da Islândia que estivessem acima de nós ou o volume do Atlântico, pouca diferença fazia, sendo sólida a estrutura granítica. Aliás, depressa me habituei à ideia, pois o corredor, ora reto, ora sinuoso, variado em suas inclinações e desvios, mas sempre seguindo na direção sudeste e se enterrando cada vez mais, rapidamente nos levou a grandes profundidades.

Quatro dias depois, no fim da tarde de sábado, 18 de julho, chegamos a uma espécie de gruta bem ampla. Meu tio pagou a Hans seus três rixdales semanais e decidiu-se que o dia seguinte seria de descanso.

25

ACORDEI ENTÃO, no domingo de manhã, sem aquela preocupação habitual de imediatamente partir. E, mesmo estando no mais profundo dos abismos, isso não deixava de ser agradável. Os três, aliás, nos acostumáramos àquela existência de trogloditas. Eu nem pensava mais em Sol, estrelas, Lua, árvores, casas, cidades e todas essas superfluidades terrestres que o ser sublunar tornou necessidades. Em nossa condição de fósseis, pouco ligávamos para todas essas inúteis maravilhas.

A gruta formava um espaçoso salão. No piso granítico suavemente corria o fiel riacho. A tanta distância da fonte, a água passara a ter a temperatura ambiente e podia-se bebê-la sem dificuldade.

Depois de comermos, o professor quis passar algumas horas a pôr em ordem suas anotações cotidianas.

— Primeiro vou fazer cálculos e levantar exatamente a nossa posição — disse ele. — Quero poder, quando voltarmos, traçar o mapa da viagem, uma espécie de corte vertical do globo, o perfil da expedição.

— Será interessantíssimo, tio, mas têm um grau suficiente de precisão, essas suas observações?

— Têm sim. Anotei com cuidado os ângulos e as descidas. Tenho certeza delas. Vejamos, antes de tudo, onde estamos. Pegue a bússola e observe a direção que indica.

Olhei o instrumento e depois de examinar com cuidado respondi:

— Leste-quarto sudeste.

— Ótimo! — disse o professor, anotando a observação e fazendo alguns cálculos rápidos. — Concluo que avançamos trezentos e quarenta quilômetros desde o nosso ponto de partida.

— Quer dizer que viajamos sob o Atlântico?

— Exatamente.

— E pode ser que nesse momento esteja havendo uma tempestade, com ondas e vendavais sacudindo navios acima da nossa cabeça?

— É possível.

— E baleias podem estar batendo com a cauda nas muralhas da nossa prisão?

— Fique tranquilo, Axel, não vão conseguir abalá-las. Mas voltemos aos nossos cálculos. Estamos a sudeste, a trezentos e quarenta quilômetros da base do Sneffels, e levando em consideração as anotações anteriores calculo termos atingido uma profundidade de sessenta e quatro quilômetros.

— Sessenta e quatro quilômetros! — admirei-me.

— Provavelmente.

— É o limite extremo estipulado pela ciência para a crosta terrestre![104]

— Não nego.

— E pela lei da elevação progressiva de temperatura aqui deveria fazer um calor de 1.500°.

— Deveria, sobrinho.

— E esse granito todo não poderia se encontrar em estado sólido, e sim em completa fusão.

— Bem pode constatar que não é o que acontece. Como sempre, os fatos desmentem as teorias.

— Sou obrigado a concordar, mas continuo espantado.

— O que indica o termômetro?

— 27,6 °.

— Faltam então 1.474,4° para que os cientistas tenham razão. Ou seja, a elevação proporcional da temperatura é um erro. Humphry Davy não se enganou e nem eu em acreditar nele. E você, o que tem a dizer?

— Nada.

Mas na verdade tinha. Pessoalmente, de forma alguma admitia a teoria de Davy e acreditava ainda na tese do calor central, mesmo que não sentisse seus efeitos. Preferia admitir que, sendo aquela chaminé a de um vulcão extinto, a camada de lavas refratárias impedia a propagação da temperatura através das paredes.

Não parei, entretanto, em busca de novos argumentos e me limitei a aceitar a situação tal como se apresentava, mas continuei:

— Tio, tenho certeza da exatidão de todos os seus cálculos, mas permita que tire deles uma consequência problemática.

— Vá em frente, sobrinho.

— No ponto em que estamos, sob a latitude da Islândia, o raio terrestre não é de mais ou menos seis mil e trezentos quilômetros?

— Seis mil trezentos e trinta e dois.

— Vamos arredondar para seis mil e quatrocentos. De uma viagem de seis mil e quatrocentos quilômetros já percorremos quarenta e oito?

— Como você acaba de dizer.

104. Distinguem-se a crosta oceânica e a continental, tendo a oceânica uma profundidade média de seis a sete quilômetros. A crosta continental tem uma espessura média de 35 quilômetros, podendo chegar a setenta sob as grandes cadeias montanhosas. A 64 quilômetros, os três aventureiros se encontram de fato no limite extremo da crosta continental, apesar de estarem sob o oceano.

— E isso com trezentos e quarenta quilômetros em diagonal?

— Perfeitamente.

— Em cerca de vinte dias?

— Em vinte dias.

— Sessenta e quatro quilômetros são a centésima parte do raio terrestre. Nesse ritmo, levaremos dois mil dias, quer dizer, mais ou menos cinco anos e meio a descer!

O professor não respondeu.

— Sem contar que, tendo a vertical de sessenta e quatro quilômetros custado uma horizontal de trezentos e vinte, vamos perfazer trinta e dois mil quilômetros na direção sudeste e há muito tempo teremos saído por um ponto da circunferência antes de chegarmos ao centro!

— Vá para o inferno com esses seus cálculos! — reagiu meu tio com irritação. — Para o inferno com essas suas hipóteses! Em que se baseiam? Quem nos garante que esse corredor não nos leva diretamente aonde queremos? Aliás, tenho a meu favor um precedente. O que estou fazendo outro já fez. E se ele conseguiu, conseguirei.

— Assim espero. Mas afinal tenho também o direito…

— O direito de se calar, Axel, se for falar besteira.

Vi que o terrível professor estava prestes a ressurgir sob a pele do tio e me dei por avisado.

— Agora consulte o manômetro, o que ele indica?

— Uma pressão considerável.

— Certo. Como vê, descendo devagar fomos nos habituando à densidade dessa atmosfera, que não nos incomoda em nada.

— Em nada, só uma dorzinha no ouvido.

— Nada grave. E ela pode desaparecer com respirações aceleradas, pondo o ar externo em comunicação rápida com o ar dos pulmões.

— Ótimo — respondi, decidido a não contrariá-lo mais. — É inclusive agradável estar mergulhado nessa atmosfera mais densa. Notou a intensidade com que o som se propaga?

— É verdade. Até um surdo ouviria bem.

— Mas é provável que essa densidade aumente, não?

— Sim, por uma lei bem pouco determinada. De fato a intensidade da gravidade deve diminuir na medida em que formos descendo. Como sabe, é na superfície da Terra que mais sentimos a sua força, e no centro do globo os objetos não pesam mais.

— Sei, mas esse ar não vai acabar tendo a densidade da água?

— Com certeza, sob pressão de setecentas e dez atmosferas.

— E mais embaixo?

— A densidade será ainda maior.

— E como vamos descer?

— Com pedras nos bolsos.

— Tem realmente resposta para tudo, tio.

Não me atrevi a ir adiante no terreno das hipóteses, pois teria ainda chegado a alguma impossibilidade que faria o professor dar saltos.

Mas era evidente que o ar, sob uma pressão que poderia chegar a milhares de atmosferas, acabaria passando para o estado sólido e, quando fosse o caso, admitindo que nossos corpos ainda resistissem, seria preciso parar, mesmo que contrariando todos os raciocínios do mundo.

Não quis, porém, expor esse argumento. Meu tio replicaria ainda com o seu eterno Saknussemm, precedente sem valor algum pois, mesmo considerando verdadeira a viagem do sábio islandês, uma questão era bem simples: no século XVI, o barômetro e o manômetro não tinham sido inventados; como então Saknussemm determinou ter chegado ao centro do globo?

Mas guardei para mim a objeção e esperei para ver.

O restante do dia se passou em cálculos e conversas. O tempo todo concordei com o professor Lidenbrock e invejava a perfeita indiferença de Hans que, sem procurar efeitos e causas, cegamente seguia o que apontava o destino.

26

Devo admitir, as coisas até ali tinham se passado bem e eu estaria sendo injusto se me queixasse. Caso a "média" das dificuldades não aumentasse, com certeza cumpriríamos o plano. E que glória seria! Cheguei até a pensar coisas assim, *à la* Lidenbrock. Juro. Seria influência daquele meio estranho em que estava vivendo? É bem possível.

Por alguns dias, descidas mais rápidas, algumas inclusive de assustadora verticalidade, nos fizeram penetrar profundamente no maciço interno. Houve dias em que ganhamos seis ou até oito quilômetros na direção do centro. Descidas perigosas em que a habilidade de Hans e o seu maravilhoso sangue-frio foram determinantes. O impassível islandês agia com espantosa facilidade e graças a ele superamos várias dificuldades que não teríamos conseguido sozinhos.

O seu mutismo aumentava a cada dia. Acho inclusive que nos contagiava. Objetos externos têm real influência sobre o cérebro. Quem fica trancado entre quatro paredes acaba perdendo a faculdade de associar ideias e palavras. Quantos prisioneiros em isolamento não se imbecilizaram ou enlouqueceram por falta de exercício das faculdades mentais?

Nas duas semanas seguintes àquela nossa última conversa, nada ocorreu que seja digno de se mencionar. Tenho na memória, com bons motivos para isso, apenas uma ocorrência de extrema gravidade. Dificilmente me esquecerei de qualquer um dos seus detalhes.

Em 7 de agosto, nossas sucessivas descidas tinham nos levado a uma profundidade de cento e vinte quilômetros. Isso significa que havia, acima das nossas cabeças, trinta léguas de rochas, oceano, continentes e cidades. Devíamos estar a oitocentos quilômetros da Islândia.

O túnel, naquele dia, seguia por um plano pouco inclinado.

Eu encabeçava a marcha. Meu tio carregava um dos aparelhos de Ruhmkorff e eu o outro, examinando as camadas de granito.

De repente, me virando, descobri que estava só.

"Bom", pensei, "andei rápido demais ou Hans e meu tio pararam no caminho. É melhor ir encontrá-los. Felizmente a rampa a subir não é pesada."

Dei meia-volta e andei por uns quinze minutos. Olhei. Ninguém. Chamei. Nada. Minha voz se perdeu entre os ecos cavernosos bruscamente despertados.

Comecei a me preocupar. Um calafrio percorreu meu corpo inteiro.

— Calma — disse em voz alta para mim mesmo. — É claro que vou encontrá-los. Não há dois caminhos! Adiantei-me, é só voltar atrás.

Subi por meia hora, atento para ouvir se me chamavam, naquela atmosfera densa em que se percebia de longe qualquer ruído. Reinava um silêncio extraordinário na imensa galeria.

Parei. Mal acreditava no meu isolamento. Tentava me convencer de que tudo não passava de um pequeno desencontro que facilmente seria desfeito: eu não estava perdido.

— É um caminho único — repetia para mim. — O mesmo que eles seguem, não há como não os encontrar. Basta subir um pouco mais. A menos que, não me vendo e tendo esquecido que eu estava à frente, tenham voltado atrás. Mas, mesmo que seja o caso, apertando o passo vou alcançá-los. Não tem erro!

Repetia essas últimas palavras como alguém que não se sente lá tão seguro. Aliás, para associar essas ideias tão simples e juntá-las sob forma de raciocínio, precisei de um tempo enorme.

Uma dúvida então me assaltou. Estava mesmo à frente? Sim. Hans vinha atrás de mim e meu tio em seguida. Inclusive ele havia parado certa hora para prender melhor as bagagens nas costas. Era um detalhe de que me lembrava. Provavelmente foi nesse instante, aliás, que tomei a dianteira.

"Além disso", pensei, "há um meio seguro de não me enganar, um fio que me guia nesse labirinto e que não tem como falhar, o nosso fiel riachinho. Basta subir o curso e forçosamente encontrarei a pista dos companheiros."

Esse raciocínio me reanimou e resolvi me pôr a caminho sem mais tardar.

Fiquei reconhecido à previdência do meu tio, fazendo o caçador desistir de fechar o buraco aberto na parede de granito! A generosa fonte, depois de nos matar a sede durante todo o caminho, me guiaria ainda pelas sinuosidades da crosta terrestre.

Antes de começar a subir, achei que me lavar um pouco me faria bem.

Abaixei-me para apanhar água do Hans-bach.

Imaginem minha surpresa!

Encontrei apenas o granito seco e áspero! O riacho não corria mais a meus pés!

27

NÃO POSSO DESCREVER meu desespero. Palavra alguma da língua humana daria conta do que senti. Estava enterrado vivo, com a perspectiva de morrer no suplício da fome e da sede.

Automaticamente passei as mãos febris no chão. Como me pareceu seca aquela pedra!

Como eu podia ter deixado o curso do riacho? Pois era óbvio que não estava mais ali! Só então entendi o estranho silêncio em volta quando tentei ouvir algum chamado dos companheiros. Não reparei na ausência do riacho no momento em que meus passos tomaram o caminho errado. Era evidente que uma bifurcação se apresentara e o Hans-bach, obedecendo aos caprichos de outro declive, levou meus companheiros a profundidades desconhecidas!

Como voltar? Marcas não havia. Os pés não deixavam pegada alguma no granito. Quebrei a cabeça procurando solução para o problema insolúvel. Minha situação se resumia a uma só constatação: estou perdido!

Exatamente. Perdido numa profundidade que me parecia incomensurável! Aqueles cento e vinte quilômetros de crosta terrestre tinham um peso devastador sobre meus ombros! Esmagavam-me.

Tentei levar os pensamentos às lembranças da superfície. Era difícil conseguir. Hamburgo, a casa da Königstrasse, minha pobre Graüben, todo aquele mundo sob o qual eu estava perdido rapidamente desfilou na minha memória desvairada. Em doida alucinação revivi os incidentes da viagem, a travessia, a Islândia, o sr. Fridriksson, o Sneffels! Na situação em que estava, pensei, conservar a mais leve esperança era claro sinal de loucura, sendo o desespero a reação mais normal!

De fato, qual força humana poderia me levar de volta à superfície do globo, depois de percorrer as enormes abóbadas escoradas acima da minha cabeça? Quem me colocaria no caminho certo, me levando até os companheiros?

— Ai, tio! — gritei com a entonação do desespero.

Foi o único lamento que me ocorreu, pois imaginei todo o sofrimento do pobre homem, que devia também procurar por mim.

Fora de alcance de qualquer socorro humano, incapaz de qualquer atitude salvadora, apelei para a ajuda dos céus. Lembranças da infância e da minha mãe, que só conheci em pequeno, voltaram à memória. Recorri à oração, por

Apelei para a ajuda dos céus.

menores que fossem os meus direitos de ser ouvido por Deus, a quem me dirigia tão tardiamente, mas implorei com fervor.

Esse recurso à Providência Divina trouxe alguma calma e consegui concentrar as forças da inteligência em minha situação.

Tinha víveres para três dias e meu cantil estava cheio. Mas não aguentaria ficar sozinho por muito tempo. Devia então subir ou descer?

Subir, é claro! Subir sempre!

Chegaria assim ao ponto em que me separara da água, na funesta bifurcação. Com o riacho a meus pés, poderia voltar ao topo do Sneffels.

Como não pensara nisso antes?! Era evidentemente uma salvação possível. O mais urgente era, pois, reencontrar o curso do Hans-bach.

Pus-me de pé e, apoiado no bastão com ponta de ferro, comecei a subir a galeria. A inclinação era bastante íngreme. Caminhava cheio de esperança e com desembaraço, como alguém que não tem outra escolha.

Por meia hora obstáculo nenhum diminuiu meu ritmo. Tentava reconhecer a trilha pela forma do túnel, pela saliência de algumas rochas, pela disposição das anfractuosidades. Mas nenhum sinal particular me chamava a atenção e em pouco tempo percebi que aquela galeria não podia me levar à bifurcação. Era um beco sem saída. Dei de frente com um muro impenetrável e caí sobre a pedra.

Qual pavor, qual desespero tomou conta de mim nesse momento eu não saberia dizer. Fiquei ali, aniquilado. Minha última esperança acabava de trombar contra a muralha de granito.

Perdido no labirinto cujas sinuosidades se cruzavam em todos os sentidos, não tinha mais como tentar uma fuga impossível. Teria a mais horrível das mortes! E um estranho pensamento veio à minha cabeça: se meu corpo fossilizado fosse encontrado um dia, a cento e vinte quilômetros nas entranhas terrestres, criaria graves questões científicas!

Queria falar em voz alta, mas apenas grunhidos passaram entre meus lábios ressecados. Ofegava, mal conseguia respirar.

No meio de tais aflições, um novo terror me invadiu. Minha lanterna levara uma pancada ao cair. Eu não tinha como fazer o reparo. A claridade enfraquecia e acabaria se extinguindo.

Olhei a corrente luminosa ir diminuindo na serpentina do aparelho. Uma procissão de sombras moventes passou pelas paredes que escureciam. Nem me atrevia a piscar, temendo perder o menor átomo da claridade fugidia. A todo instante achava que sumiria de vez e "o escuro" tomaria conta de tudo.

Um último brilho afinal vibrou na lanterna. Acompanhei-o, devorei-o com o olhar, concentrando toda minha força de visão, como sendo a última sensação de luz que podia perceber, e mergulhei em imensas trevas.

Que grito terrível saiu de dentro de mim! Na superfície, no meio das mais profundas noites, a luz nunca nos abandona totalmente. Mantém-se difusa, sutil, mas por mínima que seja a retina acaba conseguindo percebê-la! Ali não! A sombra absoluta me tornava um cego, na mais pura acepção da palavra.

Minha mente então se descontrolou. Fiquei de pé, braços à frente, tentando dolorosamente tatear. Comecei a fugir, precipitando meus passos ao acaso do inextricável labirinto, descendo sempre, correndo por dentro da crosta terrestre como algum habitante das fendas subterrâneas, chamando, gritando, urrando, em pouco tempo todo arranhado pelas pontas de pedras, caindo e me levantando ensanguentado, tentando beber o sangue que me inundava o rosto e sempre na expectativa de que outra muralha imprevista fosse impor novo obstáculo em que eu fosse bater de cabeça!

Aonde me levava aquela corrida doida? Não sabia dizer. Várias horas depois, provavelmente por exaustão, caí como massa inerte junto à parede e perdi qualquer noção de existência!

28

Quando voltei à vida, meu rosto estava alagado, mas era de lágrimas. Quanto tempo durou aquele estado letárgico, não sei dizer. Nada mais havia que me desse noção do tempo. Nunca solidão alguma foi igual à minha, nem abandono tão completo!

Com a queda, eu tinha perdido muito sangue. Estava encharcado! Como lamentava não ter morrido, "tendo ainda que passar por isso"! Não queria mais pensar. Procurei manter vazia a mente e, vencido pela dor, rolei até a parede oposta.

Sentia que novamente perdia os sentidos e seria o aniquilamento supremo, mas fui despertado por um violento barulho. Era como um estrondo prolongado de trovão, e ouvi as ondas sonoras se perderem pouco a pouco nas longínquas profundezas do abismo.

De onde podia vir aquele barulho? Provavelmente de algum fenômeno desencadeado no seio do maciço terrestre. A explosão de um gás ou a queda de alguma poderosa escora do globo.

Prestei atenção. Queria saber se o barulho se repetiria. Quinze minutos se passaram. Reinava silêncio na galeria. Não ouvia nem mesmo as batidas do meu coração.

De repente meu ouvido, por acaso encostado na muralha, escutou palavras vagas, incompreensíveis, distantes. Estremeci.

"É uma alucinação", pensei.

No entanto, não. Ouvindo mais atentamente, realmente distingui um murmúrio de voz. Minha fraqueza não permitiu entender o que se dizia. Mas falavam, isso eu podia jurar.

Por um momento ainda, temi que as tais palavras fossem minhas, carregadas pelo eco. Talvez, sem perceber, tivesse gritado? Fechei com força a boca e de novo encostei o ouvido na parede.

— Não tem dúvida, estão falando! Estão falando!

Inclusive, avançando uns passos mais adiante ao longo da muralha, pude ouvir mais distintamente. Cheguei a captar palavras perdidas, estranhas, incompreensíveis. Chegavam a mim como pronunciadas em voz baixa, murmuradas por assim dizer. A palavra "*förlorad*"[105] foi repetida várias vezes, com entonação dolorosa.

O que significaria? Quem a pronunciava? Meu tio ou Hans, é claro. E, se eu os ouvia, eles poderiam também me ouvir.

— Aqui! — gritei com todas as minhas forças. — Aqui!

Procurei ouvir, espreitava na sombra uma resposta, um grito, um suspiro. Nada. Minutos se passaram. Um mundo de ideias brotara em minha mente. Achei que minha voz enfraquecida não conseguia chegar até os companheiros.

— Pois são eles — repeti. — Quem mais poderia ser, a cento e vinte quilômetros da superfície?

Fiz novas tentativas. Passando o ouvido pela parede, encontrei um ponto preciso em que as vozes pareciam alcançar o nível máximo de intensidade. Voltei a perceber a palavra "*förlorad*" e depois o mesmo estrondo de trovão que me havia tirado do torpor.

— Não, não — disse para mim mesmo. — De forma alguma pode ser do outro lado do maciço que se encontram as vozes. A parede é de granito e nem a mais forte detonação a atravessaria! O barulho vem da própria galeria! Deve haver algum efeito bem particular de acústica.

Prestei de novo atenção e, dessa vez com certeza, dessa vez distintamente meu nome foi gritado no ar!

Seria o meu tio que chamava? Estava falando com o guia, pois "*förlorad*" é uma palavra dinamarquesa!

Então compreendi. Para que me ouvissem, devia precisamente falar junto à muralha, que conduziria a minha voz como o fio metálico conduz a eletricidade.

Não tinha tempo a perder. Se meus companheiros se afastassem um pouco, o fenômeno acústico se extinguiria. Aproximei-me então da parede e pronunciei o mais distintamente possível:

— Meu tio Lidenbrock!

E esperei na mais total ansiedade. O som não tem uma rapidez enorme. A densidade das camadas de ar nem sequer aumenta sua velocidade, cria apenas maior intensidade. Alguns segundos, séculos, se passaram e, finalmente, essas palavras chegaram a mim:

— Axel, Axel! É você?

. . . .

— Eu! Eu mesmo! — respondi.

. . . .

— Meu filho, onde você está?

. . . .

— Perdido, na mais profunda escuridão!

. . . .

— E sua lanterna?

105. "Perdido", em dinamarquês.

– Axel, Axel! É você?

. . . .

— Apagada.

. . . .

— E o riacho?

. . . .

— Desapareceu.

. . . .

— Meu pobre Axel, não desanime!

. . . .

— Espere, estou exausto! Não tenho mais força para responder. Mas fale comigo!

. . . .

— Coragem — continuou meu tio. — Não fale, só ouça. Subimos e descemos a galeria, procurando você, sem sucesso. Como chorei por você, meu filho! Imaginando que estivesse no curso do Hans-bach, voltamos a descer, dando tiros de fuzil. Nossas vozes conseguem se encontrar agora por puro efeito acústico, mas nossas mãos não! Mesmo assim não se desespere, Axel! Já é alguma coisa podermos nos falar!

....

Eu, enquanto isso, pensava. Alguma esperança, ainda vaga, voltara ao meu coração. Para começar, precisava saber de uma coisa. Aproximei a boca da muralha e disse:

— Tio?

....

— Filho? — veio a resposta depois de alguns instantes.

....

— É preciso, antes de tudo, saber qual distância nos separa.

....

— É fácil.

....

— Tem o seu cronômetro?

....

— Tenho.

....

— Pegue-o então e pronuncie meu nome, tomando nota do exato segundo em que falar. Eu o repetirei e será necessário igualmente observar o momento preciso de chegada da minha resposta.

....

— Ótimo, a metade do tempo entre minha pergunta e a sua resposta vai indicar o quanto gasta a minha voz para chegar até você.

....

— Exatamente, tio.

....

— Está pronto?

....

— Estou.

....

— Então fique atento, vou pronunciar o seu nome.

....

Encostei o ouvido na parede e assim que a palavra "Axel" chegou a mim, respondi imediatamente "Axel" e esperei.

....

— Quarenta segundos — disse meu tio. — Houve um intervalo de tempo de quarenta segundos entre as duas palavras. O som leva então vinte segundos para chegar. Com uma velocidade de seis metros por segundo, temos seis mil e duzentos metros, ou quase seis quilômetros e meio.

. . . .

— Seis quilômetros e meio! — murmurei.

. . . .

— Pode-se perfeitamente fazer isso, Axel!

. . . .

— Mas subindo ou descendo?

. . . .

— Descendo, e eis por quê. Chegamos num amplo espaço, no qual desemboca um grande número de galerias. Essa que você seguiu não pode deixar de trazê-lo até aqui, pois tenho a impressão de que todas essas fendas e fraturas do globo se irradiam em torno da imensa caverna em que nos encontramos. Ponha-se de pé e a caminho. Se for preciso, arraste-se, deslize pelas rampas rápidas e terá nosso abraço a esperá-lo no final. Em frente, garoto, em frente!

. . . .

Essas palavras me reanimaram.

— Então adeus, meu tio. Estou indo. Nossas vozes não vão mais poder se comunicar a partir do momento em que eu sair daqui! Então adeus!

. . . .

— Até daqui a pouco, Axel! Daqui a pouco!

. . . .

Foram as últimas palavras que ouvi.

Essa surpreendente conversa, travada através da massa terrestre, trocada a mais de dois quilômetros de distância, se interrompeu com palavras de esperança! Fiz uma oração de agradecimento a Deus, que me conduzira pela imensa escuridão até o único ponto, provavelmente, em que a voz dos companheiros podia chegar a mim.

O estranhíssimo efeito acústico facilmente se explica pelas leis da física, dadas a forma do corredor e a condutibilidade da rocha. Há muitos exemplos dessa propagação de sons não perceptíveis nos espaços intermediários. Lembro-me de que em muitos lugares o mesmo fenômeno foi observado, por exemplo na galeria interna da cúpula da catedral de Saint Paul, em Londres, e sobretudo numas curiosas cavernas da Sicília, numa pedreira perto de Siracusa, sendo a mais fantástica delas conhecida como Orelha de Dionísio.[106]

106. A catedral anglicana de Saint Paul, em Londres, foi construída entre 1675 e 1710 no lugar da anterior, destruída no grande incêndio que em 1666 devastou a cidade; a ampla galeria interna sob a cúpula, com 34 metros de extensão, é chamada "galeria dos murmúrios" (Whispering Gallery), dado o fenômeno assinalado. A pedreira, perto do teatro antigo de Siracusa, foi transformada em prisão à época do tirano Dionísio I (430-367 a.C.), que, se-

Tais recordações me vieram à cabeça e claramente me dei conta de que, se a voz de meu tio chegava até ali, nenhum obstáculo havia no caminho. Seguindo o caminho do som, eu logicamente chegaria ao destino, se as forças não me faltassem antes.

Levantei-me e mais me arrastei do que andei. A inclinação era bastante acentuada. Deixei-me escorregar.

Logo a velocidade da descida aumentou de forma vertiginosa, com o risco de se tornar uma queda. Mas não havia mais como parar.

O chão subitamente desapareceu sob meus pés. Senti que despencava, quicando pelas irregularidades de uma galeria vertical, um verdadeiro poço. Minha cabeça bateu numa pedra mais pontiaguda e perdi os sentidos.

gundo consta, vinha às escondidas ouvir os prisioneiros nessa caverna, em que os sons se ampliam até dezesseis vezes.

29

Quando os recuperei, descobri que estava num ambiente semiescuro e num leito macio de grossas cobertas. Ao lado, meu tio procurava no meu rosto algum resquício de existência. Ouvindo-me suspirar, tomou minha mão e assim que abri os olhos deu um grito de alegria:

— Está vivo! Está vivo!

— Estou — respondi com uma voz débil.

— Meu garoto! — ele desabafou, me abraçando com força. — Finalmente salvo!

Fiquei comovido com o tom dessas palavras e, mais ainda, pelo carinho que demonstravam. Eram necessárias provações bem extremas para provocar no professor tais efusões.

Hans chegou nesse momento e viu minha mão entre as do meu tio. Ouso dizer que seus olhos exprimiram nítida satisfação.

— *God dag* — ele disse.

— Olá, Hans, olá! — murmurei. — E agora, tio, me diga onde estamos neste momento.

— Amanhã, Axel, amanhã. Você hoje ainda está muito debilitado. Coloquei compressas na sua cabeça, trate de não se mexer muito. Durma um pouco, garoto, conto tudo amanhã.

— Diga pelo menos que horas são. E em que dia estamos?

— São 23h do domingo, 9 de agosto. E não tem mais permissão para fazer perguntas até o dia 10 do corrente mês.

Na verdade, eu estava extenuado e meus olhos se fecharam por conta própria. Necessitava de uma noite de descanso e caí no sono me dando conta de que meu isolamento havia durado quatro longos dias.

Acordando no dia seguinte, olhei em volta. Todos os cobertores de viagem tinham sido utilizados para me servir de colchão, estendidos numa bonita gruta que ostentava magníficas estalagmites e cujo solo era coberto de areia fina. Havia uma meia-luz. Tocha alguma ou lanterna parecia acesa, no entanto certas claridades inexplicáveis vinham de fora, passando por uma estreita abertura da gruta. Ouvia-se também um murmúrio vago e indefinido, como o de ondas que quebram na praia e, às vezes, sopros de brisa.

Eu não sabia se estava bem desperto ou se ainda sonhava. Quem sabe meu cérebro, abalado com a queda, não percebia sons puramente imaginários. Mas olhos e ouvidos não podiam se enganar a tal ponto.

— É um raio de luz — imaginei — que passa pela fenda do rochedo! E um murmúrio de ondas! E o assobio da brisa! Será que voltamos à superfície? Meu tio desistiu da expedição? Ou terminou-a com sucesso?

Eram perguntas sem resposta que eu me fazia, até o professor entrar.

— Bom dia, Axel! — disse ele, bem-humorado. — Aposto que se sente bem!

— Com certeza — respondi, me endireitando nas cobertas.

— Não poderia ser de outra forma, pois dormiu muito bem. Hans e eu nos revezamos tomando conta e vimos que sua recuperação apresentava sensíveis progressos.

— É verdade, me sinto em forma e, prova disso, vou aceitar satisfeito a refeição a que tiver direito!

— Já vai comer, garoto! A febre foi embora. Hans passou não sei qual unguento secreto dos islandeses nos machucados e tudo cicatrizou maravilhosamente. Que grande sujeito, esse nosso caçador!

Enquanto falava, meu tio ia preparando um desjejum que rapidamente devorei, apesar dos seus pedidos de calma. E o tempo todo o atropelava com perguntas que ele ia respondendo.

Soube então que a minha queda ao longo de uma galeria quase perpendicular fora providencial e me levara até ali. Cheguei no meio de uma chuva de pedras que poderiam, até mesmo as menores delas, me esmagar. Concluise que uma parte do maciço despencara comigo. Esse assustador atalho me transportou então até onde meu tio se encontrava e ali caí, ensanguentado e inanimado.

— Realmente é incrível que não tenha morrido, mas, pelo amor de Deus, não vamos mais nos separar, pois corremos o risco de nunca mais nos vermos!

"Não vamos mais nos separar!" A viagem então não havia terminado? Arregalei os olhos e isso imediatamente provocou a pergunta:

— O que houve, Axel?

— Gostaria de ter uma confirmação. Estou mesmo são e salvo?

— Com certeza.

— Todos os membros intactos?

— Todos.

— E a cabeça?

— Com algumas pequenas escoriações, mas, fora isso, se encontra perfeitamente no seu lugar, em cima dos ombros.

— Pode ser que o cérebro não esteja regulando bem?

— Não esteja regulando bem?

— Explico: voltamos à superfície?

— É claro que não!

— Estou então enlouquecendo, pois vejo a luz do dia e ouço um vento que sopra e um mar que bate!

— Ah! É isso?

— Pode explicar?

— Explicar não tenho como. Mas você vai ver e compreender que a ciência geológica ainda está longe de dizer a sua última palavra.

— Vamos sair! — exclamei, me erguendo bruscamente.

— Não, Axel, agora não! O ar livre pode lhe fazer mal.

— Ar livre?

— Isso mesmo, e o vento é bem forte. É melhor não se expor desde já.

— Garanto que me sinto muito bem.

— Um pouco de paciência, garoto. Uma recaída nos complicaria e não temos mais tempo a perder, pois a travessia pode ser longa.

— Travessia?

— Exatamente. Descanse ainda e amanhã embarcamos.

— Embarcamos?

A palavra me fez dar um pulo.

Como assim, embarcar?! Tínhamos então um rio, um lago, um mar a atravessar? Um navio estava ancorado em algum porto interior?

Minha curiosidade estava em polvorosa. Em vão meu tio tentou me acalmar: foi obrigado a reconhecer que aquela impaciência seria pior para a minha saúde do que me satisfazer a curiosidade.

Rapidamente me vesti. Exagerando a precaução, ainda me enrolei num dos cobertores e saí da gruta.

30

De início, nada vi. Desabituados com a luz, meus olhos instintivamente se fecharam. Quando os reabri, a surpresa me deixou mais atônito que maravilhado.

— O mar! — exclamei.

— Exatamente — respondeu meu tio. — O mar Lidenbrock, e quero crer que navegador nenhum vá querer me contestar a honra de tê-lo descoberto e o direito de batizá-lo com meu nome!

Uma vastidão líquida, lago ou oceano, se estendia até onde minha vista não podia alcançar. O litoral, muito acidentado, esparramava-se por praias de areia fina, dourada e semeada de conchinhas em que viveram os primeiros seres da Criação. Pequenas ondulações vinham se quebrar com aquele murmúrio característico dos ambientes muito amplos e fechados. Uma leve espuma esvoaçava ao sabor do vento moderado e alguns respingos molhavam meu rosto. A mais ou menos duzentos metros da orla, subindo o ligeiro aclive da praia, vinham morrer os contrafortes de enormes rochedos que se erguiam até alcançar incomensurável altura. Rasgando a costa marítima com sua aresta afiada, alguns formavam cabos e promontórios corroídos pela força da ressaca. Mais adiante, o olhar podia acompanhar a sua massa claramente perfilada sobre o fundo brumoso do horizonte.

Era um verdadeiro oceano, com o mesmo contorno caprichoso dos litorais terrestres, só que desértico e com aspecto assustadoramente selvagem.

Se minha vista podia enxergar tão distante naquele mar, era porque uma claridade "especial" iluminava os seus mínimos detalhes. Não a luz do sol, com seus feixes ofuscantes e a esplêndida irradiação dos seus raios, nem o pálido e vago clarão do astro noturno, que não passa de reflexo sem calor. Não, aquela força luminosa em trêmula difusão, sua brancura clara e seca, além da pouca elevação que produzia na temperatura, com um brilho na verdade superior ao da lua, provinha com toda evidência de uma origem puramente elétrica. Era como uma aurora boreal, um fenômeno cósmico contínuo que preenchia aquela caverna capaz de conter um oceano.

A abóbada suspensa acima da minha cabeça, o céu, por assim dizer, parecia formada por grandes nuvens, vapores móveis e cambiantes que, por efeito de condensação, certamente deviam gerar chuvas torrenciais às vezes. Eu teria

Era um verdadeiro oceano.

imaginado que, sob tão forte pressão atmosférica, não haveria evaporação da água, e no entanto, por algum motivo físico que escapava ao meu entendimento, viam-se densas nuvens espalhadas no ar. Naquele momento, porém, estava um "belo dia". Flutuações elétricas produziam surpreendentes jogos de luz em nuvens muito altas, desenhando sombras bem marcadas nas volutas inferiores e frequentemente, entre duas camadas distintas, um raio de notável intensidade descia até nós. Mas não era o Sol, pois faltava calor à sua luz. O efeito produzido era triste e tremendamente melancólico. Em vez do firmamento brilhante com tantas estrelas, podia-se sentir, acima daquelas nuvens, a abóbada de granito que nos esmagava com todo o seu peso, e aquele espaço todo não bastaria, por mais imenso que fosse, para o passeio do menos ambicioso dos satélites.

Lembrei-me então da teoria de certo capitão inglês que comparava a Terra a uma enorme esfera oca, no interior da qual o ar se mantinha luminoso por causa da pressão, com dois astros, Plutão e Proserpina, que ali percorriam suas misteriosas órbitas.[107] Seria verdade?

Estávamos realmente aprisionados numa enorme escavação. Não era possível medir a largura, pois ia se ampliando a perder de vista, nem o comprimento, já que o olhar logo esbarrava na linha do horizonte um tanto indecisa. Já a altura devia superar muitos quilômetros. Onde, nos contrafortes de granito, tal abóbada tinha seus apoios? O olhar não os percebia, mas havia algo como uma nuvem em suspensão na atmosfera, cuja elevação podia ser estimada em quatro mil metros, altitude superior à dos vapores terrestres e provavelmente causada pela considerável densidade do ar.

A palavra "caverna" de forma alguma se presta para descrever corretamente aquele imenso recinto. Palavras da língua humana não bastam para quem se aventura nos abismos do globo. Aliás, eu nem sabia por qual fato geológico explicar a existência de semelhante escavação. Teria como causa o esfriamento do globo? Eu conhecia, pelas narrativas de viajantes, certas cavernas famosas, mas nenhuma que apresentasse tais dimensões.

A gruta de Guáchara, na Colômbia, que Humboldt visitou, não lhe revelou o segredo de toda a sua extensão, que o cientista chegou a atravessar por setecentos e sessenta metros, mas provavelmente ela não vai muito além disso.[108] A imensa caverna do Mamute, no Kentucky, de fato tem proporções gigantescas, com uma abóbada que se ergue a cento e cinquenta metros, cobrindo um lago insondável, e viajantes a percorreram por mais de quarenta quilômetros sem chegar ao final.[109] Mas a que se reduziam tais cavidades se comparadas com aquela que eu admirava, com céu vaporoso, irradiações elétricas e um imenso mar encerrado em seu interior? Minha imaginação se revelava inútil diante de tanta imensidão.

Em silêncio contemplei aquelas maravilhas. Faltavam-me palavras que dessem conta das sensações. Tinha a impressão de assistir, em algum planeta longínquo, Urano ou Netuno, a fenômenos para os quais minha natureza "ter-

107. Trata-se na verdade de um capitão americano, John Cleves Symmes, Jr. (1780-1829), ridicularizado por sua teoria da "Terra oca" (ver a Apresentação deste volume). Essa mesma teoria foi retomada pelo romancista Alexandre Dumas, no capítulo XLI do romance inacabado *Isaac Laquedem*, com esse mundo paralelo interior palidamente iluminado por dois astros, aos quais Dumas deu os nomes do casal que reina no Inferno da mitologia greco-romana, Plutão e Proserpina.

108. A gruta fica na Venezuela e vai bem além dos quase oitocentos metros percorridos pelo cientista, chegando a mais de dez quilômetros de comprimento. Humboldt visitou-a em 1799.

109. A caverna do Mamute é a maior rede de grutas naturais da Terra, com mais de 20 mil metros quadrados. Foi redescoberta em 1798, tendo sido habitada por homens pré-colombianos três ou quatro mil anos antes. Desde 1941 é um parque nacional.

ráquea" não estava preparada. Para sensações novas são necessárias palavras novas, e minha imaginação não as fornecia. Eu então olhava, pensava e admirava com uma estupefação misturada a certo pavor.

O imprevisto daquele espetáculo devolveu a meu rosto cores saudáveis. Era um tratamento pelo espanto, e a cura se dava graças a essa nova terapia. Diga-se também que a energia do ar extremamente denso me reanimava, fornecendo maior quantidade de oxigênio aos pulmões.

Não é difícil adivinhar o infinito prazer que representava respirar aquela brisa carregada de úmidas emanações salinas, após um aprisionamento de quarenta e sete dias numa estreita galeria.

De forma alguma, então, eu me arrependia de ter deixado a minha gruta escura. Já habituado, meu tio não se espantava mais com aquelas maravilhas.

— Sente-se disposto a um pequeno passeio? — ele perguntou.

— Com certeza — respondi. — Será ótimo.

— Apoie-se então em meu braço, Axel, e vamos pelas sinuosidades da margem.

Aceitei rápido e começamos a costear aquele novo oceano. À esquerda, rochedos abruptos, trepados uns nos outros, formavam um titânico amontoado, causando um efeito prodigioso. Nas suas encostas, inúmeras cascatas desciam, formando lençóis límpidos e sonoros. Leves vapores, indo de uma rocha a outra, apontavam o local de fontes quentes, e riachos corriam suavemente para a bacia comum, buscando nos declives a oportunidade de murmurar ainda mais agradavelmente.

Entre os córregos, reconheci nosso fiel companheiro de estrada, o Hansbach, que vinha tranquilamente se perder no mar, como se fosse esse o seu percurso desde o início do mundo.

— Ele vai nos fazer falta — suspirei.

— Ora! Ele ou outro qualquer — respondeu o professor —, que diferença faz?

Achei um tanto ingrata essa atitude.

Mas minha atenção já estava sendo atraída por um espetáculo inesperado. A quinhentos passos de mim, à entrada de um promontório, uma floresta alta e de espessa ramagem surgiu em nosso campo de visão. Eram árvores de tamanho médio e talhe regular, em forma de guarda-sol com contornos claros e geométricos. As correntes de ar não pareciam afetar a folhagem, que apesar das lufadas permanecia imóvel como um bosque de cedros petrificados.

Apertei o passo. Não conseguia identificar mais exatamente aquela espécie singular. Não pertenceria às duzentas mil[110] até então conhecidas e seria preciso lhes dedicar um lugar especial na flora lacustre? Não. Quando chegamos à sua sombra, minha surpresa se transformou em pura admiração.

110. O Código Internacional de Nomenclatura Botânica (ICBN) registra atualmente quase 400 mil espécies vegetais conhecidas.

Eu na verdade me encontrava na presença de produtos da Terra, mas que seguiam um padrão gigantesco. Meu tio imediatamente chamou-os pelo nome:

— É apenas uma floresta de cogumelos.

E estava certo. Vejam só o grau de desenvolvimento a que chegaram essas plantas que vingam em meios quentes e úmidos. Eu bem sabia que o *Lycoperdon giganteum* pode alcançar, segundo Bulliard,[111] de dois metros e meio a quase três metros de circunferência, mas o que tínhamos ali eram cogumelos brancos com nove ou doze metros de altura e topo de igual diâmetro. Eram milhares deles. A luz não conseguia atravessar aquela densa cobertura e uma completa escuridão reinava sob as cúpulas justapostas como os telhados redondos de aldeias africanas.

Mesmo assim eu quis penetrar um pouco mais profundamente. Um frio mortal vinha daquelas abóbadas carnudas. Por meia hora vagamos nas úmidas trevas e foi com real sensação de bem-estar que voltei à beira-mar.

E a vegetação daquela região subterrânea não se limitava aos tais cogumelos. Mais adiante se erguia, em grupo, uma grande quantidade de outras árvores de folhagem descorada. Eram facilmente reconhecíveis, simples arbustos da Terra, mas com dimensões fenomenais, licopodiáceos de trinta metros de altura, sigilariáceos gigantes, fetos arborescentes, do tamanho dos pinheiros das grandes latitudes, lepidodendráceos de caule cilíndrico bifurcado, tendo na ponta folhas compridas e ásperas, cobertas de pelos eriçados, como monstruosas plantas polpudas.

— Espantoso, magnífico, esplêndido! — exclamava meu tio. — Temos aqui toda a flora do segundo período do mundo, da época de transição. Singelas plantas como as que temos em nossos jardins e que eram árvores nos primeiros séculos do globo! Olhe, Axel, admire! Nunca um botânico se deparou com uma festa igual!

— Tem toda razão, tio. A Providência parece ter querido preservar nessa imensa estufa plantas antediluvianas[112] que a sagacidade dos especialistas reconstruiu com tanto sucesso.

— Boa definição, garoto, é uma estufa. Mas seria ainda mais acertado talvez acrescentar também um zoológico.

— Um zoológico!

— Muito provavelmente. Veja essa poeira em que pisamos, esses ossos espalhados no chão.

— Ossos! — surpreendi-me. — É verdade, ossos de animais antediluvianos!

---

111. Pierre Bulliard (1742-93), botânico francês da segunda metade do séc.XVIII.

112. Ou seja, anterior ao dilúvio bíblico. Observe-se que à época do romance não se utilizava o termo "pré-histórico", com datação de 1899.

Precipitei-me sobre aqueles restos seculares constituídos por substância mineral indestrutível.[113] Sem hesitar dei nome aos gigantescos ossos, semelhantes a troncos de árvores ressecadas:

— Isto é o maxilar inferior de um mastodonte. Ali os molares de um dinotério. Já este fêmur só pode ter pertencido ao maior de todos, o megatério. De fato, um zoológico, pois essas ossadas dificilmente foram trazidas até aqui por um cataclismo. Os animais a que pertenceram viviam no litoral desse mar subterrâneo, à sombra dessas plantas arborescentes. Veja, há ali esqueletos inteiros. E, no entanto...

— No entanto? — perguntou meu tio.

— Não entendo a presença de tais quadrúpedes nessa caverna de granito.

— Por quê?

— Porque só passou a haver vida animal na Terra nos períodos secundários, quando o terreno sedimentar foi formado por aluviões, substituindo as rochas incandescentes da era primitiva.

— Pois tenho uma resposta bem simples, Axel: este terreno é sedimentar.

— Não! A essa profundidade?

— Exato. E isso se explica geologicamente. Em certa época, a Terra era formada por uma crosta elástica submetida a movimentos alternados de cima e de baixo, em virtude das leis de atração. É provável que tenham acontecido afundamentos do solo e que uma parte dos terrenos sedimentares tenha despencado no fundo dos poços subitamente abertos.

— Pode ser. Mas, se animais antediluvianos viveram nessas regiões subterrâneas, quem nos garante que um desses monstros não circule por aí, nessas florestas escuras ou por trás desses rochedos escarpados?

Pensando nessa hipótese, já com medo olhei para diversos pontos do horizonte, mas ser vivo nenhum se mostrava pelo litoral deserto.

Senti-me um pouco cansado e fui me sentar na ponta de um promontório em que ondas vinham se quebrar fazendo barulho. Dali meu olhar cobria toda a baía que um recorte da costa formava. No fundo, um pequeno porto se abria entre rochedos piramidais. Suas águas calmas ficavam ao abrigo do vento. Uma nau e duas ou três escunas poderiam facilmente se abrigar ali. Eu quase já podia ver algum navio partindo de velas enfunadas, ganhando o largo sob a brisa do sul.

A ilusão, porém, rapidamente se dissipou. Éramos de fato as únicas criaturas vivas naquele mundo subterrâneo. Quando o vento se abrandava, um silêncio mais profundo que os do deserto descia sobre os rochedos áridos e pesava na superfície do oceano. Tentei então atravessar as brumas distantes, rasgar aquela cortina lançada sobre o fundo misterioso do horizonte. Quantas perguntas não

113. Fosfato de cal. (Nota do autor)

se atropelavam em minha garganta? Onde terminava aquele mar? Aonde levava? Conseguiríamos um dia conhecer as margens do outro lado?

Meu tio não tinha dúvidas quanto a isso. Dentro de mim coabitavam desejo e medo.

Depois de passarmos uma hora na contemplação do maravilhoso espetáculo, retomamos o caminho da praia para voltar à gruta, e foi sob o domínio dos mais estranhos pensamentos que caí em profundo sono.

31

No dia seguinte despertei completamente curado. Achei que um banho me faria bem e fui dar um mergulho nas águas daquele Mediterrâneo. A comparação realmente não era exagerada.

Voltei com ótimo apetite. Hans resolvera se encarregar da cozinha. Tinha água e fogo à disposição, de forma que pôde variar um pouco nosso menu de sempre. No final nos serviu algumas xícaras de café e nunca essa maravilhosa bebida me pareceu mais saborosa.

— Está na hora da maré — disse meu tio — e por nada devemos perder a oportunidade de observar o fenômeno.

— Como assim, maré? — estranhei.

— Foi o que ouviu.

— A influência da Lua e do Sol se exerce até aqui?

— Por que não? Os corpos não estão conjuntamente submetidos à atração universal? Tal massa de água como a que temos aqui poderia escapar à regra geral? Apesar da pressão atmosférica sobre a superfície, você a verá subir como se fosse o próprio Atlântico.

Chegávamos já à areia e pouco a pouco as ondas invadiam a praia.

— Realmente a maré está enchendo.

— Isso mesmo, Axel, por enquanto são principalmente espumas, mas verá o mar subir cerca de três metros.

— É fantástico!

— De forma alguma, é natural.

— Por mais que diga isso, tudo me parece extraordinário e mal acredito no que vejo. Quem poderia imaginar, dentro da crosta terrestre, um verdadeiro oceano, com fluxos, refluxos, brisas e tempestades!

— Por que não? Alguma razão física se opõe?

— Nenhuma, se abandonarmos a tese do calor central.

— Concorda então que, até o presente, a teoria de Davy se confirma?

— É evidente que sim! Com isso, nada impede que existam mares e uma variedade de regiões no interior do globo.

— Sem dúvida, só que inabitadas.

— E por que peixes de uma espécie desconhecida não viveriam nessas águas?

— Em todo caso, até aqui não vimos.

— Vamos então improvisar linhas e anzóis e ver se pescamos como nos oceanos sublunares.

— Nada impede, Axel, já que queremos desvendar todos os segredos dessas novas regiões.

— Mas onde estamos, tio? Não fiz ainda a pergunta que só seus instrumentos podem responder.

— No sentido horizontal, a mil e quatrocentos quilômetros da Islândia.

— Tudo isso?

— Um possível erro não passaria de mil metros.

— E a bússola continua indicando o sudeste?

— Continua, com uma declinação ocidental de 19°42', exatamente como na superfície. No referente à inclinação, passa-se um fato curioso, que observei com todo cuidado.

— Qual?

— A agulha, em vez de se inclinar para o polo, como seria o caso no hemisfério boreal, se move ao contrário.

— Devemos concluir que o ponto de atração magnética se encontra entre a superfície do globo e esse lugar em que estamos?

— Exatamente. E é provável que se chegássemos sob as regiões polares, perto daquele septuagésimo grau em que James Ross[114] descobriu o polo magnético, veríamos a agulha se empinar verticalmente. Ou seja, esse misterioso centro de atração não se encontra em grande profundidade.

— Com efeito, e temos aí algo que a ciência não percebeu.

— A ciência, meu jovem, é feita de erros, mas erros que devem ser cometidos, pois pouco a pouco conduzem à verdade.

— E qual a nossa profundidade?

— Cento e quarenta quilômetros.

— Isso quer dizer — concluí, olhando o mapa — que as cadeias montanhosas da Escócia estão acima de nós, com os montes Grampians erguendo a prodigiosa altura o seu topo coberto de neve.[115]

— É verdade — respondeu rindo o professor. — Um tanto pesado de se aguentar, mas a abóbada é sólida. O grande arquiteto do universo utilizou bons materiais e nunca o homem teria conseguido semelhante vão! O que os arcos de pontes e os arcobotantes das catedrais representam, comparados a essa nave com doze quilômetros de raio e sob a qual um oceano e tempestades podem se desenvolver?

---

114. O naturalista e oficial britânico James Clark Ross (1800-62) participou de seis expedições aos polos Norte e Sul e, em 1831, descobriu o Polo Norte Magnético, a 70°51' N, o que garantiu maior precisão no uso náutico da bússola. Publicou, em 1834, o livro *On the Position of the North Magnetic Pole*.

115. O ponto culminante chega a 1.350 metros.

— Não se preocupe, não temo que o céu me caia na cabeça. Mas quais são os seus projetos imediatos, tio? Não está pensando em voltar à superfície?

— Voltar? Era só o que faltava! Pelo contrário, quero continuar a viagem, já que tudo se passou tão bem até aqui.

— Mas não vejo como atravessar essa planície líquida.

— Bom, não pretendo mesmo me atirar de cabeça na água. Mas devemos nos lembrar que os oceanos são apenas lagos, já que cercados de terra, e este deve forçosamente se circunscrever dentro do maciço granítico.

— Sem dúvida.

— Tenho certeza, então, de encontrar novas passagens nas margens opostas!

— E que comprimento supõe ter esse oceano?

— Cento e vinte ou cento e quarenta quilômetros.

— Ah!… — preferi não discutir, imaginando o quanto a estimativa podia ser pouco exata.

— De forma que não temos tempo a perder e amanhã mesmo partimos.

Sem querer, procurei em volta a embarcação que nos transportaria.

— Entendo, vamos embarcar! Já temos as passagens? Em qual navio?

— Não será um navio, meu rapaz, e sim uma boa e sólida jangada.

— Uma jangada! — assustei-me. — É tão impossível de se construir quanto um navio, e não vejo como…

— Não vê, Axel, mas se prestar atenção vai ouvir!

— Ouvir?

— Exato. Marteladas comprovando que Hans já está com a mão na massa.

— Construindo uma jangada?

— Isso mesmo.

— Então já derrubou árvores com o machado?

— Não se preocupe, já estavam todas no chão. Vamos até lá e vai ver.

Foram quinze minutos de caminhada e, do outro lado do promontório que formava o pequeno porto natural, lá estava Hans em plena atividade. Mais uns passos e cheguei até ele. Para minha grande surpresa, uma jangada quase pronta descansava na areia, feita de toras de uma madeira particular. Uma quantidade de pranchões, junções e amarras literalmente cobria o chão. Tinha com o que construir um ancoradouro inteiro.

— Tio — perguntei surpreso —, que madeira é essa?

— Pinho, abeto, bétula, todas as espécies de coníferas do norte, mineralizadas pela ação das águas do mar.

— Isso é possível?

— É o que chamam *surtarbrandur*,[116] ou madeira fóssil.

— Nesse caso, é linhito, deve ser duro como pedra. Não deve boiar.

116. Em islandês no original; em português, linhito, como se diz logo a seguir. É um carvão fóssil, podendo ainda apresentar uma estrutura lenhosa.

— Isso de fato acontece. Algumas dessas madeiras se tornam verdadeiros antracitos, mas outras, como estas que aqui temos, apenas começaram sua transformação fóssil. Basta olhar — acrescentou meu tio, lançando ao mar uma daquelas preciosas amostras.

O pedaço de madeira, depois de afundar, voltou à superfície e ficou oscilando ao sabor das ondulações.

— Convenceu-se? — ele perguntou.

— Convencido sobretudo de não poder acreditar em nada disso!

No final do dia seguinte, graças à habilidade do guia, a jangada estava pronta. Tinha três metros de comprimento por um e meio de largura. As toras de *surtarbrandur*, interligadas por cordas resistentes, garantiam uma superfície bem sólida e, uma vez posta à prova, a embarcação improvisada flutuou tranquilamente pelas águas do mar Lidenbrock.

32

Em 13 de agosto, acordamos cedo. Tratava-se de inaugurar o novo meio de transporte rápido e pouco cansativo.

Um mastro feito com duas traves emparelhadas, uma verga formada com um terceiro pau e a vela fabricada com nossas cobertas constituíam a enxárcia da jangada.

Cordas não faltavam, o conjunto era sólido.

Às 6h, o professor deu o sinal de embarque. Víveres, bagagens, instrumentos, armas e uma notável quantidade de água doce recolhida nos rochedos já se encontravam em seus devidos lugares.

Hans havia instalado um leme que lhe permitia dirigir a sua engenhoca flutuante. Assumiu o posto e fiquei encarregado de soltar a amarra que nos prendia à margem. A vela foi içada e rapidamente nos afastamos.

No momento de deixar o pequeno porto, meu tio, que insistia em sua nomenclatura geográfica, quis batizá-lo com o meu nome, entre outros.

— Nada contra — eu disse —, mas tenho outro a propor.

— Qual?

— O nome de Graüben. Porto Graüben. Vai ficar muito bem no mapa.

— Então, porto Graüben.

Dessa maneira a lembrança da querida virlandesa ficou ligada à nossa expedição.

A brisa soprava do nordeste. De vento em popa, seguíamos com extrema rapidez. As densíssimas camadas da atmosfera criavam um empuxo considerável e agiam sobre a vela como um poderoso ventilador.

Com uma hora de navegação, meu tio pôde estimar com bastante precisão nossa velocidade:

— Se continuarmos nesse ritmo, faremos pelo menos cento e vinte quilômetros em vinte e quatro horas e logo avistaremos a costa do outro lado.

Não respondi e fui me colocar à proa da jangada. Já a costa setentrional baixava no horizonte. Os dois braços do litoral se abriam amplamente como querendo facilitar nossa viagem e um mar imenso se descortinava à frente. Grandes nuvens perambulavam rapidamente pela superfície sua sombra acinzentada, que parecia pesar sobre a água morna. Os raios prateados da luz elétrica, refletidos aqui e ali por alguma gotícula, faziam cintilar pontos luminosos nas laterais da embarcação. Em breve perdíamos de vista qualquer sinal de terra, sem mais ponto de referência nenhum e, não fosse o sulco espumante da jangada, poderia imaginar que estávamos em perfeita imobilidade.

Por volta do meio-dia, algas imensas começaram a ondular na superfície. Era do meu conhecimento a força vegetativa dessas plantas, que se arrastam a uma profundidade de mais de três mil e seiscentos metros no fundo dos mares, se reproduzem sob uma pressão de quase quatrocentas atmosferas e muitas vezes formam bancos tão firmes que chegam a impedir a navegação. Nunca, entretanto, houve algas mais gigantescas que as do mar Lidenbrock.

Sargaços parecendo imensas serpentes, que se perdiam fora do alcance da vista.

Nossa jangada passou por sargaços de novecentos a mil e duzentos metros, parecendo imensas serpentes que se perdiam fora do alcance da vista. Distraí-me seguindo com o olhar suas infinitas faixas, sempre na expectativa de chegar à ponta, e por horas inteiras fui enganando minha paciência, quando não o meu espanto.

Que força natural podia produzir semelhantes plantas e qual seria o aspecto da Terra nos primeiros séculos da sua formação, quando sob a ação do calor e da umidade apenas o reino vegetal se estendia na superfície?!

Fim da tarde e, como já observara na véspera, a claridade do ar não sofreu diminuição alguma. Era um fenômeno constante, com que podíamos contar.

Depois do jantar, estiquei-me junto ao mastro e não custei a dormir, entre preguiçosos devaneios.

Imóvel no leme, Hans deixava deslizar a jangada, que, empurrada por um vento favorável, não exigia trabalho algum do piloto.

Desde a partida do porto Graüben, o professor Lidenbrock me havia encarregado de manter um "diário de bordo", anotando as mínimas observações, os fenômenos interessantes, a direção do vento, a velocidade alcançada, o trajeto percorrido... ou seja, todos os incidentes daquela nossa incomum navegação.

Vou então me limitar a reproduzir essas anotações cotidianas, ditadas, por assim dizer, pelos acontecimentos, tentando apresentar uma narrativa mais exata da nossa travessia.

Sexta-feira, 14 de agosto. Brisa constante de noroeste. A jangada avança rápido e em linha reta. A costa ficou cento e vinte quilômetros a barlavento. Nada no horizonte. A intensidade da luz não varia. Tempo bom, isto é, nuvens bem altas, pouco densas e imersas numa atmosfera branca, como a prata em fusão. Termômetro: +32°C.

Ao meio-dia Hans preparou um anzol na ponta de uma linha. Colocou um pedacinho de carne como isca e lançou ao mar. Sem resultado por duas horas. Inabitadas essas águas? Não. Uma sacudida na linha, Hans puxou-a e surgiu uma presa se debatendo vigorosamente.

— Um peixe! — exclamou meu tio.

— É um esturjão! — também gritei. — Um esturjão pequeno!

Observando-o com toda atenção, o professor não concordou comigo. O peixe tinha a cabeça achatada e arredondada, com a parte anterior do corpo coberta de escamas, sem dentes na boca e nadadeiras peitorais bastante desenvolvidas se ajustando ao corpo, que não apresentava cauda. O animal pertencia de fato à ordem em que os zoólogos classificam o esturjão, mas se diferenciava por características bastante essenciais.

Não estava enganado meu tio, que após rápido exame acrescentou:

— Esse peixe é de uma família já extinta há séculos, da qual se encontram vestígios fósseis em terrenos devonianos.

— Como podemos ter pegado vivo um habitante de mares primitivos? — estranhei.

— Mas pegamos — respondeu o professor, que continuava suas observações —, e você bem pode ver que esses peixes fósseis não têm identidade alguma com as espécies atuais. Ter nas mãos, vivo, um desses seres é verdadeira felicidade para um naturalista.

— A que família pertence?

— À ordem dos ganoides, família dos cefalópodes, gênero...

— Gênero...?

— Gênero dos ptérígios, poderia jurar! Mas este aqui tem uma particularidade, ao que dizem, típica dos peixes de águas subterrâneas.

— Qual?

— É cego!

— Cego?

— Não apenas cego, falta-lhe totalmente o órgão da visão.

Olhei. Era a absoluta verdade. Mas poderia ser um caso excepcional. Novamente então a linha foi lançada ao mar com anzol e isca. O oceano mostrou-se realmente piscoso, pois em duas horas pegamos uma grande quantidade de ptérígios, mas também peixes de outra família igualmente extinta, a dos dipterígios, da qual meu tio não conseguiu identificar o gênero. A todos faltava o órgão da visão. A pesca inesperada, em todo caso, renovou vantajosamente nossas provisões.

Pode-se então dizer, pois parece uma constante, que esse mar conta apenas com espécies fósseis, em que peixes e répteis se revelam ainda mais perfeitos, na medida da antiguidade da sua criação.[117]

Quem sabe encontraremos alguns daqueles sáurios que a ciência conseguiu reconstituir a partir de pedaços de osso e de cartilagem?

Peguei a luneta e examinei o mar. Deserto. Provavelmente estamos ainda próximos demais da costa.

Olhei para o alto. Por que não bateriam suas asas naquelas pesadas camadas atmosféricas alguns dos pássaros reconstituídos pelo imortal Cuvier?[118] Os peixes garantiriam alimento suficiente. Mas o espaço se mostrava tão inabitado quanto o litoral.

Minha imaginação, porém, levou-me a maravilhosas hipóteses da paleontologia, fazendo-me sonhar acordado. Julguei ver na superfície das águas enor-

117. O narrador parece já influenciado por *A origem das espécies* (1859), de Charles Darwin, e em contradição com o criacionismo pregado pela Igreja, que nega a possibilidade evolucionista.

118. Georges Cuvier (1769-1832), anatomista e paleontólogo francês que deduziu uma lei de correlação das formas, permitindo a reconstituição de um esqueleto a partir de alguns fragmentos de ossos.

mes quelônios, tartarugas antediluvianas que eram verdadeiras ilhas flutuantes. E à sombra, nas praias, passarem os grandes mamíferos dos primeiros dias, o leptotério encontrado nas cavernas do Brasil[119] e o mericotério das regiões geladas da Sibéria. Mais adiante, o paquiderme lofiodonte, um gigantesco tapir, escondido atrás de um rochedo, pronto para disputar uma presa com um anoplotério, estranho animal, misto de rinoceronte, cavalo, hipopótamo e camelo, como se o Criador, sem tempo nas primeiras horas do mundo, tivesse reunido vários animais num só. O imenso mastodonte gira a tromba e esmaga sob suas presas rochedos do litoral, enquanto o megatério, debruçado em cima das enormes patas, revira a terra, despertando com rugidos o eco dos granitos sonoros. Mais acima, um protopiteco, o primeiro símio a surgir na superfície do globo, escala picos impossíveis. Mais alto ainda, o pterodátilo de mão alada desliza como um enorme morcego pelo ar condensado. Nas últimas camadas, enfim, pássaros imensos, mais possantes do que a ema, maiores do que o avestruz, estendem as suas amplas asas e vão esbarrar na parede da abóbada granítica.

Todo esse mundo fóssil renascia na minha imaginação, que viajava às épocas bíblicas da Criação, bem anteriores ao nascimento do homem, quando a Terra incompleta não o podia ainda abrigar. E meu sonho recuou à aparição dos seres animados. Desapareceram os mamíferos, depois os pássaros, em seguida os répteis da era secundária e, finalmente, os peixes, os crustáceos, os moluscos, os seres articulados. Os zoófitos do período de transição, por sua vez, retornaram em seguida ao nada. A vida inteira da Terra se resume em mim, e meu coração é o único a bater nesse mundo despovoado. Não há mais estações nem climas, o próprio calor do globo cresce ininterrupto e neutraliza o do astro radioso. A vegetação se exacerba. Passo como uma sombra entre fetos arborescentes, pisoteando com meus passos vacilantes margas irisadas e os arenitos matizados do chão. Apoio-me no tronco de coníferas imensas, deito-me à sombra de esfenófilos, de asterófilos e de licopódios de trinta metros de altura.

Os séculos se escoam como se fossem dias! Atravesso toda a série de transformações terrestres. As plantas desaparecem; as rochas graníticas perdem sua dureza; sob a ação de um calor mais intenso o estado líquido começa a substituir o sólido; as águas correm pela superfície do globo, fervem, se volatizam; vapores envolvem a Terra, que, pouco a pouco, se torna uma massa gasosa em ponto de incandescência, grande e brilhante como um sol!

Do centro dessa nebulosa mil e quatrocentas vezes maior do que o globo que se formaria um dia, fui levado aos espaços planetários! Meu corpo é subtraído, sublimado e se mistura como átomo imponderável aos imensos vapores que traçam no infinito suas órbitas inflamadas!

119. Gênero de mamíferos encontrados nas cavernas de Lagoa Santa (MG), ruminantes e semelhantes aos antílopes.

Todo esse mundo fóssil renascia na minha imaginação.

Que sonho! Até onde ele me leva? Minha mão febril lança no papel estranhos detalhes. Esqueci-me de tudo: do professor, do guia, da jangada! A alucinação tomou conta da minha mente…

— O que está havendo? — preocupou-se meu tio.

Arregalei fixos nele meus olhos, sem nada ver.

— Cuidado, Axel! Vai cair no mar!

Ao mesmo tempo, fui fortemente agarrado pelas mãos de Hans. Sem isso, em pleno devaneio, teria afundado nas águas.

— Enlouqueceu? — gritou o professor.

— O que houve? — perguntei, voltando a mim.

— Está doente?

— Não. Só um momento de alucinação, mas já passou. Está tudo bem?

— Tudo! Boa brisa, mar tranquilo! Navegamos rápido, e se minhas estimativas não me enganarem não demoramos a acostar.

Ouvindo isso me levantei e consultei o horizonte, mas a linha d'água continuava a se confundir com a das nuvens.

33

Sábado, 15 de agosto. O mar mantém sua monótona uniformidade. Nenhuma terra à vista. O horizonte parece absurdamente recuado.

Ainda me sinto atordoado pela violência do sonho de ontem. Meu tio pode não ter sonhado, mas está de mau humor. Vasculha todos os pontos do espaço com a luneta e cruza os braços desolado.

Noto que o professor está em vias de voltar a ser o personagem impaciente do passado e registro o fato no diário. Foi preciso eu estar em perigo e sofrer para que ele deixasse escapar alguns ímpetos sentimentais, mas desde a minha cura voltou ao seu normal. No entanto por que se irrita? A viagem não se passa dentro das mais favoráveis circunstâncias? A jangada não continua num ritmo maravilhosamente rápido?

— Parece inquieto, tio? — arrisquei, vendo-o o tempo todo usar a luneta.

— Inquieto? Não.

— Impaciente?

— Tenho motivos para isso!

— Mas avançamos em velocidade...

— E daí? Não importa que a velocidade seja boa, o mar é que é grande!

Lembrei-me então que antes de partirmos o professor estimava em cerca de cento e vinte quilômetros o comprimento desse subterrâneo. Já percorrêramos distância três vezes maior e as costas do sul, mesmo assim, não apareciam.

— Não estamos descendo! — continuou ele. — Tudo isso é tempo que se perde e, afinal, não vim de tão longe para passear de barco num lago!

Ele chama essa travessia de passeio e esse mar de lago!

— No entanto — ponderei — seguimos o caminho indicado por Saknussemm...

— É essa a questão. Será que seguimos o caminho certo? Saknussemm encontrou toda essa extensão líquida? Atravessou-a? Aceitamos o riacho como guia, mas será que não nos enganou?

— Em todo caso, não podemos lamentar ter vindo até aqui. O espetáculo é magnífico e...

— Não é disso que se trata. Estipulei uma meta e quero alcançá-la! Não me venha então falar de espetáculo!

Dei por encerradas minhas ponderações, e o professor que roesse as unhas de impaciência. Às 18h, Hans pediu seu pagamento e os três rixdales lhe foram entregues.

Domingo, 16 de agosto. Nenhuma novidade. Mesmo tempo, mas ligeira tendência do vento a ficar mais fresco. Acordando, meu primeiro cuidado é o de constatar a intensidade da luz. O tempo todo tenho medo de que o fenômeno elétrico diminua e acabe se extinguindo. Mas não. A sombra da jangada claramente se desenha na superfície da água.

É realmente infinito esse mar! Deve ter o comprimento do Mediterrâneo ou até mesmo do Atlântico, por que não?

Meu tio várias vezes tentou uma sondagem. Amarrou a picareta mais pesada na ponta de uma corda de duzentas braças[120] que, no entanto, não alcançou o fundo. Tivemos muita dificuldade para trazer de volta a sonda.

Quando a picareta chegou a bordo, Hans me mostrou no ferro marcas bem visíveis. A ferramenta parecia ter sido fortemente apertada entre dois corpos duros.

Olhei para o caçador.

— *Tänder!* — ele disse.

Não entendi e me virei para o meu tio, completamente absorto em suas reflexões. Preferi não incomodar. Voltei-me para o islandês que, abrindo e fechando várias vezes a boca, me fez compreender o que pensava.

— Dentes! — deduzi estupefato, considerando mais atentamente a barra de ferro.

Não havia dúvida, eram de fato marcas de dentes no metal! Que força prodigiosa teriam aquelas mandíbulas! Seria um monstro de espécies perdidas, movendo-se nas camadas profundas das águas, mais voraz que o esqualo, mais perigoso que a baleia? Não conseguia mais despregar os olhos daquela barra quase roída! O sonho da noite anterior se tornaria realidade?

Tais pensamentos me agitaram pelo restante do dia e a imaginação custou a se acalmar durante umas poucas horas de sono.

Segunda-feira, 17 de agosto. Tento me lembrar quais eram os instintos particulares daqueles animais antediluvianos da era secundária que, sucedendo aos moluscos, crustáceos e peixes, antecederam a aparição dos mamíferos no globo. O mundo naquela época pertencia aos répteis. Eram os monstros que soberanamente reinavam nos mares jurássicos.[121] A natureza lhes ofereceu a

120. Antiga unidade de medida de comprimento, equivalente a dez palmos, ou seja, 2,2 metros. A corda tem então 440 metros.

121. Mares do período secundário que formaram os terrenos que constituem as montanhas do Jura [na França]. (Nota do autor)

mais perfeita organização. Que estrutura gigantesca! Que força prodigiosa! Os maiores e mais temíveis sáurios atuais, aligatores e crocodilos não passam de reduções enfraquecidas dos antepassados daquelas primeiras eras!

Arrepio-me só de pensar em tais monstros. Ser humano nenhum jamais os viu vivos. Surgiram na Terra mil anos antes do homem, mas ossadas fósseis, encontradas no calcário argiloso que os ingleses denominam *lias*, permitiram que fossem reconstituídos anatomicamente, e pudemos conhecer sua colossal conformação.

Vi no museu de Hamburgo o esqueleto de um desses sáurios, com nove metros de comprimento. Estarei eu, habitante da Terra, destinado a topar com esses representantes de uma família antediluviana? Não! É impossível. Mas as poderosas marcas de dentes estão gravadas na barra de ferro e são cônicas como as do crocodilo.

Com medo, meus olhos se fixam no mar. Temo ver saltar um desses habitantes das cavernas submarinas.

Imagino que o professor Lidenbrock tem os mesmos pensamentos — ou receios —, porque depois de examinar a picareta ele esquadrinha o oceano com o olhar.

"Aos diabos essa ideia de fazer sondagens!", pensei com meus botões, "Perturbamos algum animal marinho no seu esconderijo e agora só nos resta esperar que não venha para cima de nós..."

Dei uma olhada nas armas e confirmei estarem em bom estado. Meu tio percebeu minha preocupação e fez um gesto de aprovação.

Amplas agitações na superfície das águas indicavam movimentação nas camadas submersas. O perigo se aproxima. Temos que estar atentos.

Terça-feira, 18 de agosto. Começa o fim do dia. Na verdade o momento em que o sono pesa em nossas pálpebras, pois não há noite nesse oceano e a implacável luz cansa muito os olhos, como se navegássemos sob o sol dos mares árticos. Hans está no leme. Durante o seu turno eu durmo.

Duas horas depois, um abalo tremendo me desperta. A jangada foi erguida acima das ondas com indescritível força e lançada dez metros adiante.

— O que houve? — gritou meu tio. — Batemos em algo?

Hans aponta, a uma distância de quatrocentos metros, uma massa escura que emerge e mergulha várias vezes. Olho e grito:

— É um marsuíno colossal!

— Exato — concordou meu tio. — E agora um lagarto marinho de tamanho incomum.

— Mais além, um crocodilo monstruoso! Veja só que mandíbula e que fileira de dentes! Pronto, agora ele sumiu!

— Uma baleia! Uma baleia! — exclama o professor. — Estou vendo as nadadeiras enormes! Olhe só quanto ar e água saem de suas narinas!

De fato, duas colunas líquidas se erguem a uma altura considerável. Estamos surpresos, pasmos, apavorados na presença daquele bando de monstros marinhos. Todos têm dimensões sobrenaturais e o menor deles partiria a jangada com uma dentada. Hans quer direcionar o leme pelo vento para se afastar da perigosa vizinhança, mas percebe nessa direção outros inimigos igualmente temíveis: uma tartaruga de doze metros de largura e uma serpente com nove de comprimento, apontando sua cabeça enorme acima das vagas.

É impossível fugir. Os répteis se aproximam. Giram em volta da jangada com uma velocidade que trens não alcançariam.[122] Rodopiam em círculos concêntricos. Peguei uma carabina. Mas que efeito poderia causar uma bala nas escamas que cobrem o corpo daqueles animais?

Estamos mudos de pavor. Eles se aproximam! De um lado o crocodilo, de outro a serpente. O resto do bando marinho desapareceu. Preparo-me para atirar. Hans me contém com um sinal. Os dois monstros passam a cem metros da jangada e se lançam um contra o outro. Ambos enfurecidos, nem sequer nos veem.

O combate se trava a duzentos metros de nós, que distintamente assistimos à luta dos dois monstros.

Mas tenho a impressão de que outros animais — o marsuíno, a baleia, o lagarto e a tartaruga — vêm participar da briga. Vejo-os surgir a cada instante e mostro ao islandês, que balança negativamente a cabeça.

— *Tva* — ele diz.

— Como?! Dois? — ele pretende que apenas dois animais…

— Ele está certo — exclama meu tio, que não tira a luneta dos olhos.

— Mas como?

— Exatamente! O primeiro desses monstros tem um focinho de marsuíno, cabeça de lagarto e dentes de crocodilo. Foi o que nos enganou. É o mais perigoso dos répteis antediluvianos, o ictiossauro![123]

— E o outro?

— O outro é uma serpente escondida numa carapaça de tartaruga e seu mais terrível inimigo, o plesiossauro![124]

Hans tinha observado perfeitamente. Apenas dois monstros perturbavam a superfície do mar, e tínhamos à nossa frente dois répteis dos oceanos primitivos. Posso distinguir o olho vermelho-sangue do ictiossauro, do tamanho de uma cabeça humana. A natureza dotou-o de um aparelho óptico extremamente poderoso e capaz de resistir à pressão das profundezas submarinas em que

122. Na época, era de no máximo 70 km/h a velocidade dos trens.

123. Réptil do secundário, perfeitamente adaptado ao meio aquático, com forma de peixe mas nadadeira caudal de cetáceo, podendo chegar aos doze metros de comprimento.

124. Os primeiros espécimes de plessiossauro foram encontrados na Inglaterra no séc.XVIII e podiam chegar a dez metros de comprimento. Era um grande réptil carnívoro, dos períodos jurássico e cretáceo.

ele vive. Foi muito justamente denominado "a baleia dos sáurios", pela rapidez e tamanho. O que temos à nossa frente mede pelo menos trinta metros, que posso calcular nos momentos em que ergue acima das ondas as nadadeiras verticais do rabo. A mandíbula é enorme e, segundo os especialistas, conta com no mínimo cento e oitenta e dois dentes.

O plesiossauro, serpente de tronco cilíndrico e rabo curto, tem as patas dispostas em forma de remos. O corpo é totalmente coberto por uma carapaça e o pescoço, flexível como o de um cisne, se ergue nove metros acima das águas.

Os dois animais se atacam com indescritível fúria. Movimentam montanhas líquidas que refluem até a jangada. Vinte vezes estivemos a ponto de ir a pique. Assobios de prodigiosa intensidade cortam os ares. Os dois monstros se entrelaçam, sem que se possa distinguir um do outro! Temos que nos precaver da fúria daquele que vencer.

Os dois animais se atacam com indescritível fúria.

Uma hora, duas horas se passam e a luta continua com a mesma energia. O combate às vezes se aproxima da jangada e volta a se afastar. A bordo nos mantemos imóveis, prontos para abrir fogo.

De repente o ictiossauro e o plesiossauro desaparecem, causando fortíssimo redemoinho. Darão continuidade à luta no fundo do mar?

Surge fora d'água uma cabeça enorme, a cabeça do plesiossauro. Está mortalmente ferido. Não vejo mais a sua imensa carapaça. Apenas o comprido pescoço se ergue, cai, volta a se levantar, a se curvar, bate nas ondas como um chicote gigantesco e se contorce como uma minhoca cortada ao meio. Por uma considerável distância a água se agita, o que nos impede de observar. Mas finalmente a agonia do réptil chega ao fim, seus movimentos diminuem, as contorções se abrandam e aquele enorme pedaço de serpente se estende como massa inerte no mar, que volta a se acalmar.

E o ictiossauro? Terá voltado à sua caverna submarina ou ressurgirá à superfície?

34

Quarta-feira, 19 de agosto. Felizmente o vento, que sopra forte, nos ajudou a fugir depressa da cena do combate. Hans continua ao leme. Meu tio, arrancado de seus pensamentos após aquela luta, volta à impaciente contemplação do mar. A viagem recupera sua monótona uniformidade, que nem faço questão de romper, se o preço forem os perigos de ontem.

Quinta-feira, 20 de agosto. Brisa norte-nordeste bastante irregular. Temperatura quente. Navegamos a uma velocidade de quatorze quilômetros por hora.

Por volta do meio-dia, começamos a ouvir um barulho bem longe. Registro o fato sem poder ainda explicá-lo. É um trovoar contínuo.

— Deve haver algum rochedo ou ilhota bem distante em que o mar se quebra — diz o professor.

Hans sobe ao topo do mastro, mas não assinala nem mesmo um recife. O oceano está liso até a linha do horizonte.

Três horas se passam. O som parece vir de uma queda-d'água fora do campo de visão.

Faço a observação a meu tio, que apenas balança a cabeça. No entanto, estou convencido. Será que não corremos para uma catarata e vamos despencar no seu abismo? É possível que essa maneira de descer até agrade ao professor, por se aproximar da vertical, mas a mim...

Em todo caso, a poucos quilômetros na direção do vento ocorre algum fenômeno barulhento, pois agora o estrondear se ouve com violência. Virá do céu ou do oceano?

Passo a observar os vapores suspensos na atmosfera e procuro sondar sua profundidade. O céu está tranquilo. As nuvens, carregadas para o ápice da abóbada, parecem imóveis e se perdem na intensa irradiação da luz. É em outro lugar que se deve então buscar a causa de tal fenômeno.

Olho para o horizonte puro e limpo, sem a menor bruma. O aspecto não mudou. Mas se o barulho vier de uma queda, de uma catarata, se o oceano inteiro se precipitar numa bacia inferior, se o estrondear for provocado por uma massa d'água que cai, a correnteza vai se intensificar e a velocidade crescente me dará a justa medida do perigo que ameaça. Observo-a: é nula. Uma garrafa vazia jogada ao mar permanece movida apenas pelo vento.

Às 16h, mais ou menos, Hans se levanta, vai até o mastro e o escala. Do alto perscruta todo o arco de círculo que o oceano traça diante da jangada e se fixa num ponto. Sua expressão não denota surpresa alguma, mas a atenção se concentra.

— Ele viu alguma coisa — conclui meu tio.

— Também acho.

Hans desce, estende o braço para o sul e diz:

— *Der nere!*

— Lá? — quis saber meu tio.

Sacando a luneta ele investiga atentamente por um minuto, que me parece um século.

— Estou vendo! — diz.

— O quê? O quê?

— Um jato imenso se ergue sobre a superfície da água.

— Outro animal marinho?

— É possível.

— Vamos rumar mais para oeste, pois vimos como podem ser perigosos esses monstros antediluvianos!

— Vamos prosseguir — responde meu tio.

Viro-me para Hans. Ele mantém o rumo com inflexível rigor.

No entanto, se daquela distância de no mínimo quarenta e oito quilômetros podemos perceber a coluna d'água que é lançada pelo canal respiradouro do animal, ele deve ser um colosso. Fugir seria seguir as regras da mais óbvia prudência. Mas não estamos aqui para ser prudentes.

Em frente, então. Quanto mais nos aproximamos, mais o jato cresce. Qual monstro pode se encher tanto de água e expulsá-la assim, sem interrupção?

Às 20h estamos a menos de oito quilômetros dele. O corpo escuro, enorme, monstruoso se estende no mar como uma pequena ilha. Será uma ilusão? Puro pavor? De comprimento ele parece passar de dois mil metros! Que cetáceo pode ser este que nem um Cuvier nem um Blumembach previu?[125] Permanece inerte como se dormisse. É como se o mar não o pudesse mover, e as ondas arrebentam nos seus flancos. O jato d'água, lançado a uma altura de cento e cinquenta metros, cai com um estardalhaço ensurdecedor. Seguimos a todo pano na direção dessa massa poderosa que nem uma centena de baleias por dia alimentaria.

O terror toma conta de mim. Não quero mais continuar! Se necessário cortarei a adriça da vela! Revolto-me com o professor, que nem sequer me responde.

Subitamente Hans se levanta e aponta para o ponto ameaçador:

— *Holme!* — ele diz.

125. O antropólogo e biólogo alemão Johann Friedrich Blumembach (1752-1840) é conhecido sobretudo por sua definição da noção de raça nos seres humanos, defendendo a tese monogênica de que todas têm a mesma origem, com diferenças trazidas por modificações climáticas progressivas e reversíveis.

— Uma ilha! — traduz meu tio.

— Uma ilha! — repito, erguendo os ombros.

— Isso mesmo! — explode de rir o professor.

— E essa coluna d'água?

— *Geyser*[126]— explica Hans.

— Ora! É claro, gêiser! — retruca meu tio, um gêiser como os da Islândia!

De início eu não quis aceitar ter cometido erro tão grosseiro, confundindo uma pequena ilha com um monstro marinho! Mas a evidência se impõe e tenho que admiti-la: é apenas um fenômeno natural.

À medida que nos aproximamos, as dimensões do jato líquido se revelam grandiosas. A ilhota realmente tem a forma de um cetáceo imenso, cuja "cabeça", se eu não estiver enganado, domina as vagas a uma altura de vinte metros. O gêiser, palavra que os islandeses pronunciam "geysir" e significa "furor", ergue-se majestosamente em sua extremidade. Surdas detonações explodem às vezes e o enorme jato, tomado por acessos mais violentos, sacode seu penacho de vapores, alcançando a primeira camada de nuvens. Sendo apenas um, sem fumaças nem fontes quentes cercando-o, ele concentra em si toda a potência vulcânica e, com os raios da luz elétrica se misturando a seu feixe deslumbrante, cada gota se nuança com todas as cores do prisma.

— Vamos encostar — disse o professor.

Foi preciso evitar com todo cuidado aquela tromba-d'água que destruiria a jangada num instante. Hans manobrou com perícia e nos levou à extremidade oposta da ilhota.

Saltei na rocha. Meu tio me seguiu lépido e o caçador permaneceu no seu posto, imune a esse tipo de espanto.

Caminhamos sobre granito misturado a tufo silicioso. O solo estala sob nossos pés como os flancos de uma caldeira em que se comprime vapor superaquecido. Queima. Chegamos a um ponto de onde se vê uma pequena bacia central em que o gêiser se ergue. Mergulho um termômetro na água que escorre fervendo e ele marca um calor de 163°.

Aquela água então sai de uma central escaldante. Isso contradiz bastante as teorias do professor Lidenbrock e não posso deixar de fazer a observação.

— Ora! — ele responde. — Em que isso contraria a minha doutrina?

— Em nada — concluo a conversa em tom seco, vendo que esbarro numa absoluta teimosia.

Devo porém confessar que até o presente momento fomos singularmente favorecidos e que, por algum motivo que me escapa, a viagem prossegue dentro de condições particulares de temperatura. Parece-me entretanto evidente, certo, que chegaremos um dia a regiões em que o calor central alcançará os mais altos limites e ultrapassará todas as graduações dos termômetros.

126. Célebre fonte que jorrava ao pé do Hecla. (Nota do autor) [O Hecla é um vulcão de 1488 metros de altura, no sul da Islândia, e entrou em erupção recentemente, no ano 2000.]

O gêiser ergue-se majestosamente.

É o que veremos. Palavras do professor, que, depois de batizar a ilhota vulcânica com o nome do sobrinho, fez sinal de embarque.

Permaneço alguns minutos ainda contemplando o gêiser. Observo que o jato é irregular em suas irrupções, diminuindo às vezes de intensidade e em seguida retomando com renovado vigor, o que atribuo às variações de pressão dos vapores acumulados no reservatório.

Partimos afinal, contornando as rochas bem abruptas do sul. Hans tinha aproveitado a parada para alguns ajustes na jangada.

Antes de largar fiz ainda algumas observações para calcular a distância percorrida e anotei-as no diário. Atravessamos mil e oitenta quilômetros de mar desde Porto Graüben e estamos a dois mil quatrocentos e oitenta quilômetros da Islândia, sob a Inglaterra.

35

Sexta-feira, 21 de agosto. No dia seguinte o magnífico gêiser desapareceu. O vento ficou mais fresco e rapidamente nos afastamos da ilhota Axel, com o seu estrondear que pouco a pouco se extingue.

O tempo, se é que posso me exprimir assim, vai mudar não demora muito. A atmosfera se carrega de vapores que levam junto a eletricidade formada pela evaporação das águas salinas. As nuvens ficam nitidamente mais baixas, com uma tonalidade uniformemente oliva. Os raios elétricos mal conseguem atravessar essa opaca cortina baixada sobre o palco em que o drama das tempestades vai ser representado.

Sinto aquela estranha sensação que aflige todas as criaturas da Terra, diante da aproximação de um cataclismo. Os "cúmulos"[127] empilhados ao sul têm um aspecto sinistro. A mesma aparência "implacável" que tantas vezes observei no início de um temporal. O ar está pesado, o mar calmo.

De longe as nuvens parecem grandes bolotas de algodão amontoadas em divertida desordem. Pouco a pouco elas crescem e ganham em tamanho o que perdem em número. O peso é tal que não conseguem se desgrudar do horizonte, mas sob o sopro das altas correntes de ar elas progressivamente se fundem, escurecem e começam a mostrar uma superfície única, de aspecto assustador. Às vezes um novelo de vapores, ainda iluminado, bate nesse tapete cinzento e logo se incorpora à sua massa opaca.

É evidente que a atmosfera se satura de energia. Meu corpo está impregnado, os cabelos se eriçam na cabeça como quando a gente se aproxima de um aparelho elétrico. Tenho a impressão de que se os companheiros encostassem em mim nesse momento receberiam um choque violento.

Às 10h os sintomas do temporal se tornam mais críticos. É como se o vento se amenizasse para melhor juntar fôlego. A nuvem parece um odre imenso em que se acumulam tufões.

Não quero acreditar nas ameaças do céu, mas não consigo deixar de dizer:

— É um tempo ruim que se prepara.

127. Nuvens de formas arredondadas. (Nota do autor)

O professor não responde. Anda com terrível mau humor, vendo o oceano se prolongar indefinidamente à nossa frente. Apenas deu de ombros.

— Teremos um temporal — insisti, estendendo a mão para o horizonte —, as nuvens estão descendo como se fossem esmagar o mar.

Silêncio geral. O vento se cala. A natureza parece morta, sem nem respirar. No alto do mastro pisca um ligeiro fogo de santelmo,[128] a vela murcha cai em pesadas dobras. A jangada está imóvel no meio de um mar pesado e sem qualquer ondulação. Já que não avançamos, para que manter a vela que pode nos criar problema ao primeiro choque da tempestade?

— Vamos recolhê-la e descer o mastro! — sugeri. — É mais prudente.

— Com os diabos, não! — reagiu meu tio. — Cem vezes não! Que o vento nos leve! Que a borrasca nos carregue, mas que eu veja enfim os rochedos de uma costa, mesmo que a jangada se espatife em mil pedaços!

A frase nem foi terminada e, ao sul, o horizonte subitamente mudou de aspecto. Os vapores acumulados se liquefizeram e o ar, violentamente empurrado a preencher os vazios da condensação, se armou como tufão, vindo das extremidades mais recuadas da caverna, redobrando a obscuridade. Difícil continuar as anotações, mesmo que incompletas.

A jangada é projetada para cima, dá um salto. Meu tio é atirado ao piso da jangada e me arrasto até ele, que se agarra firme numa ponta de cabo e parece se divertir com o espetáculo dos elementos que se desencadeiam.

Hans não se mexe. Os cabelos compridos, que o ciclone agita, esvoaçam pelo rosto impassível e lhe conferem uma estranha fisionomia, pois fios cintilam com pontinhos luminosos, dando-lhe a expressão assustadora de um homem antediluviano, contemporâneo dos ictiossauros e dos megatérios.

O mastro, apesar de tudo, resiste. A vela se enfuna como uma bolha prestes a estourar. A jangada parte sob um impulso que não sei estimar ao certo, mas menos rápida que as gotas d'água deslocadas debaixo dela, que de tão velozes traçam linhas retas e nítidas.

— A vela! A vela! — grito fazendo sinal para descê-la.

— Não — responde meu tio.

— *Nej* — concorda Hans, movendo suavemente a cabeça.

A chuva, no entanto, forma uma catarata ensurdecedora diante do horizonte em direção ao qual corremos feito loucos. Mas, antes de chegarmos até ela, o véu de nuvens se arrebenta, o mar entra em ebulição e a eletricidade, produzida por uma intensa manifestação química que se opera nas camadas superiores, entra em ação. Aos estouros do trovão se misturam os dardos bri-

128. Fenômeno meteorológico que deve o seu nome a Erasmo de Formia (?-303), conhecido como santo Elmo ou são Telmo, padroeiro dos marinheiros. Trata-se de um resplendor branco-azulado, com aspecto de fogo, com frequência observado nos mastros dos barcos durante as tormentas elétricas no mar.

lhantes do raio. Relâmpagos incontáveis se entrecruzam em meio aos estrondos. A massa de vapores fica incandescente. O granizo que atinge o metal das ferramentas e das armas brilha luminoso. As ondas agitadas parecem morros ignívomos dentro dos quais arde um fogo interior, tendo cada uma, na crista, uma chama como penacho.

Meus olhos estão ofuscados pela intensidade da luz, os tímpanos estouram com a explosão do raio. Agarro-me ao mastro, que se dobra como um caniço sob a violência do tufão!!!

. . . .

[Minhas anotações de viagem ficaram nesse momento muito incompletas. Encontrei apenas algumas observações fugidias e registradas maquinalmente, por assim dizer. Mas a própria brevidade a que se limitam, e confusão, mostram bem o alvoroço que tomou conta de mim e repassam, melhor do que a memória, minha sensação.]

. . . .

Domingo, 23 de agosto. Onde estamos? Fomos carregados com incomensurável rapidez.

A noite foi pavorosa. O temporal não amainou. Estivemos o tempo todo sob constantes detonações. Os ouvidos latejam. Não se pode trocar uma palavra.

Os relâmpagos não param. Os zigue-zagues, após um jato rápido, voltam de baixo para cima, retrocedendo, e vão bater na abóbada de granito. Será que não vai desmoronar? Outros clarões se bifurcam ou tomam a forma de bolas de fogo que rebentam como bombas. O barulho geral nem por isso aumenta, pois ultrapassou o limite de intensidade que o ouvido humano percebe, e mesmo que toda a pólvora do mundo explodisse ao mesmo tempo nem por isso ouviríamos mais.

Há uma propagação contínua de luz na superfície das nuvens. A matéria elétrica incessantemente se desprende das suas moléculas. É evidente que os princípios gasosos do ar se modificam. Inúmeras colunas d'água se lançam na atmosfera e voltam a cair espumando.

Para onde estamos indo?... Meu tio está deitado ao comprido na ponta da jangada. O calor dobra de intensidade. Olho o termômetro, está indicando... [o número está apagado.]

Segunda-feira, 24 de agosto. Isso nunca vai acabar! Não é impossível que o estado dessa densa atmosfera, tendo se modificado, fique assim em definitivo.

Estamos exauridos. Só Hans não se altera. E a jangada, que prossegue na invariável direção sudeste. Fizemos mais de oitocentos quilomêtros desde a ilhota Axel.

Ao meio-dia a violência do ciclone redobra. Foi preciso amarrar firme todos os objetos da nossa bagagem e a nós mesmos. A água passa por cima da nossa cabeça.

Há três dias não se pode trocar uma palavra. Abrimos a boca, movemos os lábios e nenhum som reconhecível se produz. Mesmo ao pé do ouvido, ninguém se entende.

Meu tio se aproxima e articula algumas palavras. Creio que diz: "Estamos perdidos." Não tenho certeza.

Resolvo escrever e mostro a ele essas palavras: "Vamos recolher a vela."

Ele faz sinal concordando.

Nem teve tempo de terminar esse gesto com a cabeça e um disco de fogo aparece a bordo da jangada. O mastro e a vela se vão de uma só vez e fico olhando. Atingem uma prodigiosa altura, parecendo um pterodátilo, aquele pássaro fantástico dos primeiros séculos.

Estamos paralisados de medo. O disco, metade branco, metade azulado, do tamanho de uma bomba de dez polegadas, passeia devagar, mas com giros

Um disco de fogo aparece.

de surpreendente velocidade, no ritmo do tufão. Passa por todo canto, sobe numa das estacas da jangada, passa por cima do saco das provisões, desce um pouco, quica, passa perto da caixa de pólvora. Pânico! Vamos explodir! Não! O disco ofuscante se afasta. Aproxima-se de Hans, que o olha fixamente; de meu tio, que fica de joelhos para evitá-lo; e de mim, pálido e trêmulo sob o brilho da luz e do calor. Faz uma pirueta perto do meu pé, que tento recolher, sem conseguir.

Um cheiro de gás nitroso se espalha, penetra na garganta, nos pulmões. Sufocamos.

Por que não consigo mover o pé? Está pregado na jangada? Já sei! A queda desse globo elétrico imantou tudo que é ferro a bordo. Os instrumentos, as ferramentas e as armas se agitam e se chocam com uma vibração aguda. Os pregos dos meus sapatos ficaram firmemente presos numa placa de ferro incrustada na madeira. Por isso não consigo arrancar meu pé dali!

Finalmente, porém, com um violento esforço, consigo, e bem no momento em que a bola ia tragá-lo no seu movimento giratório, me levando junto, se…

Ah! Que luz intensa! O globo estoura! Somos cobertos por jatos incandescentes!

Depois tudo se apaga. Tive tempo de ver meu tio deitado na jangada, Hans ainda no leme, "cuspindo fogo" por causa da eletricidade que o atravessa!

Para onde estamos indo? Para onde?…

Terça-feira, 25 de agosto. Volto a mim depois de ficar desacordado por bom tempo. A tempestade continua, os relâmpagos se sucedem como uma ninhada de serpentes solta na atmosfera.

Continuamos no mar? Com certeza, e arrastados com uma velocidade incalculável. Passamos sob a Inglaterra, sob o canal da Mancha, sob a França, sob a Europa inteira, quem sabe!…

Ouve-se um barulho novo! É claro, de ondas que quebram em rochedos!… Isto quer dizer que…

36

Aqui termina o que chamei "diário de bordo" e que com muita sorte foi salvo do naufrágio. Retomo a narrativa como anteriormente.

Não sei dizer o que aconteceu durante o choque da jangada contra os recifes da costa. Senti que fui lançado à água e se escapei da morte, se meu corpo não foi estraçalhado nas pedras pontudas, foi porque o braço vigoroso de Hans me salvou do abismo.

O corajoso islandês me levou para fora do alcance das ondas e me deixou numa areia quente, ao lado do meu tio.

Em seguida voltou aos rochedos contra os quais se chocavam ondas furiosas, tentando salvar alguns restos do naufrágio. Eu não conseguia falar, estava moído de emoções e cansaço. Precisei de pelo menos uma hora para me recuperar.

A chuva diluviana, no entanto, continuava a cair, mas com a crescente intensidade que anuncia o final das tempestades. Alguns rochedos superpostos nos proporcionaram abrigo contra as torrentes que caíam do céu. Hans preparou alimentos que nem sequer pude provar e todos nós, exaustos por três noites sem dormir, caímos num doloroso sono.

No dia seguinte o tempo estava magnífico. Em comum acordo, céu e mar se acalmaram. Todo e qualquer sinal da borrasca tinha desaparecido. Foram palavras alegres do professor que me despertaram. Estava esfuziante e contente.

— E então, meu jovem, dormiu bem?

Era como se estivéssemos na casa da Königstrasse, eu tranquilamente descesse para o café da manhã e meu casamento com a querida Graüben fosse acontecer naquele dia mesmo.

Infelizmente, não era o caso! Por pouco que a tempestade tivesse lançado a jangada para leste, teríamos passado sob a Alemanha, sob minha querida cidade de Hamburgo, sob a rua em que se encontrava quem eu mais amo no mundo. E apenas cento e sessenta quilômetros nos separariam! Mas cento e sessenta quilômetros verticais, formando uma muralha de granito, ou seja, na realidade, mais de quatro mil quilômetros a atravessar!

Todas essas sofridas reflexões cruzaram rapidamente meu espírito antes de eu responder à pergunta de meu tio.

— Ah! Não quer me dizer se dormiu bem ou não?

— Otimamente — respondi. — Ainda moído, mas vai passar.

— Vai passar. Algum cansaço e só.

— Já meu tio parece bem animado esta manhã.

— Animadíssimo, jovem! Animadíssimo! Chegamos!

— Ao fim da expedição?

— Não, mas ao fim daquele mar que não acabava. Vamos retomar a via terrestre e realmente nos enfiar nas entranhas do globo.

— Tio, permita-me uma pergunta.

— Tem minha permissão, Axel.

— E a volta?

— A volta? Nem chegamos e já está pensando em voltar!

— Não, a questão é apenas como.

— Ora, da maneira mais simples do mundo. Depois de chegarmos ao centro desse nosso esferoide, encontraremos novo caminho de volta à superfície ou, da forma mais bem-comportada do mundo, refazemos o caminho percorrido. Não acredito que ele vá se fechar às nossas costas.

— Será preciso então colocar a jangada em bom estado.

— Com certeza.

— E as provisões? Temos suficientes para tudo isso?

— Temos sim. Hans é homem atilado e provavelmente salvou a maior parte da carga. Vamos, aliás, averiguar agora mesmo.

Deixamos aquela gruta aberta a todos os ventos. Eu tinha uma esperança que, ao mesmo tempo, causava medo: era impossível que o terrível impacto não tivesse estragado tudo o que a jangada transportava. Ledo engano. Chegando à praia, vi Hans no meio de uma quantidade de objetos bem-arrumados. Meu tio apertou a sua mão com claro sentimento de gratidão. O islandês, com uma dedicação sobre-humana que talvez não se encontre igual, havia trabalhado enquanto dormíamos e salvara nossos mais preciosos objetos, pondo sua vida em risco.

Não que não tivéssemos sofrido perdas importantes, como as armas, mas afinal não eram indispensáveis. O estoque de pólvora se manteve intacto, depois de quase ter explodido durante a tempestade.

— Bom — exclamou o professor —, já que não temos mais fuzis, não vamos mais à caça.

— Sei, mas e os instrumentos?

— Temos o manômetro, que é o mais útil e pelo qual teria dado todos os outros! Com ele posso calcular a profundidade e saber que atingimos o centro. Sem ele correríamos o risco de continuar até sair nos antípodas!

Seu bom humor era bem feroz.

— Mas e a bússola? — perguntei.

— Ali, em cima daquela rocha, em perfeito estado, assim como o cronômetro e os termômetros. Esse caçador é um companheiro e tanto!

Forçoso reconhecer que, em matéria de instrumentos, nada faltava... Quanto às ferramentas e aos outros materiais, percebi, espalhadas na areia, escadas, cordas, picaretas, enxadas etc.

Restava apenas a questão dos víveres a ser esclarecida.

— E as provisões? — indaguei.

— Vamos a elas.

As caixas que as continham estavam alinhadas na praia no mais perfeito estado de conservação. O mar havia respeitado a maioria e, no final das contas, em termos de biscoitos, carne salgada, genebra e peixes secos, tínhamos o bastante para quatro meses.

— Quatro meses! — festejou o professor. — Temos tempo de ir, voltar e, com a sobra, posso dar um grande jantar para os colegas do Johannaeum!

Já era para eu estar acostumado ao tipo de humor do meu tio, mas sempre me espantava.

— E agora — ele continuou —, vamos refazer nosso estoque de água com toda essa chuva que caiu nas bacias de granito. Com isso não corremos o risco de morrer de sede. Quanto à jangada, vou pedir a Hans que faça os reparos como puder, mesmo achando que não a utilizaremos mais!

— Por que não? — estranhei.

— Uma ideia minha, garoto! Tenho a impressão de que não sairemos por onde entramos.

Olhei para o professor meio desconfiado, me perguntando se não vinha enlouquecendo. No entanto, não imaginávamos o quanto estava certo...

— Vamos comer — disse ele.

Segui-o até uma ponta de terra mais alta, depois que ele passou algumas instruções a Hans. Carne-seca, biscoito e chá constituíram excelente refeição, confesso que uma das melhores que já fiz na vida. A necessidade, o ar livre, a calma após tanta agitação, tudo contribuía para abrir o apetite.

Durante esse almoço, perguntei se meu tio sabia onde nos encontrávamos.

— Deve ser difícil calcular — completei.

— Com exatidão sim — ele respondeu. — E inclusive impossível, já que nesses três dias de tempestade não pude registrar a velocidade nem a direção da jangada, mas podemos fazer uma estimativa.

— É verdade, a última observação foi feita na ilhota do gêiser...

— A ilhota Axel, rapaz. Não desdenhe a honra de ter dado o seu nome à primeira ilha descoberta no centro do maciço terrestre.

— Que seja! Até a ilhota Axel tínhamos feito mil e oitenta quilômetros por mar e estávamos a mais de dois mil e quatrocentos quilômetros da Islândia.

— Muito bem! Vamos então partir desses dados e contar quatro dias de tempestade, durante os quais nossa velocidade não deve ter sido inferior a trezentos e vinte quilômetros a cada vinte e quatro horas.

— Concordo. Seriam então mais mil e duzentos quilômetros a acrescentar.

— Exato. E o mar Lidenbrock tem então cerca de dois mil e quatrocentos quilômetros de uma costa a outra! Sabe, Axel, que pode competir em tamanho com o Mediterrâneo?

— Sobretudo se o tivermos atravessado pela largura e não pelo comprimento!

— O que é bem possível!

— Curiosamente — acrescentei —, se nossos cálculos estiverem certos, temos agora esse mesmo Mediterrâneo sobre as nossas cabeças.

— É exato!

— É sim, pois três mil e seiscentos quilômetros nos separam de Reykjavik!

— O que significa uma bela caminhada, garoto. Mas estamos sob o Mediterrâneo e não sob a Turquia ou o Atlântico se nossa direção tiver se mantido, sem desviar.

— Acredito, pois o vento parecia constante. Acho que este litoral fica a sudeste de porto Graüben.

— Será fácil confirmar com a bússola. Vamos consultá-la!

Bem-humorado, alegre, esfregando as mãos e fazendo poses, o professor se encaminhou à pedra em que Hans havia deixado os instrumentos. Parecia um menino! Fui atrás, bem curioso de saber se tinha me enganado nas estimativas.

Chegando ao tal rochedo, a agulha foi colocada na horizontal e observada. Depois de alguma oscilação, ela se fixou sob a influência magnética.

Meu tio olhou, esfregou os olhos e olhou de novo. Virou-se afinal para mim, estupefato.

— O que houve? — perguntei.

Fez sinal para que eu examinasse o instrumento. Deixei escapar uma exclamação de surpresa. A ponta da agulha apontava o norte onde supúnhamos estar o sul! Voltava-se para a terra e não para o mar!

Balancei a bússola e voltei a examinar. Funcionava perfeitamente. Podíamos forçar a agulha para qualquer lado, ela insistia em apontar a direção inesperada.

Não podia mais haver dúvida: durante a tempestade deixamos de perceber alguma reviravolta do vento e a jangada foi empurrada para rumos que o meu tio acreditava deixar para trás.

37

Seria impossível descrever a sucessão de expressões que sacudiram o professor Lidenbrock: surpresa, incredulidade e, finalmente, raiva. Nunca tinha visto alguém em tão pouco tempo passar da euforia à irritação. O cansaço da travessia, os perigos por que passamos, tudo teria que ser refeito! Tínhamos recuado em vez de ir em frente!

Mas ele rapidamente deu a volta por cima:

— A fatalidade está brincando comigo! Os elementos conspiram contra! O ar, o fogo e a água combinaram seus esforços para impedir que eu passe! Pois vão saber o que pode a minha vontade. Não desisto nem recuo um palmo. Veremos quem ganha, se o homem ou a natureza!

De pé em cima do rochedo, irritado e ameaçador, Otto Lidenbrock, como o persistente Ájax,[129] desafiava os deuses. Julguei melhor intervir e refrear um pouco aquele arrojo insensato.

— Ouça — disse com um tom firme. — Há um limite para todas as ambições nesse mundo. Não vá contra o impossível. Estamos mal preparados para outra viagem por mar. Dois mil quilômetros não se percorrem em cima de toras mal amarradas, uma vela improvisada com um cobertor e um pedaço de pau servindo de mastro, contra ventos enfurecidos. Não há como pilotar. Ficamos ao sabor da tempestade e vai ser loucura tentar pela segunda vez essa travessia impossível!

Desfiei uma série de razões, todas irrefutáveis, por dez minutos e não fui interrompido. Mas unicamente por desatenção do professor, que não ouvia uma palavra do meu raciocínio.

— Todos a bordo!

Foi a sua resposta. Eu podia fazer o que fosse, suplicar ou me irritar, mas trombaria sempre com aquela vontade mais dura que o granito.

Hans, nesse momento, terminava os reparos na jangada. Era como se aquele ser estranho já adivinhasse os projetos do meu tio. Com alguns pedaços

129. O herói grego, um dos mais atuantes no cerco à cidade de Troia narrado na *Ilíada*, de Homero, se revolta contra os deuses e é castigado com a loucura, suicidando-se de vergonha após recuperar a sanidade mental. A sua morte é contada em *Ájax*, de Sófocles, em *Nemeias*, de Píndaro e nas *Metamorfoses*, de Ovídio.

de *surtarbrandur* ele havia reforçado a embarcação. Uma vela já estava aberta e o vento brincava com suas dobras flutuantes.

O professor disse algumas palavras ao guia, que imediatamente embarcou as bagagens e preparou tudo para a partida. O tempo estava limpo e o vento do noroeste se mantinha.

O que fazer? Ir sozinho contra os dois? Impossível. Se pelo menos Hans me apoiasse. Mas não tinha jeito! O islandês parecia ter deixado de lado toda vontade pessoal e feito voto de abnegação. Eu nada conseguiria de servidor tão feudatário do seu amo. Teria que seguir em frente.

Já me preparava então para assumir na jangada meu posto de costume, mas meu tio me reteve.

— Só vamos partir amanhã — explicou.

Fiz um gesto de quem se resigna a qualquer coisa.

— Não posso descuidar de nada — ele continuou —, e, já que a fatalidade me lançou nesse trecho da costa, não vou sair daqui sem fazer um reconhecimento.

A observação é compreensível se considerarmos que tínhamos voltado para a costa norte, mas não ao ponto da nossa primeira partida. Porto Graüben ficava mais a oeste. Nada mais razoável, então, que examinar com atenção os arredores da nova aterrissagem.

— À descoberta! — concordei.

Deixando Hans entregue às suas ocupações, lá fomos nós. O espaço entre os rebaixos do mar e a base dos contrafortes era bastante amplo. Seria meia hora de caminhada até o paredão rochoso. Nossos passos esmagavam inúmeras conchinhas de todo feitio e tamanho, que abrigaram animais das primeiras eras. Vi igualmente carapaças com diâmetros que muitas vezes ultrapassavam quatro metros e meio. Haviam pertencido a gigantescos gliptodontes do período plioceno, dos quais nossa tartaruga moderna não é mais que uma pequena redução. Além disso o solo estava semeado de grande quantidade de restos pedregosos, seixos arredondados pela água e dispostos em sucessivas linhas. Fui então levado a pensar que o mar provavelmente havia ocupado aquele espaço antes. Nas rochas espalhadas e agora inacessíveis, as ondas tinham deixado marcas evidentes da sua ação.

Isso podia, até certo ponto, explicar a existência daquele oceano cento e sessenta quilômetros abaixo da superfície do globo. Na minha opinião, porém, a massa líquida se perdia pouco a pouco nas entranhas da Terra e era evidente que vinha das águas do oceano, infiltradas por alguma fenda. Tinha que admitir que a tal fenda em seguida se fechara, caso contrário toda aquela caverna, ou melhor, aquele imenso reservatório, teria se enchido completamente em pouco tempo. Talvez inclusive aquela água, tendo precisado lutar contra chamas subterrâneas, tivesse parcialmente evaporado. O que explicava não somente as nuvens suspensas acima da nossa cabeça, mas também a eletricidade que criava tempestades no interior do maciço terrestre.

Essa teoria para os fenômenos que havíamos presenciado me pareceu satisfatória, pois, por maiores que sejam as maravilhas da natureza, nunca deixam de ser explicáveis pelas leis da física.

Caminhávamos então numa espécie de terreno sedimentar, formado pelas águas como todos os terrenos desse período, tão amplamente distribuídos na superfície do globo. O professor examinava atentamente cada interstício de rocha. Bastava ver uma abertura qualquer que se sentia obrigado a sondar sua profundidade.

Por dois quilômetros acompanhamos a costa do mar Lidenbrock, quando então o solo subitamente mudou de aspecto. Parecia ter sido sacudido, convulsionado por uma irrupção violenta das camadas inferiores. Em muitos pontos, depressões ou protuberâncias indicavam um poderoso deslocamento do maciço terrestre.

Avançamos com dificuldade sobre lascas de granito misturadas com sílex, quartzo e depósitos de aluvião, até que um campo, ou melhor, uma planície de ossadas surgiu à nossa frente. Era como um cemitério imenso em que as gerações de vinte séculos confundiam seus pós eternos. Acentuados montinhos de detritos se dispunham em degraus ao longe. Ondulavam até os limites do horizonte e lá se perdiam numa bruma envolvente. Naquela área, por seis quilômetros quadrados, talvez, se acumulava toda a história da vida animal, que tão raramente se escreve nos solos mais recentes do mundo habitado.

Uma impaciente curiosidade nos empurrava. Com um barulho seco, nossos pés esmagaram restos de animais ante-históricos, fósseis raros e interessantes em geral disputados por museus de cidades grandes. A existência de mil Cuviers não bastaria para recompor os esqueletos dos seres orgânicos espalhados naquela magnífica ossada.

Eu estava siderado. Meu tio ergueu bem abertos os braços para a espessa abóbada que nos servia de céu. Com a boca desmedidamente aberta, os olhos fulgurantes por trás das lentes dos óculos, a cabeça balançando para cima e para baixo, para um lado e para o outro, toda a sua postura deixava transparecer uma surpresa sem limites. Estava diante de uma inapreciável coleção de leptotérios, de mericotérios, de lofópodes, de anoplotérios, de megatérios, de mastodontes, de protopitecos, de pterodátilos, de todos os monstros antediluvianos ali empilhados para o seu desfrute. Imaginem um bibliômano inveterado bruscamente transportado para aquela famosa biblioteca de Alexandria incendiada por Omar[130] que um milagre fizesse renascer das cinzas! Era como se encontrava meu tio, o professor Lidenbrock.

130. Uma das maiores bibliotecas do mundo antigo, criada no início do séc.III a.C. Há várias versões para a sua destruição e nada comprova a que insinua Jules Verne: de que teria sido incendiada a mando do califa Rashidun Omar ibn al-Khattab, em 642.

Uma planície de ossadas surgiu à nossa frente.

Mas foi ainda um maravilhamento maior quando, correndo por aquela poeira vulcânica, ele pegou um crânio limpo e gritou com voz emocionada:

— Axel! Axel! Uma cabeça humana!

— Uma cabeça humana, tio! — repeti, não menos estupefato.

— Exatamente, sobrinho! Ah, Milne-Edwards! Ah, Quatrefages![131] Por que não estão aqui onde eu, Otto Lidenbrock, estou?!

131. O francês Jean-Louis-Armand de Quatrefages de Bréau (1810-92) é o autor de *Histoire de l'homme. Unité de l'espèce humaine* (1867), opondo-se ao darwinismo. Para Milne-Edwards, ver nota 7.

38

Para entender essa evocação do meu tio aos ilustres estudiosos franceses, deve-se saber que um fato de alta importância em paleontologia havia ocorrido pouco tempo antes de partirmos.

Em 28 de março de 1863, durante a exploração das pedreiras de Moulin-Quignon, nas proximidades de Abbeville, no departamento do Somme, na França, os trabalhadores, sob a direção de Boucher de Perthes,[132] encontraram um maxilar humano a pouco mais de quatro metros da superfície do solo. Foi o primeiro fóssil dessa espécie trazido à luz. Perto dele havia machados de pedra e sílex talhados, coloridos e que o tempo havia coberto com uma pátina uniforme.

A repercussão da descoberta foi enorme, não somente na França, mas também na Inglaterra e na Alemanha. Vários estudiosos do Instituto Francês, entre os quais os srs. Milne-Edwards e Quatrefages, se entusiasmaram com o caso, demonstraram a indiscutível autenticidade da ossada e se tornaram ardentes defensores desse "processo do maxilar", segundo a expressão inglesa.

Aos geólogos do Reino Unido — Falconer, Busk, Carpenter e outros —,[133] que tinham o fato como certo, se juntaram cientistas alemães, entre os quais, na primeira fila, o mais arrebatado deles, meu tio Lidenbrock.

A autenticidade de um fóssil humano da época quaternária parecia então incontestavelmente demonstrada e aceita.

---

132. Boucher de Perthes (1788-1868), geólogo e arqueólogo francês, ficou conhecido por sua defesa da tese de um "homem antediluviano", bem mais antigo que o preconizado pela Igreja a partir dos estudos do teólogo James Ussher, que fixara a criação bíblica do mundo em 22 de outubro de 4004 a.C. Em 1844 Boucher de Perthes descobriu objetos fossilizados junto de uma ossada de grandes mamíferos, objetos que pareceram confirmar suas teses, sem conseguir porém convencer seus pares. Deu continuidade às buscas até a descoberta, em 1863, de um maxilar humano — que acabou se revelando falso, tendo sido "plantado" por operários a quem o arqueólogo havia prometido recompensa por qualquer vestígio humano que encontrassem.

133. Os paleontólogos britânicos Hugh Falconer (1808-65), George Busk (1807-86) e Benjamin Carpenter (1813-85), especializados em botânica o primeiro e em zoologia os dois outros, integravam uma comissão científica para o estudo do maxilar encontrado por Boucher de Perthes (ver nota anterior), reunida de 9 a 13 de maio de 1863, que se decidiu, não de forma unânime, pela sua autenticidade. A expressão "processo do maxilar" foi empregada por Carpenter em carta ao presidente dessa comissão, Milne-Edwards.

Essa tomada de posição, é verdade, teve um adversário insistente na pessoa de Élie de Beaumont.[134] Esse cientista de indiscutível autoridade sustentou que o terreno de Moulin-Quignon nada tem a ver com o "diluvium", tratando-se de camada mais recente. Buscando apoio em Cuvier, esse professor não admite que a espécie humana possa ser contemporânea de animais da época quaternária. Meu tio Lidenbrock, junto à grande maioria dos geólogos, manteve sua posição, discutiu, brigou, e o sr. Élie de Beaumont ficou mais ou menos isolado com o seu ponto de vista.

Sabíamos de todos esses detalhes, mas ignorávamos que, desde que partíramos, a questão tinha feito novos avanços. Outros maxilares idênticos, mesmo que de indivíduos de tipos diversos e nações diferentes, foram encontrados em terras móveis e cinzentas de certas grutas na França, na Suíça, na Bélgica, além de armas, utensílios, ferramentas, esqueletos de crianças, de adolescentes, de adultos, de velhos. A existência do homem quaternário se afirmava então cada vez mais.

E isso não era tudo. Restos recentemente exumados em terreno terciário pliocênico permitiram que especialistas mais audaciosos pleiteassem ainda maior antiguidade para a raça humana. Tais restos, é verdade, não são ossadas de homem, mas apenas objetos fabricados por ele, são tíbias ou fêmures de animais fósseis, estriados regularmente, esculpidos por assim dizer e apresentando sinais de um trabalho humano.

Com isso, o homem subiu de uma só vez um grande número de séculos na escala do tempo, precedendo o mastodonte e se tornando contemporâneo do *Elephas meridionalis*.[135] Passava a ter cem mil anos de existência,[136] sendo esta a data que os geólogos mais reputados dão para a formação do terreno plioceno!

Esse era o ponto em que se encontrava a ciência paleontológica e o que sabíamos bastava para explicar nossa atitude diante daquela ossada do mar Lidenbrock. São compreensíveis então a estupefação e a euforia de meu tio, sobretudo quando, vinte passos à frente, ele se viu diante — pode-se dizer que cara a cara — de um dos espécimes do homem quaternário.

Era um corpo humano perfeitamente reconhecível. Um solo de natureza particular, como o do cemitério Saint-Michel, em Bordeaux,[137] o teria conser-

134. O geólogo francês Léonce Élie de Beaumont (1798-1874), professor no Collège de France de 1832 a 1874. Seu mais importante trabalho foi o levantamento do mapa geológico da França.

135. O *Elephas meridionalis* é um mamute que viveu nos séculos do terciário, chegando aos do quaternário. Nos museus de história natural de Stavropol, na Rússia, de Denver, nos Estados Unidos, e de Paris, na França, encontram-se exemplares montados em bom estado de conservação.

136. Chegam a quase duzentos mil anos de idade os fósseis totalmente humanos já encontrados.

137. Por ocasião de uma obra na área anexa à basílica de Saint Michel, em 1791, descobriu-se um antigo cemitério e dezenas de corpos enterrados desde o séc.XI foram encontrados, em surpreendente estado de conservação, graça ao solo argiloso do local. Ficaram conhecidos como as "múmias" de Bordeaux.

Era um corpo humano perfeitamente reconhecível.

vado daquela forma ao longo dos séculos? Eu não saberia dizer. Mas aquele cadáver, de pele esticada e apergaminhada, membros ainda flexíveis — pelo menos aparentemente —, dentes intactos, cabelos abundantes, unhas dos dedos e do dedão do pé horrivelmente longas, se mostrava tal qual havia vivido.

Fiquei mudo diante daquela aparição de outra era. Meu tio, tão loquaz, tão impetuosamente falante em geral, também se calou. Erguemos o corpo e o endireitamos. Ele nos fitava com suas órbitas vazias. Apalpamos o tórax e ouvimos.

Após alguns instantes de silêncio, o tio finalmente cedeu vez ao professor. Arrebatado por seu temperamento, Otto Lidenbrock esqueceu as circunstâncias da viagem, o lugar em que nos encontrávamos, a imensa caverna em volta. Provavelmente achou estar no Johannaeum, lecionando diante dos alunos, pois assumiu um tom doutoral, dirigindo-se a um auditório imaginário:

— Senhores, tenho a honra de lhes apresentar um homem da época quaternária. Grandes especialistas negaram a sua existência e outros, não menores, a afirmaram. Os são Tomé[138] da paleontologia, presentes estivessem, o tocariam com a mão e seriam obrigados a reconhecer o erro. A ciência, bem sei, deve desconfiar de descobertas desse tipo! Não ignoro como pessoas como Barnum[139] e outros charlatões da mesma família exploraram fósseis humanos. Conheço a história da rótula de Ájax, do pretenso corpo de Orestes encontrado pelos espartanos e daquele outro, de Astérios, com cinco côvados de comprimento, mencionados por Pausânias.[140] Li os relatórios sobre o esqueleto de Trapani, descoberto no século XIV, que tentaram identificar como sendo o de Polifemo, assim como a história do gigante desenterrado no século XVI nos arredores de Palermo.[141] Os senhores, como eu, não ignoram a análise feita perto de Lucerna, em 1577, da grande ossada que o célebre médico Félix Platter declarava ser de um gigante com quase seis metros de comprimento![142] Devorei os tratados de Cassanion e uma quantidade de relatos, brochuras, discursos e contradiscursos publicados a respeito do esqueleto do rei dos cimbros, Teutobochus, o invasor da Gália, exumado num areal no Delfinado, em 1613![143] Vivesse no século XVIII, eu teria combatido ao lado de Pierre Camper

138. É famoso no Novo Testamento o episódio da incredulidade de Tomé, em que o discípulo duvidou da ressurreição e pediu a Jesus para tocar em suas chagas (João 29:24-29).

139. Dono de circo, o americano Phineas Barnum (1810-91) ficou famoso por suas farsas e embustes. Apresentava atrações como gêmeos siameses, um gigante da Islândia, sereias e monstros mumificados.

140. O geógrafo grego Pausânias (séc.II), em *Viagem histórica pela Grécia*, cita diversas curiosidades. Os ossos gigantescos encontrados perto de Salamina, onde teria se situado Troia, e que foram atribuídos ao herói Ájax, com uma rótula que media mais de oito centímetros, eram na verdade de um paquiderme. Astério, cujo corpo teria sido descoberto na ilha de Lidé, era rei de Anactoria, como era chamada em época mitológica toda essa região da cidade de Mileto, na atual Turquia (e um côvado equivalia a 66 centímetros). Já a história sobre o corpo de Orestes, filho dos reis Agamêmnon e Clitemnestra na mitologia grega, vem do geógrafo e historiador grego Heródoto, que narra a aventura em *História*, Livro I, LXVI-LXVIII.

141. O italiano Giovanni Boccaccio, em *Genealogia deorum* (1360/1374), fala da descoberta dos ossos de um gigante, em 1342, em uma gruta perto da cidade de Trapani, e o *Dictionnaire des merveilles de la nature* vol.1 (1781), de A.J.S.D., cita a descoberta casual, em 1547, do corpo de um gigante de dezoito côvados, perto de Palermo. Por se situarem na Sicília, onde se acredita ter vivido Polifemo — o ciclope que, na *Odisseia* de Homero, devorou vários companheiros do herói e acabou sendo enganado e morto por ele —, tais ossadas, que eram de paquidermes, passaram como sendo do gigante famoso.

142. Félix Platter (1536-1614) foi um anatomista suíço, e Georges Cuvier, em *Recherches sur les ossements fossiles de quadrupèdes* (1812), ironizou a análise rápida do "professor de medicina de Basileia", mostrando que os ossos eram de um quadrúpede.

143. Jean Chassanion (1531-98), pastor calvinista francês, escreveu um tratado, *De gigantibus* (1580), e em 1613, segundo o livro *Ontologie naturelle* (1864), de P. Flourens, um cirurgião, Mazurier, comprou dos operários que os haviam desenterrado num areal perto do castelo de

a favor da existência dos pré-adamitas de Scheuchzer![144] Tive nas mãos o texto denominado *Gigans*...

Ressurgiu nesse ponto aquela enfermidade natural do meu tio, que não conseguia pronunciar palavras difíceis em público.

— O texto denominado *Gigans*... — tentou ainda.

Não conseguia mais ir em frente.

— *Giganteo*...

Impossível! Não havia como a infeliz palavra sair! Todos no Johannaeum estariam rindo!

— *Gigantosteologia*[145] — conseguiu dizer o professor Lidenbrock entre dois palavrões.

Em seguida continuou, revigorado:

— Isso mesmo, senhores, de tudo isso eu sei! Sei também que Cuvier e Blumenbach identificaram esses ossos como sendo simplesmente de mamutes e de outros animais da época quaternária. Mas em nosso caso qualquer dúvida é um insulto à ciência! O cadáver aqui está! Podem ver, tocar! Não se trata de um esqueleto, mas de um corpo intacto, conservado com um intuito unicamente antropológico!

Preferi não contrariar essa afirmação.

— Se me fosse possível lavá-lo com uma solução de ácido sulfúrico — continuou meu tio —, faria sumir todas as partes terrosas e essas conchinhas brilhantes incrustadas. Mas não tenho comigo o precioso solvente. No entanto, tal como está, esse corpo já pode nos contar a sua história.

Nesse momento o professor pegou o cadáver fóssil e o manipulou com a habilidade dos que apresentam curiosidades em público.

— Como veem — retomou — não tem nem um metro e oitenta de comprimento e estamos longe dos pretensos gigantes. A raça a que pertence, no entanto, é incontestavelmente caucasiana. É de raça branca, a nossa! A caixa craniana desse fóssil é regularmente ovoide, sem maçãs desenvolvidas, sem projeção do maxilar. Não apresenta marca nenhuma desse prognatismo que

Chaumont ossos de um mamífero gigante e os levou a Paris, onde os exibiu dizendo terem sido retirados de um sepulcro gigante com a inscrição *Teutobochus rex*, lendário rei dos povos bárbaros cimbros que, vindos da atual Dinamarca, invadiram a Europa e foram afinal derrotados e exterminados pelos romanos na batalha de Vercelae, entre as atuais França e Itália, em 101 a.C.

144. O naturalista e biólogo holandês Petrus Camper (1722-89) foi o primeiro, em 1787, a mostrar que o fóssil apresentado em 1726 pelo médico e naturalista suíço Johann Jakob Scheuchzer (1672-1733), que pretensamente comprovava a existência de um homem anterior ao dilúvio bíblico, não passava de um lagarto petrificado.

145. *Gigantésteologie*, ou *Discours de os de géants* (1613), do cirurgião Nicolas Habicot, defendendo a autenticidade histórica de Teutobochus.

modifica o ângulo facial.[146] Meçam esse ângulo, tem quase 90°. Mas prossigo na trilha das deduções e ouso dizer que esse espécime humano pertence à família jafética,[147] disseminada entre a Índia e os limites da Europa ocidental. Não sorriam, cavalheiros!

Ninguém sorria, mas o professor estava tão acostumado a ver rostos se descontraírem assim durante suas eruditas dissertações!

— Sim — voltou ao discurso, mais animado ainda. — Aqui temos um homem fóssil e contemporâneo dos mastodontes cujas ossadas enchem esse anfiteatro. Mas dizer como chegou até aqui, como as camadas em que estava enterrado deslizaram até essa enorme cavidade do globo, é algo a que não me atrevo. É provável que, na época quaternária, perturbações consideráveis tenham ainda se manifestado na crosta terrestre. O contínuo resfriamento do globo produzia rachaduras, fendas e falhas pelas quais possivelmente deslizava uma parte do terreno superior. Não vou além, mas, em todo caso, o homem aqui está, cercado de obras de sua fabricação, machados e sílex talhados que constituíram a Idade da Pedra e, a menos que tenha vindo como eu, como turista, como pioneiro da ciência, não posso pôr em dúvida a autenticidade de sua antiquíssima origem.

O professor se calou e foi a minha vez de fazer pipocarem aplausos unânimes. Meu tio, diga-se, estava coberto de razão e mesmo outros, mais contundentes do que o seu sobrinho, se veriam em apuros para combatê-lo.

Outro indício. Aquele corpo fossilizado não era o único no imenso ossuário. Outros corpos se encontravam a cada passo que dávamos naquela poeira e meu tio poderia escolher o mais impressionante deles para convencer os incrédulos.

Na verdade, era um assombroso espetáculo aquele, com gerações de homens e animais amontoadas em tal cemitério. Uma questão grave contudo se apresentou, à qual não ousávamos responder: aqueles seres animados teriam escorregado por uma convulsão do solo até as margens do mar Lidenbrock já reduzidos a pó? Ou teriam vivido no mundo subterrâneo, sob o céu fictício, nascendo e morrendo como os habitantes da Terra? Até então apenas monstros marinhos e peixes tinham aparecido vivos! Algum homem do abismo vagaria ainda por aquelas praias desertas?

146. O ângulo facial é formado por dois planos, um mais ou menos vertical, que tangencia a testa e os dentes incisivos, outro horizontal, passando pela abertura dos condutos auditivos e a espinha nasal inferior. Chama-se prognatismo, em antropologia, essa projeção do maxilar que modifica o ângulo facial. (Nota do autor)

147. A família jafética, isto é, descendente de Jafé, um dos filhos do personagem bíblico Noé e que teria dado origem aos povos indo-europeus.

39

Por mais meia hora pisamos em camadas de ossos. Seguíamos sempre em frente, empurrados por ardente curiosidade. Quais outras maravilhas não encerraria aquela caverna, quais tesouros para a ciência? Meu olhar estava preparado para qualquer surpresa, minha imaginação, para qualquer espanto.

A orla marítima há tempos tinha desaparecido por trás das colinas do ossuário. O imprudente professor, pouco preocupado com o perigo de nos perdermos, ia me fazendo segui-lo. Avançávamos em silêncio, imersos em ondas elétricas. Por um fenômeno que não sei explicar e graças à sua difusão, naquele momento completa, a luz iluminava uniformemente as diversas faces dos objetos. Não existia um foco num determinado ponto do espaço e efeito nenhum de sombra se produzia. Como o meio-dia em pleno verão, nas regiões equatoriais, sob os raios verticais do sol. O vapor havia desaparecido por completo. Rochedos, montanhas distantes, algumas massas confusas de florestas afastadas ganhavam um estranho aspecto sob a invariável distribuição do fluido luminoso. Meu tio e eu parecíamos aquele personagem do conto fantástico de Hoffmann, que perdeu a sua sombra.[148]

Depois de caminhar dois quilômetros, chegamos à orla de uma floresta imensa, mas não como aqueles bosques de cogumelos das proximidades de porto Graüben.

Era a vegetação da época terciária em toda a sua magnificência. Grandes palmeiras de espécies já desaparecidas, extraordinárias palmáceas, ligadas por uma inextricável rede de lianas a pinheiros, teixos, ciprestes e tuias, representando a família das coníferas. Um tapete de musgos e hepáticas amaciava o chão e alguns riachos murmuravam sob a cobertura das árvores — sem que se pudesse dizer "à sombra das árvores". Nas margens cresciam fetos arborescentes semelhantes aos que se desenvolvem em estufas quentes do globo

148. Em 1813 o alemão Adelbert von Chamisso escreveu o romance *A fabulosa história de Peter Schlemihl*, em que o personagem principal vende a sua sombra ao diabo e corre o mundo tentando recuperá-la. Entusiasmado com a história, o também alemão E.T.A. Hoffmann (1776-1822) introduziu o mesmo Peter Schlemihl em seu conto "Aventuras da noite de são Silvestre" (1817), fazendo-o encontrar-se com um homem que havia perdido o reflexo no espelho.

Era a vegetação da época terciária em toda a sua magnificência.

habitado. Apenas faltava cor àquelas árvores, aos arbustos e às plantas, privados do vivificante calor do sol. Tudo se confundia numa tonalidade uniforme, amarronzada e desbotada. As folhas não tinham verdor e até as flores, tão frequentes na época terciária que as viu nascer, mostravam-se sem cor nem perfume, parecendo feitas de papel esmaecido pela ação do ar.

Meu tio Lidenbrock se aventurou por baixo daquela gigantesca mata e fui atrás, não sem certa apreensão. Já que a natureza havia criado ali formas para a alimentação vegetal, por que não teria criado também mamíferos temíveis? Viam-se, nas amplas clareiras deixadas pelas árvores derrubadas e corroídas pelo tempo, leguminosas, aceráceas, rubiáceas e mil outros arbustos comestíveis, apreciados por ruminantes de todos os períodos. Depois surgiam, em confusão e desordem, árvores de regiões completamente diferentes do globo, o carvalho crescendo ao lado da palmeira, o eucalipto australiano apoiado num pinheiro da Noruega, a bétula do Norte entrelaçando seus galhos aos do kauri zelandês. Os mais talentosos classificadores da botânica terrestre se veriam ali em maus lençóis.

De repente parei — e com a mão impedi que meu tio prosseguisse.

A luz difusa permitia que se percebessem os menores detalhes nas profundezas da mata. E eu achava ter visto... Não! Era inacreditável, com meus próprios olhos eu via formas imensas se moverem sob as árvores! Não havia dúvida, animais gigantescos, um rebanho inteiro de mastodontes! Não fósseis, mas vivos e semelhantes àqueles cujos restos foram descobertos em 1801 em pântanos de Ohio![149] Eram grandes elefantes e as trombas se agitavam sob as árvores como uma legião de serpentes. Eu ouvia o barulho das longas presas de marfim repercutir nos velhos troncos. Galhos se partiam e as folhas, arrancadas em quantidade considerável, desapareciam na enorme goela daqueles monstros.

O sonho em que eu vira renascer todo aquele mundo dos tempos ante-históricos, das eras terciária e quaternária, afinal se realizava! E estávamos ali, sozinhos nas entranhas do globo, à mercê dos seus terríveis habitantes!

Meu tio admirava.

— Vamos até lá — ele disse de repente, me puxando pelo braço. — Em frente, em frente!

— Não! — exclamei. — De jeito nenhum! Estamos sem armas! O que vamos fazer no meio desse rebanho de quadrúpedes colossais? Venha, tio, vamos sair daqui! Não há criatura humana que possa enfrentar impunemente a ira desses colossos.

— Criatura humana nenhuma, Axel? — respondeu meu tio baixando a voz. — Está enganado! Repare bem! Tenho a impressão de ver ali um ser vivo! Um ser semelhante a nós! Um homem!

Olhei sem levar a sério, decidido a me manter incrédulo até o fim. E, mesmo assim, fui obrigado a aceitar o evidente.

De fato, a menos de quinhentos metros, apoiado no tronco de um enorme kauri, um ser humano, um Proteu[150] daquelas regiões subterrâneas, um novo filho de Netuno, pastoreava o populoso rebanho de mastodontes!

Immanis pecoris custos, immanior ipse![151]

---

149. Foram descobertos em Ohio restos de dois espécimes, que o naturalista americano Charles Wilson Peale conseguiu reconstituir, em 1801, quase inteiros.

150. Na mitologia grega, Proteu é um dos filhos de Poseidon, o deus dos mares (a quem o deus romano Netuno é assimilado). Na *Odisseia* (IV, 349-570), ele aparece como pastor de focas marinhas.

151. Em latim no original: "Guardador de um rebanho de monstros, ele próprio mais monstruoso ainda", segundo tradução de Victor Hugo em suas anotações para *O corcunda de Notre Dame*, que traz a frase em latim como título de um de seus capítulos. Trata-se de uma citação

Exatamente! *Immanior ipse!* Não era mais o ser fóssil cujo cadáver havíamos erguido no ossuário, era um gigante capaz de comandar aqueles monstros. Sua estatura passava dos três metros e meio. A cabeça era grande como a de um búfalo e desaparecia num emaranhado de cabelos desgrenhados. Podia-se dizer uma verdadeira juba, semelhante à do elefante das primeiras eras. Empunhava um galho enorme, digno cajado para um pastor antediluviano.

Ficamos paralisados, pasmos. Mas podíamos ser vistos. Era preciso sair dali.

— Vamos, vamos! — eu dizia puxando meu tio, que pela primeira vez se deixou levar.

Mais quinze minutos e estávamos fora do campo de visão do temível inimigo.

Agora que penso nisso com calma e recuperei a tranquilidade, meses depois desse estranho e sobrenatural encontro, o que pensar, em que acreditar? Não! É impossível! Nossos sentidos se enganaram, nossos olhos não viram aquilo! Criatura humana nenhuma existe no mundo subterrestre! Geração nenhuma de homens habita as cavernas inferiores do globo, sem se preocupar com os habitantes da superfície, sem comunicação com eles! Isso é loucura, pura loucura!

Prefiro admitir a existência de algum animal com estrutura próxima da humana, algum macaco das primeiras eras geológicas, algum protopiteco, algum mesopiteco como o que Lartet descobriu no ossuário de Sansan![152] Mas aquele superava em estatura todas as medidas registradas pela paleontologia moderna! Pouco importa! Um macaco, isso mesmo, um macaco, por mais inverossímil que pareça! Mas um homem, um homem vivo e com ele toda uma geração perdida nas entranhas da Terra? Nunca!

Em todo caso, mudos de espanto deixamos a floresta clara e luminosa, aterrados por uma estupefação que beirava a idiotia. Corremos sem nos darmos conta. Uma verdadeira fuga, como as desabaladas carreiras a que somos obrigados em certos pesadelos. Instintivamente voltamos ao mar Lidenbrock e não sei em quais divagações minha mente se perdeu, sem uma preocupação que me levasse a observações mais práticas.

Apesar de ter certeza de estar num solo totalmente desconhecido para nós, eu muitas vezes identificava configurações de rochedos que lembravam as de porto Graüben. O que confirmava, aliás, a indicação da bússola e nosso retorno involuntário ao norte daquele mar. Chegavam às vezes a causar confusão. Centenas de riachos e cascatas escapavam de saliências das pedras, eu tinha a impressão de rever a camada de *surtarbrandur*, nosso fiel Hans-bach e

truncada do epitáfio do pastor Dafne, em *As bucólicas*, de Virgílio: "*formosi custos pecoris formiosor ipse*", "guardador de um belo rebanho, ele próprio mais belo ainda".

152. Édouard Lartet (1801-71) é um dos pioneiros da paleontologia francesa no séc.XIX. Descobriu em 1836 em Sansan, na França, o primeiro macaco fóssil, dando bases concretas à teoria evolucionista. Também fazia parte da "comissão do maxilar" mencionada na nota 133.

a gruta em que eu havia voltado à vida. Um pouco mais adiante, a disposição dos contrafortes, o surgimento de um riozinho, o perfil surpreendente de um rochedo voltaram a me colocar em dúvida.

Contei ao professor esse meu estranhamento. Ele também hesitava e não conseguia se orientar no meio daquele panorama uniforme.

— É evidente que não acostamos em nosso ponto de partida — eu disse —, mas a tempestade nos levou um pouco abaixo e se seguirmos o litoral voltaremos a porto Graüben.

— Nesse caso, de nada serve continuar essa exploração e é melhor voltarmos à jangada. Mas não está enganado, Axel?

— É difícil dizer, pois todos esses rochedos se parecem. Tenho a impressão, entretanto, de reconhecer o promontório em que Hans construiu a embarcação. Devemos estar perto daquele pequeno porto, se inclusive não for exatamente este — acrescentei, examinando uma enseada que me parecia familiar.

— Isso não, Axel, pois no mínimo veríamos traços da nossa passagem, e nada vejo...

— Mas eu sim! — exclamei, correndo para um objeto que brilhava na areia.

— O que é?

— Veja! — respondi.

E mostrei um punhal coberto de ferrugem que eu acabava de apanhar.

— Puxa! Tinha trazido essa arma com você?

— Eu não! Mas o senhor...

— De maneira alguma! — respondeu o professor. — Nunca tive esse objeto.

— É bem estranho, então!

— Nem tanto, Axel. Na verdade é simples. Os islandeses frequentemente carregam armas brancas, deve ser de Hans, que a perdeu...

Balancei a cabeça. Aquele punhal nunca havia pertencido a Hans.

— Quem sabe é a arma de algum guerreiro antediluviano! — empolguei-me. — De algum contemporâneo daquele pastor gigantesco? Não pode ser! Não é da Idade da Pedra! Sequer da de Bronze! É uma lâmina de aço...

Meu tio imediatamente me interrompeu naquela nova divagação e com seu tom frio disse:

— Calma, Axel, volte à razão. Esse punhal é do século XVI, uma verdadeira adaga como a que os fidalgos levavam à cintura para o golpe de misericórdia. É de origem espanhola. Não pertence a você nem a mim nem ao caçador. Menos ainda aos seres humanos que talvez vivam nessas entranhas do globo!

— Estaria dizendo...

— Basta ver, ela não ficou cega assim de tanto se enfiar na garganta das pessoas. A lâmina está coberta por uma camada de ferrugem que não é só de um dia, de um ano nem de um século!

Como de hábito, o professor ia se animando e se deixava levar pela imaginação:

— Axel, estamos na pista de grandes descobertas! Essa lâmina foi abandonada aqui na areia há cem, duzentos ou trezentos anos e se estragou nos rochedos desse mar subterrâneo!

— Mas não veio por conta própria! Não tem pernas! Alguém nos precedeu…

— Exatamente. Um homem.

— Um homem….

— Um homem que gravou o seu nome com esse punhal! Que mais uma vez quis marcar com a própria mão o caminho do centro! Vamos procurar, procurar!

Alvoroçadíssimos, vasculhamos o alto paredão, observando cada fenda que pudesse se transformar em galeria.

Chegamos assim a um ponto em que a praia se estreitava. O mar chegava a quase banhar a base dos contrafortes, deixando uma passagem de no máximo dois metros de largura. Entre duas pontas de pedra, podia-se ver a entrada de um túnel escuro.

Ali, numa placa de granito, apareciam duas letras misteriosas e semicorroídas, as duas iniciais do ousado e fantástico viajante:

— A.S.! — exclamou meu tio. — Arne Saknussemm! Sempre Arne Saknussemm!

40

Desde o início da viagem eu vinha passando por muitas surpresas. Devia estar a salvo de qualquer espanto, livre de qualquer deslumbre. No entanto, ver aquelas duas letras ali inscritas há trezentos anos me deixou num estado de assombro próximo da parvoíce. Não somente se podia ler na pedra a assinatura do erudito alquimista, mas eu tinha nas mãos o estilete com que ele a traçara. Seria preciso muita má-fé para pôr em dúvida a existência do viajante e a realidade da sua viagem.

Enquanto essas reflexões fervilhavam em minha cabeça, o professor Lidenbrock se empolgava numa homenagem um tanto ditirâmbica a Arne Saknussemm.

— Fabuloso gênio! — começou ele. — Nada esqueceste daquilo que pudesse abrir aos mortais os caminhos da crosta terrestre, e teus seguidores podem encontrar as pegadas há três séculos deixadas por teus pés no fundo desses subterrâneos obscuros! A outros olhares além do teu reservaste a contemplação dessas maravilhas. Teu nome gravado de etapa em etapa conduz diretamente à meta o viajante audacioso a ponto de seguir-te e, no centro mesmo do nosso planeta, inscrito por teu próprio punho, ele o encontrará uma vez mais. Também eu assinarei meu nome nessa última página de granito! Mas que desde já esse promontório visitado por ti, junto desse mar por ti descoberto, seja para sempre chamado cabo Saknussemm!

Foi mais ou menos o que ouvi, e me senti contagiado pelo transbordante entusiasmo dessas palavras. Um fogo interior se abrasou em meu peito! Tudo esqueci, tanto os perigos da vinda quanto os riscos da volta. O que outro havia feito eu queria também fazer e nada que fosse humano me pareceu impossível!

— Em frente, em frente! — foi minha vez de exclamar.

E já me lançava na direção da escura galeria quando o professor me conteve. Coube àquele homem impulsivo me aconselhar paciência e sangue-frio.

— Vamos antes voltar até onde Hans se encontra — disse — e trazer para cá a jangada.

Não sem dificuldade obedeci à ordem, e rapidamente enveredei pelos rochedos do litoral.

— Sabe, tio — disse, caminhando —, até aqui fomos singularmente favorecidos pelas circunstâncias!

— Acha mesmo, Axel?

— Certamente. Até mesmo a tempestade serviu para nos indicar o rumo certo. Bendito temporal! Trouxe-nos a esta costa, da qual um tempo bom nos teria afastado! Imagine só se tivéssemos dado de proa (proa de jangada!) no lado meridional do mar Lidenbrock, o que seria de nós? Não teríamos visto o nome de Saknussemm e estaríamos agora perdidos numa praia sem saída.

— Corretíssimo, Axel. Tem algo de providencial no fato de, navegando para o sul, termos voltado precisamente ao norte e ao cabo Saknussemm. Reconheço ser mais do que estranho, é algo para que realmente não tenho explicação.

— Nem precisa! Não temos por que explicar os fatos, mas simplesmente aproveitá-los!

— Está certíssimo, sobrinho, mas…

— Mas vamos retomar o caminho do norte, passar sob as regiões setentrionais da Europa: Suécia, Rússia, Sibéria, sei lá! Em vez de nos embrenharmos sob os desertos da África ou das ondas do Atlântico. Que diferença faz?

— Tem razão, Axel, tudo segue da melhor forma, pois vamos deixar esse mar horizontal que não nos leva a nada. Vamos descer, descer, sempre descer! Como sabe, para chegar ao centro do globo temos apenas mais seis mil quilômetros a atravessar!

— Bah! Nem vale a pena falar disso! Vamos lá! Vamos lá!

Essa conversa maluca ainda durava quando chegamos onde estava o caçador, que tudo preparara para uma partida imediata. Pacote nenhum deixava de estar a bordo. Tomamos nossos lugares na jangada e, de vela erguida, Hans nos dirigiu, seguindo o litoral, rumo ao cabo Saknussemm.

O vento não era favorável para aquele tipo de embarcação e em vários trechos foi preciso avançar com a ajuda dos nossos bastões com ponta de ferro. Rochedos à flor da água muitas vezes nos obrigaram a fazer desvios bem longos, mas finalmente, após três horas de navegação, isto é, por volta das 18h, chegamos a um lugar propício ao desembarque.

Saltei à terra, seguido por meu tio e o islandês. A travessia não conseguira me acalmar. Pelo contrário, até propus "destruir a frota" para impedir qualquer volta atrás. Mas meu tio foi contra. Eu começava a achá-lo um tanto medroso.

— Pelo menos vamos partir sem perda de tempo — insisti.

— Vamos sim, sobrinho, mas antes é melhor examinar essa nova galeria, para saber se não precisamos preparar as escadas de corda.

Meu tio acendeu o aparelho de Ruhmkorff e a jangada ali ficou, amarrada ao litoral. A entrada da galeria estava a apenas vinte passos e nossa pequena tropa, comigo à frente, se dirigiu para lá sem demora.

A abertura, mais ou menos circular, tinha um diâmetro de aproximadamente um metro e meio. O escuro túnel se escavara na rocha viva, fresado pelas matérias eruptivas que ali haviam aberto passagem. A parte inferior ficava tão no nível do chão que pudemos penetrar sem dificuldade alguma.

Seguíamos um plano quase horizontal quando, após um avanço de seis passos, vimos que uma enorme massa de pedra bloqueava o caminho.

— Maldito rochedo! — praguejei com raiva, diante do obstáculo intransponível.

Por mais que procurássemos de um lado e de outro, acima e abaixo, não havia passagem nenhuma, nem bifurcação. Eu estava extremamente decepcionado, sem querer admitir a realidade do obstáculo. Abaixei-me e olhei a parte de baixo do bloco. Nenhum vão. Em cima, a mesma barreira de granito. Hans clareou todas as saliências da parede, sem encontrar solução alguma que nos permitisse continuar. Teríamos que desistir de qualquer esperança de passagem.

Sentei-me no chão, meu tio ia e vinha, dando grandes passadas pelo corredor.

— E Saknussemm, como fez? — me revoltei.

— Será que foi impedido por essa porta de pedra? — questionou-se meu tio.

— Não e não — continuei na minha agitação. — Esse bloco de pedra fechou bruscamente a passagem depois de um abalo ou de um desses fenômenos magnéticos que sacodem a crosta terrestre. Muitos anos se passaram entre o retorno de Saknussemm e a queda dessa rocha. É evidente que essa galeria foi trajeto das lavas e na época as matérias eruptivas por aqui circulavam livremente. Veja só, há rachaduras recentes percorrendo esse teto de granito. Ele é feito de pedaços trazidos, de pedras enormes, como se a mão de algum gigante tivesse trabalhado nessa substrução. Mas um dia a pressão foi mais forte e esse bloco, como uma chave de abóbada que falhasse, veio abaixo, obstruindo a passagem. É um obstáculo acidental que Saknussemm não teve que enfrentar e, se não o superarmos, somos indignos de chegar ao centro do mundo!

Foi esse o meu discurso! Toda a verve do professor havia passado para mim. Eu estava inspirado pelo espírito das descobertas. Esquecia o passado, desdenhava o futuro. Nada mais existia na superfície do esferoide no interior do qual eu havia mergulhado: cidades, campos, Hamburgo, a Königstrasse, nem mesmo a pobre Graüben, que devia pensar que tinha me perdido para sempre nas entranhas da Terra.

— Pois então vamos nos revezar na enxada e na picareta até derrubarmos essas muralhas — sugeriu meu tio.

— É um material duro demais para a picareta.

— Então a enxada!

— Levaria tempo demais com a enxada!

— Então...

— A pólvora! Vamos abrir a mina e explodir o obstáculo!

— A pólvora!

— Isso! É só um pedaço de pedra a arrebentar!

— Hans, mãos à obra! — animou-se meu tio.

O islandês foi à jangada e rápido voltou com uma picareta, se servindo dela para abrir uma cavidade a se encher de pólvora. Não era um trabalho dos mais fáceis. Tratava-se de abrir um buraco grande o bastante para enfiar cinquenta libras de algodão-pólvora, que tem poder expansivo quatro vezes maior que o da pólvora de canhão.

Eu estava incrivelmente agitado. Enquanto Hans trabalhava, ajudei ativamente meu tio a preparar uma mecha comprida, feita com pólvora molhada e enfiada numa tripa de tecido grosso.

— Passaremos! — eu dizia.

— Passaremos! — repetia meu tio.

À meia-noite tínhamos terminado o trabalho de mineiros. A carga de algodão-pólvora estava socada na cavidade e a mecha percorria a galeria até o lado de fora.

Bastava apenas uma faísca para que todo aquele aparato se pusesse em ação.

— Amanhã — decretou o professor.

Tive que me resignar e esperar ainda seis longas horas!

41

O DIA SEGUINTE, quinta-feira, 27 de agosto, foi uma data importante naquela viagem subterrestre. Não volta à minha lembrança sem que o terror me faça disparar o coração. A partir daquele momento, nossa razão, nossa capacidade de julgamento, nossa engenhosidade não contaram mais e nos tornamos joguete dos fenômenos da Terra.

Às 6h estávamos de pé. Aproximava-se o momento de abrir passagem, com a pólvora, naquela camada de granito.

Pedi para ter a honra de pôr fogo na mina. Depois eu devia correr até os meus companheiros na jangada, que não tinha sido descarregada, e ganharíamos o largo, para nos protegermos dos eventuais riscos da explosão, cujos efeitos podiam não se limitar ao interior do maciço.

Pelos nossos cálculos, a mecha queimaria por dez minutos até o fogo chegar à cavidade da pólvora. Eu tinha então tempo suficiente para chegar à jangada.

Não sem certa emoção me preparei para cumprir a tarefa.

Depois de rápida refeição, meu tio e o caçador subiram a bordo e fiquei sozinho em terra. Tinha comigo uma lanterna acesa, que me serviria para acender a mecha.

— Vá, sobrinho, e volte imediatamente para junto de nós — disse meu tio.

— Fique tranquilo, tio, não vejo muito com que me distrair no caminho.

Fui para a entrada da galeria. Acendi a lanterna e peguei a ponta da mecha.

O professor tinha à mão o cronômetro.

— Está pronto? — ele gritou.

— Estou.

— Pois então fogo, rapaz!

Rapidamente aproximei do pavio a mecha, que crepitou ao contato, e corri para a beira d'água.

— Embarque — disse meu tio — e tratemos de nos afastar.

Com vigoroso empurrão, Hans nos lançou ao mar. A jangada se afastou uns quarenta metros.

Era grande a expectativa. O professor acompanhava o movimento do ponteiro do cronômetro sem despregar os olhos.

— Mais cinco minutos — dizia. — Quatro, três!

Já a minha pulsação marcava os meios segundos.

— Dois! Um!... Desmorone, montanha de granito!

O que então aconteceu? O barulho da detonação, propriamente, acho que não ouvi. Mas vi a forma dos rochedos subitamente se modificar, abrindo-se como uma cortina. Notei um insondável abismo se cavando à beira-mar. As águas, tomadas nessa vertigem, formaram uma onda enorme, na crista da qual a jangada se ergueu perpendicularmente, nos deixando, os três, estatelados sobre suas toras. Em menos de um segundo a luz deu lugar à mais profunda escuridão. Depois senti faltar apoio sólido, não a meus pés, mas à jangada. Achei que naufragava de uma só vez. Não foi o caso. Quis falar com meu tio, mas o barulho da água impediria que me ouvisse.

Apesar das trevas, do alvoroço, da surpresa e da emoção, entendi o que acabava de acontecer.

Mais além do rochedo que acabava de voar pelos ares havia um abismo. A explosão provocou uma espécie de terremoto naquele solo retalhado de fendas, um sorvedouro se criou e o mar, transformado em torrente, nos carregou junto.

Senti-me perdido.

Uma hora ou duas, não sei, se passaram nesse estado. Agarramo-nos uns nos outros para não sermos lançados fora da jangada, que se chocava às vezes com extrema violência contra a muralha. Esses choques foram no entanto se espaçando e concluí que a galeria se alargava consideravelmente. Sem dúvida era o caminho tomado por Saknussemm, mas, em vez de descermos a pé, por imprudência levávamos um mar inteiro conosco.

Tais ideias, como se pode imaginar, se apresentavam de forma vaga e obscura. Eu dificilmente as associava umas com as outras durante aquela corrida vertiginosa que mais parecia uma queda. A julgar pelo vento que me batia no rosto, a velocidade era maior que a dos trens mais rápidos. Acender uma tocha era então impossível, e nosso último aparelho elétrico tinha quebrado no momento da explosão.

Fiquei então surpresíssimo ao de repente ver brilhar uma luz perto de mim. O rosto calmo de Hans foi iluminado. O habilidoso caçador tinha conseguido acender a lanterna e, apesar de ser uma chama vacilante a ponto de quase se apagar, foram alguns clarões na pavorosa escuridão.

A galeria era ampla. Eu acertara. A claridade insuficiente não permitia que víssemos as duas paredes ao mesmo tempo. A inclinação do leito das águas que nos carregavam era maior que a das mais insuperáveis corredeiras da América. A superfície parecia composta de feixes de flechas líquidas atiradas com extraordinária força. Não tenho comparação mais exata para descrever a minha impressão. A jangada, presa em alguns redemoinhos, prosseguia às vezes aos rodopios. Quando se aproximava das paredes da galeria, eu direcionava para elas a luz da lanterna e podia me dar conta da velocidade, vendo as saliências da pedra se transformarem em traços contínuos, de forma que tínhamos a impressão de estarmos encerrados numa rede de linhas moventes. Estimei que nossa velocidade devia chegar a cento e vinte quilômetros por hora.

Meu tio e eu nos olhávamos ansiosos, encostados ao toco que restara do mastro, partido, no momento da catástrofe, como se fosse um palito. Ficávamos de costas para o vento a fim de não sermos asfixiados pela velocidade de um movimento que força humana nenhuma poderia interromper.

Horas se passaram. A situação não mudava, mas um incidente complicou-a ainda mais.

Tentando pôr em ordem nossa carga, notei que a maior parte dos objetos embarcados desaparecera no momento da explosão, quando o mar nos arrastou de forma tão violenta. Quis saber exatamente o que nos faltava e, de lanterna em punho, comecei a averiguar. Dos instrumentos, restavam apenas a bússola e o cronômetro. As escadas e cordas se reduziam ao pedaço de cabo enrolado em volta do toco de mastro. Nada de enxada, picareta ou martelo, mas a desgraça mais irreparável é que não tínhamos víveres sequer para um dia!

Vasculhei todos os vãos da jangada, os menores espaços entre as toras e a juntura das tábuas: nada! Um pedaço de carne-seca e alguns biscoitos eram tudo o que nos restava das provisões.

Fiquei olhando com uma expressão abestalhada, sem querer compreender! No entanto, qual perigo me preocupava? Mesmo que os víveres fossem suficientes para meses e anos, como sair dos abismos para onde nos levava a irresistível torrente? Por que temer as torturas da fome se a morte se anunciava sob tantas outras formas? Sequer teríamos tempo de morrer de inanição!

No entanto, por inexplicável peculiaridade da imaginação, eu esquecia o perigo imediato, pensando em ameaças futuras que se mostravam apavorantes. Quem sabe, aliás, escapássemos da fúria daquela torrente e voltássemos à superfície do globo. Como? Não saberia dizer. Onde? Não tinha a menor ideia! Uma chance em mil continua a ser uma chance, enquanto morrer de fome não deixa qualquer esperança, por menor que seja.

Pensei em contar a meu tio o que havia descoberto, mostrando a penúria a que estávamos reduzidos e calculando o tempo exato que nos restava de vida. Mas tive a coragem de me calar. Era melhor que ele guardasse todo o seu sangue-frio.

A luz da lanterna, nesse momento, começou pouco a pouco a diminuir, até se apagar completamente. A escuridão era total, sem que se pudesse nem mesmo pensar em como dissipar as trevas impenetráveis. Restava ainda uma tocha, mas seria impossível mantê-la acesa. Como uma criança, fechei os olhos para não ver mais toda aquela escuridão.

Depois de um espaço de tempo bastante longo, nossa velocidade dobrou. Percebi pela reverberação do ar no rosto. A descida pelas águas se tornara realmente excessiva. Na verdade, não deslizávamos mais, caíamos. A impressão era a de uma queda quase vertical. As mãos de meu tio e de Hans, firmes no meu braço, me seguravam com força.

De repente, depois de um tempo incalculável, senti algo como um choque. A jangada não havia trombado contra um obstáculo duro, mas subitamente teve a sua queda interrompida. Uma tromba-d'água, uma imensa coluna líquida golpeou sua superfície. Não pude mais respirar. Estava me afogando...

Mas a repentina inundação não durou. Em poucos segundos recuperei o fôlego e enchi plenamente os pulmões. Meu tio e Hans continuavam a me segurar o braço como se fossem quebrá-lo e a jangada prosseguia conosco a bordo.

42

Imagino que deviam ser umas 22h. O primeiro dos meus sentidos que voltou a dar sinal de vida depois daquele último abalo foi a audição. Quase imediatamente ouvi — pois realmente ouvi — o silêncio se sobrepor na galeria, depois do estardalhaço que há horas enchia nossos ouvidos. Essas palavras do meu tio chegaram a mim como um murmúrio:

— Estamos subindo!

— Como assim? — espantei-me.

— Subindo, estamos subindo!

Estiquei o braço e encostei no paredão. Minha mão se feriu de sair sangue. Subíamos com extrema rapidez.

— A tocha! A tocha! — pediu o professor.

Não sem dificuldade Hans conseguiu acendê-la e a chama, mantendo-se de baixo para cima, apesar do movimento em ascensão, iluminou suficientemente toda a cena.

— É exatamente o que eu pensava — disse meu tio. — Estamos num poço estreito, que não chega a oito metros de diâmetro. Depois de chegar ao fundo do abismo, a água volta a seu nível e nos eleva junto com ela.

— Para onde?

— Não tenho ideia, mas é melhor estarmos preparados para tudo. Subimos a uma velocidade que calculo ser de quatro metros por segundo, ou seja, duzentos e quarenta metros por minuto, ou mais de quatorze quilômetros por hora. Nesse ritmo, percorremos uma boa distância.

— Isso se nada nos interromper e se esse poço tiver uma saída! Se estiver obstruído, se pouco a pouco o ar se comprimir sob a pressão da coluna d'água, seremos esmagados!

— Axel — respondeu o professor com perfeita calma —, a situação é desesperadora, mas com algumas chances de salvação, e são essas que examino. A cada momento podemos morrer, mas a cada momento podemos também nos salvar. Vamos então tentar aproveitar as menores possibilidades.

— O que propõe?

— Recuperar forças comendo alguma coisa.

Olhei para ele alvoroçado. Precisaria dizer aquilo de que eu nem queria me lembrar:

A chama iluminou suficientemente toda a cena.

— Comer? — repeti.

— Isso mesmo, sem perder tempo.

E acrescentou algumas palavras em dinamarquês. Hans balançou a cabeça.

— Como? — alterou-se o meu tio. — Perdemos todas as provisões?

— Perdemos. Isto é tudo o que nos resta. Um pedaço de carne-seca para nós três.

Meu tio me olhava sem querer compreender minhas palavras.

— Acha ainda que podemos nos salvar? — perguntei.

Não tive resposta.

Uma hora se passou. Eu começava a sentir uma fome tremenda. Meus companheiros também, e nenhum de nós ousava tocar no mísero resto de comida.

Continuávamos, enquanto isso, a subir com extrema rapidez. Às vezes a velocidade nos cortava a respiração, como acontece com os aeronautas quando a ascensão é rápida demais. Enquanto eles, porém, padecem de um frio que aumenta na medida em que se elevam nas camadas atmosféricas, o efeito que sentíamos era exatamente o contrário. O calor aumentava de forma preocupante e provavelmente já havia chegado aos quarenta graus.

O que significava essa mudança? Até ali os fatos haviam dado razão às teorias de Davy e de Lidenbrock; até ali as condições particulares das rochas refratárias, da eletricidade e do magnetismo tinham modificado as regras gerais da natureza, criando para nós uma temperatura amena, uma vez que, para mim, a teoria do fogo central se mantinha a única verdadeira, a única explicável. Estaríamos indo para um meio em que esses fenômenos ocorriam em todo o seu rigor, com o calor levando as rochas a um completo estado de fusão? Era o que eu temia, e disse ao professor:

— Se não nos afogarmos nem formos esmagados, e também escaparmos da fome, vai nos restar ainda a possibilidade de sermos queimados vivos.

Ele se limitou a dar de ombros e voltou às suas reflexões.

Mais uma hora se passou e, exceto por um leve aumento da temperatura, incidente nenhum modificou a situação. Meu tio finalmente rompeu o silêncio:

— Bom, precisamos tomar uma decisão.

— Uma decisão? — estranhei.

— Exato. Devemos recuperar forças. Se tentarmos, economizando esse resto de comida, prolongar nossa existência por algumas horas, estaremos fracos até o fim.

— Um fim que não deve demorar.

— Se, entretanto, uma chance de salvação houver e um momento de ação for necessário, onde vamos buscar força para agir, se deixarmos a inanição nos enfraquecer?

— Mas, tio, devorado esse pedaço de carne, nada mais restará!

— Sei disso, Axel. E devorá-lo com os olhos por acaso vai nos alimentar? Está raciocinando como alguém sem vontade, alguém sem energia!

— E o senhor não se desespera? — gritei irritado.

— Não — foi a sua firme resposta.

— Acredita mesmo em alguma possibilidade de salvação?

— É claro que sim! Enquanto o coração bater, enquanto as veias pulsarem é inadmissível um ser dotado de vontade se entregar ao desespero.

Que palavras! A pessoa que as pronunciava — e naquelas circunstâncias — tinha realmente uma fibra fora do comum.

— Afinal — perguntei então —, o que pretende fazer?

— Comer o que resta de comida até a última migalha e recuperar as forças perdidas. A refeição será a última, é verdade, mas pelo menos seremos de novo homens, e não seres esgotados.

— Pois então devoremos tudo!

Meu tio pegou o pedaço de carne e os poucos biscoitos que haviam escapado do naufrágio. Repartiu igualmente por três e distribuiu as porções. Dava cerca de uma libra de alimento para cada um. O professor comeu com voracidade, numa espécie de ímpeto febril; eu sem prazer nenhum, apesar da fome, quase enojado; e Hans tranquila e moderadamente, mastigando pequenos pedaços sem fazer barulho e saboreando com a calma de quem não se preocupa com problemas futuros. Procurando, ele havia também encontrado um odre de genebra pela metade, nos ofereceu. O revigorante álcool conseguiu me animar um pouco.

— *Förträfflig!* — disse nosso guia, bebendo o seu gole.

— Excelente! — concordou meu tio.

Eu havia recuperado alguma esperança. Mas nossa última refeição se fora. Eram 5h.

O ser humano é feito de tal maneira que a sua saúde é um efeito puramente negativo: uma vez satisfeita a necessidade de se alimentar ele dificilmente imagina os horrores da fome. É preciso senti-los para compreender. De forma que, ao sair do longo jejum, alguns bocados de biscoitos e carne triunfaram sobre as dores passadas.

Depois dessa refeição, cada um se deixou levar pelas próprias reflexões. Com que sonhava Hans, esse homem do extremo Ocidente com toda a resignação fatalista dos orientais? Quanto a mim, meus pensamentos eram apenas recordações e estas me levavam de volta à superfície daquele globo que eu nunca devia ter deixado. A casa da Königstrasse, minha pobre Graüben e a dedicada Marthe passaram como visões e, através dos rumores lúgubres que percorriam o maciço, eu imaginava perceber o burburinho das cidades da Terra.

Já meu tio, "sempre entregue ao projeto", com a tocha em punho examinava atentamente a natureza dos terrenos, tentando reconhecer a situação pela disposição das camadas superpostas. Esse cálculo, ou melhor, essa estimativa não podia deixar de ser bastante aproximativa, mas um sábio é sempre um sábio enquanto conseguir manter o sangue-frio e, sem sombra de dúvida, o professor Lidenbrock possuía tal qualidade num grau extraordinário.

Eu o ouvia murmurando palavras da ciência geológica e, compreendendo-as, a contragosto fui me interessando por aquele estudo supremo.

— Granito eruptivo — ele dizia. — Estamos ainda na era primitiva, mas subindo, subindo! Quem sabe?

Quem sabe? Havia então esperança? Com a mão ele tocava na parede vertical e, instantes depois, continuava:

— Agora gnaisses! E micaxistos! Ótimo! Em breve os terrenos da era de transição e, em seguida…

O que queria dizer o professor? Conseguia medir a espessura da crosta terrestre acima da nossa cabeça? Tinha algum meio de fazer esse cálculo?

Não. Não tinha mais o manômetro e estimativa alguma podia substituir o instrumento.

No entanto a temperatura aumentava em forte proporção e eu me sentia imerso numa atmosfera abrasadora. Só conseguia compará-la ao calor em volta dos fornos de uma fundição em plena atividade. Em pouco tempo Hans, meu tio e eu tivemos que tirar nossos paletós e coletes; qualquer roupa incomodava, e isso para não dizer que chegava a causar sofrimento.

— Será que estamos subindo para um foco incandescente? — gritei, num momento em que o calor parecia redobrar.

— Não — respondeu meu tio —, seria impossível! Impossível!

— No entanto — continuei, encostando a mão na parede —, essa muralha está queimando!

Dizendo isso, minha mão mergulhou na água e retirei-a rápido.

— A água está fervendo! — gritei.

O professor dessa vez respondeu apenas com um gesto de raiva.

Então um medo devorador tomou conta do meu cérebro e não o deixou mais. Eu tinha a sensação de uma iminente catástrofe, tamanha que nem a mais audaciosa imaginação poderia conceber. Um pensamento, de início vago, incerto, foi se estabelecendo como certeza em minha mente. Eu o afastava, mas ele voltava obstinadamente. Não me atrevia a formulá-lo. Porém algumas observações involuntárias determinaram minha convicção. Sob a claridade vacilante da tocha, notei movimentos desordenados nas camadas graníticas; era evidente que um fenômeno ia se produzir, no qual a eletricidade teria um papel. Além disso, aquele calor excessivo, a água fervendo… Quis observar a bússola.

Ela havia enlouquecido!

43

Isso mesmo, louca! A agulha ia de um polo a outro com bruscas sacudidas, percorria todos os pontos do quadrante e girava como sob o efeito de vertigens.

Eu sabia perfeitamente que, segundo as teorias mais aceitas, a crosta mineral do globo nunca se encontra em estado de repouso absoluto; as modificações causadas pela decomposição das matérias internas, a agitação resultante das grandes correntes líquidas e a ação do magnetismo tendem a agitá-la incessantemente, mesmo que os seres espalhados na superfície nem desconfiem de toda essa atividade. O fenômeno não teria então me assustado ou pelo menos não faria nascer em mim o tal pensamento terrível.

Mas outros fatos e certos detalhes sui generis não permitiram que eu continuasse a me iludir. Detonações se multiplicavam com assustadora intensidade. Eu só podia compará-las ao barulho que fariam várias carroças correndo num piso pavimentado. Uma trovoada contínua.

Além disso a bússola, enlouquecida pelos fenômenos elétricos, confirmava minha opinião. A crosta mineral corria o risco de se romper, os maciços graníticos se juntariam, a fenda se preencheria sem deixar vazio algum e nós, pobres átomos, seríamos esmagados no formidável estreitamento.

— Tio, tio! — desesperei-me. — Estamos perdidos!

— Que medo é esse agora? — ele respondeu com surpreendente calma. — O que deu em você?

— O que deu em mim?! Observe essas muralhas que se agitam, o maciço que se desloca, o calor tórrido, a água que ferve, os vapores ficando mais densos, a bússola enlouquecida: são indícios de um terremoto!

Meu tio apenas balançou a cabeça.

— Um terremoto?

— Isso mesmo!

— Acho que se engana, meu rapaz!

— Como, não reconhece os sintomas?

— De um terremoto? Não! Espero coisa melhor!

— O que quer dizer?

— Uma erupção, Axel.

— Uma erupção! Estamos na chaminé de um vulcão em atividade!

— É o que acho — disse o professor com um sorriso. — E é o que de melhor pode nos acontecer!

O que de melhor pode nos acontecer! Teria enlouquecido, o meu tio? O que significavam essas palavras? Por que tanta calma e também aquele sorriso?

— Como? Estamos presos no meio de uma erupção? A fatalidade nos lançou no caminho de lavas incandescentes, de rochas em chamas, de águas ferventes e quantidade de matéria eruptiva! Seremos empurrados, expulsos, vomitados, lançados no espaço com pedras inteiras, chuva de cinzas e escórias num turbilhão incendiário e é o que de melhor pode nos acontecer?

— Exatamente — respondeu meu tio me olhando por cima dos óculos —, pois é nossa única chance de voltar à superfície da Terra!

Repasso a toda velocidade as mil ideias que se atropelaram no meu cérebro. Meu tio estava certo, absolutamente certo, e nunca ele me pareceu mais audacioso nem mais seguro de si do que naquele momento em que esperava e analisava com calma as possibilidades de uma erupção.

E continuávamos a subir. Atravessamos a noite nesse movimento ascendente. O tumulto ao redor aumentava e eu quase não conseguia respirar, achando ter chegado minha última hora. No entanto, a imaginação funciona de modo tão estranho que eu me deixava levar por uma pesquisa realmente infantil. Eram, na verdade, os pensamentos que se impunham, sem que eu tivesse qualquer domínio sobre eles!

Evidentemente estávamos sendo impulsionados por uma força eruptiva. Sob a jangada havia água em ebulição e sob essa água toda uma pasta de lava, um agregado de rochas que, no topo da cratera, se dispersaria para todos os lados. Estávamos na chaminé de um vulcão. Não havia dúvida quanto a isso.

Dessa vez, porém, em vez do Sneffels, que é um vulcão extinto, estávamos em outro, em plena atividade. Eu me perguntava então que montanha seria aquela e em que parte do mundo seríamos projetados.

Numa região setentrional, sem dúvida. Antes de enlouquecer, a bússola nunca havia variado com relação a isso. A partir do cabo Saknussemm, tínhamos sido levados diretamente ao norte por centenas de quilômetros. Estaríamos de novo sob a Islândia? Seríamos lançados pela cratera do Hecla ou de algum dos sete outros vulcões da ilha? Num raio de dois mil quilômetros a oeste, eu via sob esse paralelo apenas vulcões pouco conhecidos da costa noroeste da América. A leste, somente um, na latitude de 80°, o Esk, na ilha Jan Mayen, perto do arquipélago de Spitzberg! É bem verdade, crateras não faltavam e suficientemente espaçosas para vomitar um exército inteiro! Qual nos serviria de porta de saída era o que eu tentava adivinhar.

Pela manhã, o movimento de ascensão se acelerou. Em vez de diminuir, o calor aumentava com a aproximação da superfície, mas de forma puramente local e devido à influência vulcânica. O que nos propulsionava não deixava mais qualquer dúvida: uma força enorme, força de várias centenas de atmosferas, produzida pelos vapores acumulados no interior da Terra, era o que nos empurrava irresistivelmente. Mas nos expondo a incontáveis perigos!

Reflexos alaranjados começaram a penetrar na galeria vertical que se alargava e percebi, tanto à direita quanto à esquerda, corredores profundos, imensos túneis por onde escapavam densos vapores, com línguas de fogo que lambiam as paredes crepitando.

— Veja, tio, veja! — gritei.

— Era de se esperar! São chamas sulfurosas, normais numa erupção.

— E se nos atingirem?

— Não nos atingirão.

— E se nos sufocarem?

— Não nos sufocarão. A galeria se alarga e, se for preciso, abandonaremos a jangada para nos abrigar em alguma reentrância.

— Mas e a água? A água que sobe?

— Não há mais água, Axel, e sim uma espécie de pasta lávica que nos fará subir à abertura da cratera.

A coluna líquida tinha de fato desaparecido, substituída por matérias eruptivas bem densas, ainda que em ebulição. A temperatura estava ficando insuportável e se tivéssemos um termômetro ele marcaria mais de 70°! Eu estava alagado de suor. Não fosse a velocidade, certamente sufocaríamos.

O professor felizmente não deu sequência à proposta de abandonar a jangada. Aquelas poucas toras mal amarradas ofereciam uma superfície sólida, um ponto de apoio como não haveria igual por ali.

Por volta das 8h, uma novidade. O movimento ascensional parou por completo, deixando a jangada perfeitamente imóvel.

— O que houve? — perguntei, abalado com a súbita parada como se fosse um choque.

— Uma pausa — respondeu meu tio.

— Será que a erupção está se acalmando?

— Espero que não.

Fiquei de pé e tentei ver em volta. Quem sabe a jangada estivesse presa em alguma saliência da rocha, criando uma resistência momentânea à massa eruptiva. Se fosse o caso, deveríamos soltá-la o mais rapidamente possível.

No entanto, não. A coluna de cinzas, escórias e lascas de pedra tinha igualmente parado de subir.

— Será o fim da erupção? — alarmei-me.

— Ai, meu jovem! — respondeu meu tio cerrando os dentes. — É um medo seu, mas fique tranquilo, esse momento de calma não vai se prolongar. Já está durando cinco minutos, mas logo vamos retomar a ascensão até a abertura da cratera.

Dizendo isso, o professor não tirava os olhos do cronômetro e mais uma vez estava certo em seus prognósticos. De maneira rápida e desordenada, a jangada recuperou o movimento por mais ou menos dez minutos e novamente parou.

— Bom — disse meu tio observando a hora —, dentro de dez minutos voltamos a subir.

— Dez minutos?

— Isso. Trata-se de um vulcão com erupção intermitente. Deixa que respiremos com ele.

Estava certíssimo. No momento previsto, tornamos a partir com extrema rapidez. Era preciso agarrar-se às toras para não ser lançado fora da jangada. Depois, nova parada no impulso.

Refleti desde então sobre aquele singular fenômeno, sem encontrar uma solução satisfatória. Parece-me entretanto evidente que não estávamos na chaminé principal do vulcão e sim num duto acessório, em que acontecia um efeito de retorno.

Quantas vezes se repetiu essa manobra, eu não saberia dizer. Tudo o que posso afirmar é que a cada retomada éramos lançados com uma força crescente, como se estivéssemos a bordo de um verdadeiro projétil. Nos intervalos

Vagas de lava faziam a jangada ondular.

quase sufocávamos e nos momentos de projeção o ar escaldante cortava a respiração. Por um instante pensei no prazer que seria me encontrar subitamente numa região hiperbórea, com um frio de trinta graus negativos. Minha imaginação exagerada já passeava por planícies nevadas de terras árticas e eu sonhava com o momento em que pudesse rolar pelos tapetes gelados do polo! Pouco a pouco, aliás, sacudido pelos solavancos repetitivos, o desvario tomou conta de mim e, não fosse o firme apoio de Hans, por diversas vezes eu teria dado com a cabeça no paredão de granito.

Com isso não guardei lembrança precisa do que ocorreu nas horas seguintes. Tenho a impressão confusa de ouvir detonações contínuas. Lembro de uma agitação do maciço e da jangada aprisionada num movimento giratório, ondulando em vagas de lava, em meio a uma chuva de cinzas. Chamas crepitantes a envolveram. Um furacão que parecia empurrado por um gigantesco ventilador agitava o fogo subterrâneo. Por uma última vez a imagem de Hans surgiu num reflexo de incêndio. Nada mais senti, a não ser o pavor sinistro que experimentam os condenados acorrentados à boca de um canhão no momento em que o tiro dispersa os seus membros no ar.

44

Quando voltei a abrir os olhos, senti a mão vigorosa do guia me segurando pela cintura. Com a outra mão ele dava apoio a meu tio. Eu não me ferira com gravidade, mas tinha o corpo inteiramente extenuado. Vi que estava deitado na encosta de uma montanha, a dois passos de um precipício no qual o menor movimento me faria despencar. Hans me salvara da morte, no momento em que rolei pelas encostas da cratera.

— Que lugar é esse? — perguntou meu tio, que parecia bem irritado de ter voltado à superfície.

O caçador deu de ombros. Ignorava completamente.

— Na Islândia? — perguntei.

— *Nej* — respondeu Hans.

— Como não? — revoltou-se o professor.

— Hans se engana — disse eu, me levantando.

Após as inumeráveis surpresas dessa viagem, outra, assombrosa, ainda nos fora reservada. Eu me preparara para ver um cone coberto de neves eternas, no meio de áridos desertos da região setentrional, sob os pálidos raios do céu polar, para além das mais altas latitudes e, contrariando todas essas previsões, meu tio, o islandês e eu estávamos estirados na meia-encosta de uma montanha calcinada pelo calor do sol, que nos dardejava com seus raios.

Não queria crer no que via, mas o fato de meu corpo estar sendo literalmente cozido não permitia dúvida alguma. Tínhamos saído seminus da cratera e o astro radioso, ao qual nada pedíamos há dois meses, se mostrava pródigo em luz e calor, derramando à vontade sobre nós uma esplêndida irradiação.

Assim que meus olhos se acostumaram com a luminosidade a que tinham se desabituado, empreguei-os para reparar os erros da imaginação. Eu queria no mínimo estar na ilha Spitzberg e não me sentia disposto a desistir facilmente dessa ideia.

O professor foi o primeiro a falar:

— É verdade, não se parece nada com a Islândia.

— Talvez a ilha Jan Mayen? — tentei ainda.

— Também não, meu rapaz. De forma alguma estamos num vulcão do norte, com suas colinas de granito e calota de neve.

— Mas…

— Basta olhar, Axel, veja!

Acima de nós, a uns cento e cinquenta metros no máximo, via-se a cratera do vulcão, que deixava escapar, de quinze em quinze minutos, com forte detonação, uma alta coluna de chamas, a que se misturavam pedras-pomes, cinzas e lavas. Podiam-se sentir as convulsões da montanha que, lembrando uma baleia, soltava de vez em quando um esguicho de fogo e ar por seu respiradouro enorme. Abaixo, por uma descida bastante íngreme, as camadas de matérias eruptivas se estendiam por uma profundidade de setecentos a duzentos e quarenta metros, o que não conferia ao vulcão uma altura de duzentos metros. Sua base desaparecia num verdadeiro buquê de árvores verdes, entre as quais eu reconhecia oliveiras, figueiras e vinhas carregadas de cachos vermelhos.

De fato, tínhamos que admitir, não era uma paisagem das regiões árticas.

Quando a vista ia além dessa faixa verdejante, logo se perdia nas águas de um mar admirável, ou um lago, que fazia daquela terra encantada uma ilha com largura de apenas alguns quilômetros. A leste, adiante de algumas casas, via-se um pequeno porto, onde navios de forma singular balançavam ao sabor de ondinhas azuis. Mais além, ilhotas emergiam da planície líquida, em tal quantidade que era como um vasto formigueiro. Na direção do poente, litorais longínquos se arredondavam no horizonte. Em alguns se perfilavam montanhas azuladas, de harmoniosa conformação, e em outros, mais distantes ainda, aparecia um cone prodigiosamente alto, no topo do qual tremulava um penacho de fumaça. Ao norte, uma imensa extensão de água cintilava sob os raios solares, deixando apontar aqui e ali a extremidade de um mastro ou a convexidade de uma vela enfunada ao vento.

O inesperado do espetáculo centuplicava aquela maravilhosa beleza.

— Onde é que estamos, onde? — eu repetia a meia-voz.

Hans fechava os olhos com indiferença e meu tio olhava sem compreender.

— Seja lá qual for esta montanha — disse ele finalmente —, está um tanto quente aqui. As explosões não param e realmente seria o cúmulo escapar de uma erupção e receber um pedaço de rochedo na cabeça. Vamos descer e descobriremos alguma coisa. Aliás, estou morrendo de fome e de sede.

Decididamente o professor não era um espírito contemplativo. Dependesse de mim, esquecendo a necessidade e o cansaço, eu ficaria ali por mais boas horas, mas precisei seguir os companheiros.

A encosta do vulcão era bastante íngreme e deslizamos em verdadeiros lamaçais de cinzas, esquivando-nos dos riachos de lava que desciam como serpentes de fogo. Pelo caminho, eu ia falando aos borbotões, com a imaginação ativa demais para poder me manter calado.

— Estamos na Ásia — declarei —, nas costas da Índia, nas ilhas da Malásia, em plena Oceania! Atravessamos a metade do globo e chegamos aos antípodas da Europa.

— E a bússola? — contrapôs meu tio.

— Bom, a bússola... — expliquei embaraçado. — Se formos acreditar nela, sempre avançamos para o norte.

— Então ela mentiu?

— Ah, mentiu!

— A menos que estejamos no polo Norte!

— O polo? Não, mas...

Havia realmente algo inexplicável. Eu não sabia mais o que pensar.

Em todo caso, nos aproximamos do verde, tão agradável de se ver. A fome me torturava e a sede também. Felizmente, após duas horas de caminhada, chegamos a um belo campo totalmente coberto de oliveiras, romãzeiras e vinhas que pareciam não ter dono. Diga-se que estávamos num estado em que era aconselhável não deixar que nos olhassem muito de perto. Que alegria foi espremer aqueles frutos saborosos na boca e devorar cachos inteiros de uvas vermelhas! Perto dali, na relva, à sombra amiga das árvores, descobri uma fonte de água fresca em que mergulhamos inebriados nossos rostos e mãos.

Enquanto nos entregávamos assim às delícias do descanso, uma criança surgiu entre duas oliveiras.

— Vejam só — exclamei —, um habitante desta feliz região!

Era um pobrezinho, vestido bem miseravelmente, meio enfermiço e a quem o nosso aspecto parecia assustar bastante. De fato, seminus e com a barba desgrenhada, causávamos péssima impressão e, a menos que a região fosse uma terra de salteadores, só podíamos mesmo assustar seus moradores.

No momento em que o menino ia fugir, Hans correu até ele e trouxe-o a nós, apesar dos seus gritos e pontapés.

Meu tio começou tentando tranquilizá-lo da melhor maneira e perguntou em bom alemão:

— Como se chama essa montanha, amiguinho?

O menino não respondeu.

— Bom — disse meu tio —, pelo visto não estamos na Alemanha.

Repetiu a pergunta em inglês.

O menino continuou calado. Eu estava bem curioso.

— Será que é mudo? — exclamou o professor que, orgulhoso do seu poliglotismo, passou para o francês.

Mesmo silêncio.

— Tentemos então o italiano — continuou meu tio, dizendo nessa língua: — *Dove noi siamo*?

— Isso! Onde estamos? — repeti impaciente.

Nada de a criança responder.

— Que diabo! Vai falar ou não vai? — começou a se irritar o meu tio, já sacudindo o moleque pelas orelhas. — *Come si noma questa isola?*

Meu tio, seminu e ajeitando os óculos no nariz, voltava a ser o terrível professor de mineralogia.

— Stromboli — respondeu o pastorzinho, escapando das mãos de Hans e fugindo entre as oliveiras.

Não tínhamos nem cogitado! Stromboli! Que efeito esse nome inesperado causou em mim! Estávamos em pleno Mediterrâneo, no meio do arquipélago eólico de mitológica memória, na antiga Strongyle, onde Éolo mantinha acorrentados ventos e tempestades.[153] Aquelas montanhas azuladas que se arredondavam no levante eram então as montanhas da Calábria! E o vulcão sobressaindo no horizonte, ao sul, o Etna, simplesmente o indomável Etna.

153. Na mitologia grega, Éolo é o deus dos ventos e morava nessa ilha, visitada por Ulisses em sua demorada volta para casa, depois da guerra de Troia.

— Stromboli, Stromboli! — eu repetia.

Meu tio me acompanhava com os mesmos gestos e palavras. Parecíamos estar cantando em coro!

Realmente, que viagem! Que viagem maravilhosa! Entramos por um vulcão e saímos por outro, só que situado a mais de quatro mil e oitocentos quilômetros do Sneffels, no árido país da Islândia, nos confins do mundo! E os acasos da expedição tinham nos levado a uma das mais harmoniosas regiões da Terra! Havíamos deixado o território das neves eternas por esse do verde infinito e trocado, acima das nossas cabeças, o nublado cinzento dos países gelados pelo límpido céu da Sicília!

Depois de uma deliciosa refeição de frutas e água fresca, nos pusemos a caminho do porto de Stromboli. Não nos pareceu prudente dizer como havíamos chegado à ilha: o espírito supersticioso dos italianos certamente não deixaria de nos imaginar demônios expelidos dos quintos dos infernos. Resignamo-nos então a passar por modestos náufragos; era menos glorioso, contudo bem mais seguro.

Enquanto andávamos, eu ouvia meu tio murmurar:

— Mas e a bússola? A bússola apontando para o norte! Como explicar?

— Ora! — disse eu, cheio de desdém. — Não tente explicar, é mais fácil!

— Era só o que faltava! Um professor do Johannaeum que não encontra a causa de um fenômeno cósmico seria uma vergonha!

Com essas palavras, meu tio, seminu, com a bolsa de couro a tiracolo e ajeitando os óculos no nariz, voltava a ser o terrível professor de mineralogia.

Uma hora depois de deixar o bosque de oliveiras, chegamos ao porto de San Vicenzo, onde Hans reclamou o acerto da sua décima terceira semana de trabalho, que foi paga junto com calorosos apertos de mão.

Nesse momento, mesmo sem compartilhar de nossa emoção tão natural, ele não conseguiu evitar um gesto extraordinário de expansão: com a ponta dos dedos apertou levemente nossas mãos e deu um sorriso.

45

Concluo então esta narrativa a que negarão crédito pessoas habituadas a nunca se espantar. Mas já estou preparado para fazer frente à incredulidade humana.

Fomos recebidos pelos pescadores strombolianos com a consideração que se tem pelos náufragos. Deram-nos roupas e víveres. Após quarenta e oito horas de espera, em 31 de agosto um pequeno *speronare*[154] nos levou a Messina, onde nos recuperamos de todo o cansaço com alguns dias de repouso.

Na sexta-feira, 4 de setembro, embarcamos a bordo do *Volturne*, um dos navios do correio imperial[155] da França e, três dias depois, desembarcamos em Marselha com uma única preocupação ainda em mente: a nossa maldita bússola. O fato inexplicável não deixava de me atormentar seriamente. Em 9 de setembro, no fim do dia, chegamos em Hamburgo.

Nem vou tentar descrever a surpresa de Marthe e a alegria de Graüben.

— Você agora é um herói, Axel — me disse a querida noiva —, não vai precisar mais se afastar de mim!

Olhei para ela, que chorava e ria.

Deixo que imaginem a sensação que foi a volta do professor Lidenbrock a Hamburgo. Graças a algumas indiscrições de Marthe, a notícia da viagem ao centro da Terra tinha se espalhado pelo mundo inteiro. Ninguém queria acreditar e, ao vê-lo, acreditou-se menos ainda.

No entanto, a presença de Hans e diversas informações que chegaram da Islândia pouco a pouco mudaram a opinião pública.

Meu tio se tornou então um grande personagem e eu, o sobrinho de um grande personagem, o que já é alguma coisa. Hamburgo promoveu uma festa em nossa homenagem e o Johannaeum, uma sessão aberta, em que o professor fez o relato da expedição, omitindo apenas os fatos relativos à bússola. No mesmo dia, ele doou aos arquivos da cidade o documento de Saknussemm e lamentou profundamente que as circunstâncias, apesar da sua vontade, não lhe tivessem permitido seguir, até o centro da Terra, as pegadas do viajante islandês. Modesto em plena glória, sua reputação cresceu ainda mais.

154. Em italiano no original: pequena embarcação para navegação costeira (*Le speronare* é também o título de um livro do francês Alexandre Dumas, publicado em 1842).

155. Na época, o imperador Napoleão III ocupava o trono da França.

Tantas honrarias não podiam deixar de causar invejas. Elas se revelaram e, como as teorias do professor, apoiadas em fatos comprovados, contradiziam aquelas da ciência, no referente à questão do fogo central, ele sustentou notáveis discussões, escritas e orais, com cientistas de todas as nacionalidades.

No que me concerne, continuo sem poder admitir a sua teoria do resfriamento. Apesar de tudo o que vi, acredito e sempre acreditarei no calor central, mas reconheço que certas circunstâncias — ainda mal definidas — podem modificar essa lei, sob a ação de fenômenos naturais.

No auge de todos esses debates palpitantes, meu tio passou por uma grande tristeza. Hans, apesar de todos os seus pedidos, deixou Hamburgo. Aquele a quem tudo devíamos não permitiu que pagássemos nossa dívida. Tinha saudade da Islândia.

— *Färval* — disse ele um dia e, com essa simples palavra de adeus, se foi para Reykjavik, onde chegou, tendo feito boa viagem.

Tínhamos nos apegado muito ao nosso valente caçador de êider. Sua ausência nunca fará com que o esqueçam aqueles cujas vidas salvou, e tenho certeza de que não morrerei sem o ter ido ver mais uma vez.

Para terminar, acrescento que este *Viagem ao centro da Terra* causou enorme sensação pelo mundo todo. Foi traduzido e impresso em todas as línguas. Os jornais mais prestigiosos disputavam a publicação dos principais episódios, que foram comentados, debatidos, atacados e elogiados com igual entusiasmo por quem acreditava ou pelos incrédulos. Coisa rara, meu tio usufruía ainda vivo de toda a glória conquistada. Até mesmo o sr. Barnum quis "exibi-lo", pagando preço altíssimo, nos Estados da União.[156]

Um aborrecimento, entretanto, ou até mesmo um tormento se insinuava no meio de toda aquela glória. Pois um fato permanecia inexplicável: a bússola. Para um cientista, diga-se, um fenômeno que não se explica se torna um suplício para a inteligência. Mas os céus haviam decidido reservar a meu tio a completa felicidade.

Um dia, arrumando uma coleção de minerais no seu gabinete, vi a famosa bússola e fiquei a observá-la.

Há seis meses ela estava ali no seu cantinho, pouco ligando para os aborrecimentos que causava.

De repente, qual não foi a minha surpresa! Dei um grito! O professor veio correndo.

— O que foi? — preocupou-se.

— A bússola...

— O que tem?

— A agulha indica o sul e não o norte!

---

156. Os Estados da União são os Estados Unidos, na época dividido pela Guerra de Secessão. Para o sr. Barnum ver nota 139.

— O que está dizendo?

— Olhe! Os polos foram invertidos.

— Invertidos?

Meu tio olhou, comparou e fez a casa toda tremer com o pulo que deu. Um clarão iluminou ao mesmo tempo nossos entendimentos!

— Quer dizer então — conseguiu ele continuar, assim que recuperou a fala — que desde que chegamos ao cabo Saknussemm a agulha dessa bússola danada estava marcando sul, em vez de norte?

— Com certeza.

— Isso explica o nosso erro. Mas que fenômeno pode ter gerado essa inversão de polos?

— Muito simples.

— Diga logo, sobrinho.

— Durante a tempestade no mar Lidenbrock, aquele disco de fogo que imantou todo o ferro da jangada simplesmente desorientou nossa bússola!

— Que coisa! — exclamou o professor com uma gargalhada. — Foi tudo uma farsa da eletricidade?

A partir desse dia, o meu tio foi o mais feliz dos cientistas e eu o mais feliz dos homens, pois minha querida virlandesa, abdicando do status de pupila, assumiu na casa da Königstrasse a dupla condição de sobrinha e esposa. Desnecessário acrescentar que o tio era o ilustre professor Otto Lidenbrock, membro correspondente de todas as sociedades científicas geográficas e mineralógicas das cinco partes do mundo.

CRONOLOGIA

Vida e obra de Jules Verne

1828: Jules-Gabriel Verne nasce em Nantes em 8 de fevereiro, filho de Pierre Verne (1811-71), advogado católico, e Sophie Allotte de la Fuÿe (1811-87), filha de um contador. Logo terá como irmãos Paul (1829-97), Anna (1837-1919), Mathilde (1839-1920) e Marie (1842-1913).

1837: Matriculado na escola Saint-Stanislas, em Nantes, distingue-se em geografia e música.

1840: É transferido para um colégio católico.

1844: Entra no Colégio Real de Nantes e, dois anos depois, é aprovado no vestibular de direito, curso que escolheu para agradar ao pai.

1847: Vai a Paris fazer as provas da faculdade de direito, e também porque a família procura afastá-lo de Nantes, onde ele vivera uma paixão frustrada.

1848: Frequenta salões literários. Faz amizade com Alexandre Dumas, filho, e cria o jantar dos "Onze-sem-mulher", um clube de amigos solteiros que reúne literatos, músicos e pintores.

1850: Bacharel em direito. Conhece Aristide Hignard, músico com quem passa a escrever libretos de ópera-cômica.

1851: Faz amizade com o escritor e explorador Jacques Arago e conhece viajantes e cientistas. Publica seus primeiros contos na revista *Musée des Familles*. Continua a escrever comédias representadas nos teatros parisienses. Primeira crise de paralisia facial.

1852: Abandona o direito para se dedicar à literatura. É contratado como secretário do Teatro Lírico, emprego mal remunerado que abandona em 1855. Leva uma vida boêmia e divide um quarto com o amigo Hignard.

1853: *Colin-Maillard*, opereta que compôs em parceria com Hignard, estreia no Teatro Lírico.

1854: "Mestre Zacarias", conto fantástico, é publicado na *Musée des Familles*.

1855: Segunda crise de paralisia facial. O conto "Uma invernada no gelo" é publicado na *Musée des Familles*. Trabalha numa comédia satírica em cinco atos.

1856: Conhece Honorine de Viane, viúva e mãe de duas filhas. Consegue do pai ajuda financeira para comprar uma participação na casa de câmbio do futuro cunhado e decide trabalhar na Bolsa.

1857: Casa-se em Paris, em 10 de janeiro, com Honorine. Divide o tempo entre a literatura e a Bolsa.

1858: Terceira crise de paralisia facial. Entra em cartaz *O sr. de Chimpanzé*, ópera-bufa em parceria com Michel Carré e com música de Hignard.

1859: Publica *Viagem à Inglaterra e à Escócia*, em que narra sua primeira visita a esses países, nesse mesmo ano, em companhia de Hignard.

1860: Conhece o caricaturista, fotógrafo e aeronauta Félix Nadar (1820-1910), fonte de inspiração para *Cinco semanas em um balão*.

1861: Segunda viagem com Hignard, dessa vez à Escandinávia. O diário da viagem servirá de base para *Um bilhete de loteria*. Nascimento de seu filho único, Michel (1861-1925), em 3 de agosto.

1862: Após algumas tentativas junto a diversos editores parisienses, é apresentado por Alexandre Dumas, pai, a Pierre-Jules Hetzel, que se tornará seu amigo e único editor. Hetzel aceita o manuscrito de *Cinco semanas em um balão*, e Verne assina seu primeiro contrato.

1863: *Cinco semanas em um balão* faz enorme sucesso, estimulado pela "balomania reinante". Nadar cria a Sociedade de Incentivo à Locomoção Aérea por meio de Aparelhos mais Pesados que o Ar, da qual Jules Verne é membro.

1864: Segundo contrato com Hetzel, que lança o *Magasin d'Éducation et de Récréation*, revista bimensal dirigida aos jovens e que publicará, desde o primeiro número, a maioria das obras de Jules Verne em folhetim. Quarta crise de paralisia do nervo facial: "De um lado tenho o perfil de um homem inteligente, do outro, o de um idiota." Vende sua parte na casa de câmbio. Publica o ensaio "Edgar Poe e suas obras" na *Musée des Familles* e *Viagem ao centro da Terra*, que ganhará uma versão aumentada três anos depois.

1865: Pratica navegação a partir de Crotoy, pequeno porto situado na foz do rio Somme, onde se instala sem deixar de manter um domicílio em Paris. Novo contrato com Hetzel o obriga a escrever três volumes por ano. Abre mão de parte de seus direitos nas edições ilustradas de suas obras. Membro da Sociedade de Geografia. Trabalha nesse ano em *Os filhos do capitão Grant* e num *Robinson*, que será recusado por Hetzel. Publica *Da Terra à Lua.*

1866: Navega de Nantes a Bordeaux. Trabalha em *Viagem submarina*, futuro *20 mil léguas submarinas. As aventuras do capitão Hatteras* é publicado por Hetzel em edição ilustrada, inaugurando a série Viagens Extraordinárias.

1867: Viaja com o irmão aos Estados Unidos, no *Great Eastern.* Conhece Nova York e as cataratas do Niágara. O relato da viagem será publicado em 1871 sob o título *Uma cidade flutuante.*

1868: Adquire seu primeiro barco, o veleiro *Saint-Michel.*

1869: Deixa Paris em definitivo e se instala em Crotoy. O *Magasin d'Éducation et de Récréation* começa a publicação em folhetim de *20 mil léguas submarinas*, que irá terminar em 20 de junho do ano seguinte, a primeira parte saindo em volume único em 28 de outubro.

1870: É condecorado cavaleiro da Legião de Honra. Durante a guerra franco-prussiana, é guarda nacional em Crotoy. Recebe favoravelmente a derrubada do Império e a proclamação da República. Trabalha numa nova versão do *Robinson*, que se tornará *A ilha misteriosa* em 1875. Termina o primeiro volume da *História das grandes viagens e dos grandes viajantes*, publicado como *A descoberta da Terra.* Publica *Ao redor da Lua.*

1871: Quinto contrato, pelo qual passa a fornecer dois volumes por ano, em vez de três. Morte do pai em 3 de novembro. Publicação de *Os violadores do bloqueio* e da edição ilustrada de *20 mil léguas submarinas.*

1872: Muda-se para Amiens, cidade natal de sua mulher, onde é eleito membro da Academia de Letras. As Viagens Extraordinárias são premiadas pela Academia Francesa. Publicação de *A volta ao mundo em 80 dias*, maior sucesso de livraria de Verne. Trabalha em *A ilha misteriosa.*

1873: Compra uma casa em Amiens. Faz sua primeira ascensão em balão, cujo relato é publicado no *Journal d'Amiens*. Publica *O país das peles*.

1874: Triunfo da peça teatral *A volta ao mundo em 80 dias*, de Jules Verne e Adolphe d'Ennery. Publicação da primeira parte de *A ilha misteriosa*. Começa a se preocupar com o comportamento do filho, Michel, que é internado numa clínica de recuperação.

1875: Trabalha na obra *Correio do czar*, futuro *Michel Strogoff*. Término da publicação de *A ilha misteriosa*, em 15 de dezembro.

1876: Novos problemas com o filho, que acumula dívidas e leva uma vida dissipada. Encomenda nos estaleiros do Havre seu segundo barco, *Saint-Michel II*, um iate a vapor com tripulação de sete homens. Grave doença de Honorine. Publicação de *Michel Strogoff*.

1877: Dá um baile à fantasia em Amiens com o tema "Da Terra à Lua". Passa uma temporada em Nantes, onde compra seu terceiro barco, o iate a vela e a vapor *Saint-Michel III*. Publica *Hector Servadac*.

1878: O filho, Michel, é embarcado rumo à Índia como aprendiz de piloto. Primeiro cruzeiro do *Saint-Michel III*, passando por Lisboa, Tânger, Gibraltar e Argel. Publica *Um capitão de quinze anos*.

1879: Segundo cruzeiro do *Saint-Michel III*, à Inglaterra e à Escócia, na companhia do irmão Paul, do sobrinho Maurice e de Jules Hetzel, filho. Regresso de Michel Verne, após um ano e meio de viagem. As relações entre os dois não melhoram, e Michel acaba expulso de casa e vigiado pelo comissário de polícia de Amiens. Publicação de *As atribulações de um chinês na China* e *Os quinhentos milhões da Bégum*.

1880: Michel foge com uma atriz do Teatro Municipal de Amiens, Thérèse Taton. O casamento será realizado em 1884, sem o consentimento de Jules Verne, que não obstante dará uma pensão ao jovem casal. Publicação de *A casa a vapor*.

1881: Terceiro cruzeiro, a Rotterdam e Copenhague, na companhia de Paul Verne e do sobrinho. Publicação de *A jangada*.

1882: Instala-se na "Casa da Torre", em Amiens. Publica *A escola dos Robinson* e *O raio verde*.

1883: Publicação de *Kéraban, o Cabeçudo*.

1884: O *Saint-Michel III* deixa Nantes para seu quarto e último grande cruzeiro pelo Mediterrâneo. Escalas em Vigo, Gibraltar, Oran (onde o escritor encontra a mulher e o filho), Argel e Annaba. Viaja de Annaba a Túnis de trem, em condições precárias; é recebido faustosamente pelo bei. O cruzeiro prossegue por Malta, Sicília, Nápoles, Civita-Vecchia. Em Roma, em 7 de julho, o escritor é recebido em audiência privada pelo papa Leão XIII. A viagem continua por terra em direção a Florença, Veneza e Milão. As impressões recolhidas durante essa viagem servirão para a redação de *Mathias Sandorf*. Publicação de *O arquipélago em fogo* e *O Estrela do Sul*.

1885: Com a queda nas tiragens de seus romances, começa a passar por dificuldades financeiras e é obrigado a reduzir seu padrão de vida.

1886: Em 9 de março, num acesso de loucura, Gaston, filho mais velho de Paul Verne, atira duas vezes contra o tio, acertando-o na perna. Como uma das balas não pôde ser extraída, Verne passa a andar com dificuldade. Uma semana mais tarde, seu editor e amigo Hetzel morre em Monte Carlo. Venda do *Saint-Michel*. Publicação de *Robur, o conquistador* e *Um bilhete de loteria*.

1887: Morte da mãe, Sophie Verne, em Nantes, em 15 de fevereiro. Jules Verne viaja à Bélgica e à Holanda, onde faz leituras de suas obras. Publicação de *Norte contra o Sul* e *O caminho da França*.

1888: É eleito para a Câmara Municipal de Amiens pelo Partido Rebublicano. Reaproximação entre Jules e Michel, que dão início a uma colaboração literária. Publicação de *Dois anos de férias*.

1889: Jules Verne incentiva a construção de um circo municipal em Amiens e pronuncia o discurso de inauguração. A revista americana *The Forum* publica "In Year 2889", conto assinado por Jules Verne mas na realidade escrito por Michel, sinal do reatamento entre os dois. Publicação de *Família sem nome* e *De pernas para o ar*.

1890: Sua saúde piora: Verne tem bulimia e diabetes, várias crises de paralisia facial e o ferimento na perna continua a incomodar. Publicação de *César Cascabel*.

1891: Publicação de *A mulher do capitão Branican*.

1892: É promovido a oficial da Legião de Honra. Publicação de *Claudius Bombarnac*.

1893: Publicação de *O homenzinho*. Queda nas tiragens e nas receitas.

1894: Publicação de *As miríficas aventuras de Mestre Antifer*.

1895: Queixa-se de vertigens. Michel escreve *A agência Thompson e Cia.*, a pedido do pai. Publicação de *A ilha a hélice*.

1896: O químico Eugène Turpin (1848-1927) acusa Jules Verne de tê-lo usado como modelo para o cientista louco de *Perante a bandeira*, mas perde o processo. Publicação de *Clovis Dardentor*.

1897: Morte de Paul Verne, em Paris, em 27 de agosto. A saúde de Jules Verne deteriora-se consideravelmente: dilatação do estômago, reumatismos, vertigens e perda de visão. Publicação de *A esfinge dos gelos*, uma continuação da "Narrativa de Gordon Pynn", de Edgar Allan Poe.

1898: Publicação de *O soberbo Orinoco*.

1899: Publicação de *O testamento de um excêntrico*.

1900: Para conter as despesas, Jules Verne volta a ocupar a casa onde morara até 1882. É possivelmente durante essa mudança que ele queima vários papéis e parte de sua correspondência. Viverá cada vez mais retirado.

1901: Publicação de *A cidade aérea* e *As histórias de Jean-Marie Cabidoulin*.

1902: Publicação de *Os irmãos Kip*.

1903: Publicação de *Cadernos de viagem*.

1904: Publicação de *Um drama na Livônia* e *O senhor do mundo*.

1905: Em 24 de março, às oito horas da manhã, Jules Verne morre de uma última crise de diabetes e paralisia, em Amiens. É enterrado no cemitério La Madeleine. As exéquias atraem mais de cinco mil pessoas e a família recebe centenas de mensagens. Deixa vários manuscritos, cuja publicação póstuma será coordenada por seu filho, Michel, incentivado pelo editor Jules Hetzel, filho de Pierre-Jules Hetzel. São eles: *A invasão do mar*, *O farol do fim do mundo*, *O vulcão de ouro*, *A agência Thompson e Cia.*, *A caçada ao meteoro*, *O piloto do Danúbio*, *Os náufragos do* Jonathan, *O segredo de Wilhelm Storitz* e a coletânea de contos *Ontem e amanhã*, além de *A espantosa aventura da missão Barsac*, última das Viagens Extraordinárias.

1994: Publicação póstuma de *Paris no século XX*, recusado por Hetzel em 1866, no qual o escritor descreve a capital francesa em 1960.

1ª EDIÇÃO [2016] 9 reimpressões

ESTA OBRA FOI COMPOSTA POR MARI TABOADA
EM IM FELL ENGLISH E MINION PRO E IMPRESSA EM OFSETE PELA
GRÁFICA SANTA MARTA SOBRE PAPEL PÓLEN NATURAL DA SUZANO S.A.
PARA A EDITORA SCHWARCZ EM MAIO DE 2023